私という名の変奏曲

以我為名的變奏曲

連城三紀彦 著
王蘊潔 譯

名家盛讚

多年前翻譯連城三紀彥的《情書》時，就覺得他的文字美到骨子裡。以其擅長的華麗文字所創作的推理小說，即使最後是走向毀滅的悲劇，也是細膩地編織出一個又一個耽美的畫面，令死亡也充滿了美感。

不同於普通的推理小說，《以我為名的變奏曲》的懸疑並非「誰是兇手」。作品一開始就預言自己會「死在這個人手裡」的美豔超級名模被發現陳屍在家中，雖然只有一個被害人，卻有七個「兇手」深信是自己親手殺了她，而且，這七名兇手都在相同的情境下行兇。只有連城的妙筆和他擅長的心理戰，才能完成這項不可能的任務！

——【知名翻譯家】王蘊潔

大多數推理小說，尤以本格解謎為號召的作品，其帶給讀者深刻、驚喜的閱讀樂趣，往往來自「困難謎團的解開」。連城三紀彥則更進一步在《以我為名的變奏曲》中，企圖從「詭譎謎團的展開」探尋新的書寫可能。所謂詭譎，不僅來自「七名嫌犯都自認命案真兇」的奇怪狀況。深入各個角色內心的欲望、殘酷、怯懦、恐懼等細膩且觸動人心的描述，才是令人想一口氣讀完書的最大魅力。一位具備「魔性文字」作家的優秀作品！

——【推理評論家】冬陽

連城三紀彥的作品氛圍總是耽美，遣詞用字優雅且深入人心，足以震撼讀者。我們已經在前一本《人造花之蜜》見識到連城三紀彥的變與不變，讓讀者被騙得拍案叫絕，點頭稱是；而這本《以我為名的變奏曲》更是傑作連發，各種視點適當地交會構成這部精采作品，不同面向的邏輯推理亦是給讀者的挑戰書！

——【推理評論家】杜鵑窩人

謎樣的名模美織玲子，有著謎樣的美貌與身世。當這個世界搗毀她之後，她就以復仇的姿態搗毀所有與她相關的人。也許她渴望的是一些愛，一些真誠，但在那個紙醉金迷的世界裡，什麼都有，就是沒有真心。於是她的渴求變成怨恨，她成為外表甜美但內心猙獰的厲鬼。

這是一部精采的懸疑小說，設計精巧，像洋蔥一樣一層層剝開，不到最後不會知道真相。誰是受害者誰是加害人？這一切在盲目的人性與愛恨交織之中，早已失去界限。因此沒有絕對的罪惡，也沒有真正的無辜。

——【知名小說家】**彭樹君**

愛情跟屍體一樣，總不停逼人猜想那是「怎麼開始的」又是「怎麼結束的」。推理小說的屍體往往是謎題的開端，然而一具被殺了七次的屍體如何可能？小說在連城三紀彥不動聲色的敘述下，卻漸漸把所有的不可思議都碾壓為合情合理。連城早年以「花」為象徵的系列短篇，糅合悽惋情感和懸疑情節的奇情筆法，已被視為經典之作；如今《以我為名的變奏曲》，再次展現了對人性細膩而曲折的深描細寫。小說中人，不管偏執、軟弱、貪婪或算計，甚或是以作惡為掩飾，徹底實行愛的完全意志。這些劇烈而尖銳的執念，是以「愛」為名才可能催生；而這樣的推理愛情也只有連城三紀彥才寫得出來。

——【知名小說家】**黃崇凱**

導讀——

連城三紀彥匠心獨具的推理變奏曲

【推理評論家】黃羅

是推理小說？還是科幻小說？

人的一生中可以死幾次？

一般的說法當然是只有一次。按照醫學的論斷，一旦斷了氣、心臟停止跳動，所有事情都一了百了。肉身一死，便可以消除戶籍，代表此人已經不復存在。

然而，若從神學的角度來看，人是可以死兩次的，第一次是肉體的死亡，第二次是靈魂永恆的毀滅。說白一點，第二次的死其實是指意識到死亡這件事；在某些小說或電影中，可以看到人死後渾然未覺、持續在世間遊蕩的情節。

更誇張的是人可以死很多次，不過那是發生在科幻小說中極為特殊的設定：人可以在不同的時空中來回穿梭、反覆嘗試，直到任務完成為止；正如同電玩一樣，每一次的失手都會導致死亡，可是主角一定會死而復生，再接再厲，見縫插針繼續尋找突破重圍的轉捩點。

但推理小說可不能這樣玩。推理小說裡面的死亡代表了謀殺案的發生，它可能是整本書的序曲，偷偷埋下復仇的因子，引出後來一連串的殺戮行為；它可以是整部作品的主旨，結果引來各路人馬（其中當然也包括了偵探）互相較勁，就看誰先撥開疑雲，解出真相；它也可以是故事落幕前的高潮，藉由一死讓亡靈安息，也讓正義得以伸張，並給予大快人心的休止符。

換言之，死亡在推理小說中是個非黑即白的符碼，沒有灰色地帶，不是生就是死，不能像科幻小說可以浴火重生，更不可如吸血鬼小說般千刀萬剮還殺不死。

如今卻有人被殺死了七次之多，而且還是發生在推理小說裡面的情節。這到底是哪本小說？是哪個二流小說家胡扯瞎掰的不入流作品？

答案是你手上正在翻閱的《以我為名的變奏曲》，而作者是拿過直木賞和日本推理作家協會獎的連城三紀彥。

既然出自名家之手，想必這裡頭大有文章。《以我為名的變奏曲》有個非常奇特的開場：「我」這個被害者，在第一章就赫然在讀者眼前猝死。你以為你接下來的任務是從七個嫌犯當中推理出真兇……可是你錯了，因為在後續的章節中，每個嫌犯的內心告白都道出他／她才是唯一的兇手，每個人都是獨自犯案，絕無聯手共謀的情況發生。怎麼會這樣呢？一條生命怎麼有可能死七次？又不是科幻小說中的平行宇宙概念，要死幾次隨你便！

一首關於七宗罪的推理變奏曲

在連城三紀彥的作品中，女人常是時代變遷下的犧牲者，賠上的若不是性命，也會是命途多舛的青春歲月，而她們的人生就在「愛」與「恨」兩股力量的拉扯中給撕裂了。在《以我為名的變奏曲》中，連城三紀彥把舞台場景架設在光鮮亮麗的時尚界，被害者「我」表面上雖是眾人稱羨的世界名模，其實是個身心俱疲、肉身早已腐敗的可憐女子。原本只是個在烘焙店工作的普通女孩，一場車禍毀了她的容貌，也改變了她的命運——整型讓她變成了美豔女子，然後因緣際會飛上枝頭，成了舉世矚目的超級模特兒。但是她寂寞不快樂，反而憎恨那些將她推入火坑的七個仇人：傲慢的車禍肇事者、貪婪的攝影師、懶惰的女設計師、暴怒的新銳設計師、貪食的名模、色慾薰心的企業董座，以及妒忌的女唱片製作人。這七人代表了七宗罪，各自的罪行都成了「我」的把柄，而被「我」一再勒索，所以七個人都有將「我」除之而後快的殺人動機。問題是：一案多破並不奇怪，但一人多死卻是絕無可能，莫非這裡頭暗藏了什麼玄機？而這也正是本書最令人嘆為觀止的玄機。

在連城三紀彥的筆下，時尚界是個把女人身體當作商品的醜陋世界，女孩穿上了豪華的夢想衣裳，卻失去了純真，彷彿純潔的處女之身撐不起惡魔之手所編織出的美麗衣裳。隱藏了各種慾望的時尚舞台，將被害者與加害者困在環環相扣的罪行中，未來只有繼續沉淪，等不到黎明昇起的一刻。連城三紀彥讓所有的慾望都化成人性的照妖鏡，並用開放性結局暗示了罪人宛若宿命的墮落，最後再為「毀滅」劃下令人毛骨悚然的驚嘆號。

《以我為名的變奏曲》是連城三紀彥發表於一九八四年的早期作品，在那個新本格尚未崛起的時代，他卻可以用近乎炫技的手法，將多視角敘事觀點與敘述性詭計融入情節之中，顛覆了本格解謎小說的基本架構。他大膽的創意比東野圭吾和折原一搶先了好幾步，當然也比湊佳苗早了二十幾年，而全書中獨缺「兇手」的一章，猶如交響樂團少了指揮一樣，將呈現出令人意想不到、並且錯愕連連的逆轉結局，果真是作者一手主導、匠心獨具的變奏曲啊！

目錄

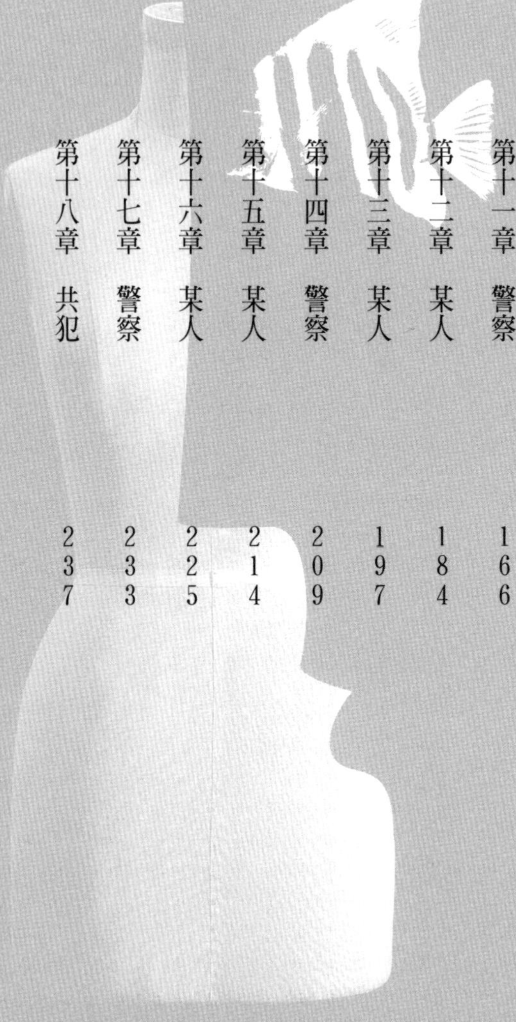

第一章——我

某人在我身旁。

如果要正確地描述，也就是在我用兩億圓現金換來的原宿高級公寓的寬敞客廳內，某人正坐在鋪著毛皮的沙發上。我在某人的對面，一派輕鬆地直接坐在地上鋪的白色毛皮地毯上。

坐在沙發上的某人看我的時候當然必須低下頭。

這是我的第一個算計。

居高臨下地俯視別人時，會不自覺地誤以為自己是強者，處於優勢的地位。在某人的眼中，把手肘架在玻璃茶几上，斜斜靠在茶几旁抽菸的我，就像是兔子或羔羊，只要輕輕用手一捏，就可以置我於死地。我的身高和一般人差不多，但因為身體極其纖瘦，所以除了穿上氣勢十足的高跟鞋，在鎂光燈下走秀以外，平時看起來都格外嬌小。

我常被人用微小的東西來形容，當人們要稱讚我的美麗時，也常用「嬌小玲瓏」之類的字眼。四年前，法國著名設計師瑞內．馬丁說我是「東洋的小珍珠」；去年春天，《La Vie》雜誌形容我是「黑夜中閃耀的小水滴」，大家好像都擔心我的美麗會產生巨大的力量，如果不加以阻止，就會引發危險。

五年前，我憑著這份美麗，和被形容為「只要風一吹起好像就會被吹倒」的纖瘦身材做為武器，躋身時尚界，並成為超級名模。這也成為一切的起點。不，如果我沒有成為模特兒，五年後的今天、今晚，我就不會死。所以，正確地說，那是一切的終結，也是一個悲劇的出發點。

但是，這也是無可奈何的事。五年前的我有著瘦削的身材、適合冷豔微笑的臉蛋，以及宛如翩然起舞般的舉手投足——完全具備了身為模特兒的理想條件。

冰塊撞到杯子發出了聲音。某人一坐在沙發上，我就倒了酒，現在，某人手握的杯子中，酒只剩下最後一滴。我昨天打的那通電話應該會讓這個人整晚輾轉難眠，此刻這人一定正擔心不已，不知道我什麼時候會開口說出什麼話，只能藉著酒力故作鎮定。

「多喝點。」

我不等某人回答，就把白蘭地倒進已經喝空的杯子裡。前年去比利時旅行時買回來的杯子中裝滿金色液體，彷彿正為即將在這個房間發生的悲劇而祝福。

我對著茫然懸在半空、忘記送到嘴邊的杯子，露出愉悅的微笑：「喝吧，不必擔心。」

這是我的第二個算計。

酒可以讓人失常，為缺乏勇氣的人帶來勇氣，有時那勇氣甚至可以近乎瘋狂，湧現即使殺一個人也無所謂的念頭。我也陪著某人把杯子舉到嘴邊，當金色的液體流入嘴裡後，我對某人說：「我從兩個小時前就開始喝，已經喝太多了，連味覺都麻木了。」

這是我的第三個算計。聽到我這麼說，這個人一定會認為即使在我杯中加入少許毒藥，我也會渾然不覺，一口氣倒進喉嚨裡。

沒錯，我今晚邀請這個人來家中，正是為了死在這個人手裡。

我的心情很愉快，但是，眼前這個人不相信我的微笑，正用因睡眠不足而充血的雙眼，充滿懷疑地看著我。這也難怪，因為每當我說出這個人最害怕的一句話時，總是露出像現在一樣的微笑。而這個人的假面具即使因為恐懼而顫抖，面對我的微笑時，卻也一樣總是報以若無其事的微笑。我們帶著這種虛假的微笑，一直相互憎恨到今天，彷彿這是只適用於虛偽世界的一種契約。此刻也一樣，這個人不時露出疑惑的眼神，嘴唇卻露出柔和的微笑。某人拿起杯子送到嘴邊，終於開了口。

「今晚找我有什麼事？」

某人故意說得若無其事，好像無論我說了什麼，都不會感到害怕。

我假裝沒聽到，而是不經意地看向原本就一直放在桌上的另一個杯子。某人也看到了那只杯子，終於察覺到剛才可能有其他客人來過。我「呵呵」地笑了笑說：「不瞞你說，剛才還有其他客人，你來的時候，那人剛走——你有沒有在走廊或電梯遇到那人？那人你也認識。」

某人搖搖頭。

「是嗎？太遺憾了，你原本可以看到把靈魂出賣給惡魔的人長什麼樣子。我差一點就遭到那個人的暗算。」

我忿忿地說，突然收起笑容，肩膀微微顫抖，讓某人以為我在回想前一刻發生的事。某人臉上的微笑也同時消失了。我們從剛才開始就互看著對方，那是我們認識以來，第一次這麼認真地相互凝視。我的眼眸深處燃燒著絕非偽裝的怒火，但是，某人當然以為這份怒氣是針對剛才離開這間屋子的那個人。

「沒騙你──我差一點死在那個人手裡。」

說完這句話，我又誇張地抖了一下身體，用指甲前端抓起桌子上用鮮紅蠟紙包起的藥包。藥包已經打開一半，似乎留下了幾分鐘前想打開藥包的人的指紋。

「那個人趁我走去臥室時，想把這個倒進我的杯子。如果我再晚五秒鐘回來，我現在已經沒命了──」

我用擦著銀色指甲油的長指甲前端把藥包打開，小心翼翼地不留下自己的指紋，把裡面的白色粉末輕輕倒進那個杯子裡。白色粉末宛如沙漏裡的沙子，那流動或許正在縮短我生命的剩餘時間，把我逼入最後的倒數計時，只要能夠巧妙地刺激和我一起出神地看著白色粉末流動的這個人，對我產生殺意──。

白色的流動在喝剩的酒中如同沉入深海的沙子般閃爍了一下，發出最後的光芒後消失了。杯中的冰塊動了一下，金色的液體晃動，液體彷彿吸收了毒藥後產生生命，活了起來。金色的反射光線在某人的眼中晃動，我知道某人的內心也跟著起伏，漸漸變成洶湧的大浪，便忍不住竊喜不已。我不是把白色粉末倒進前一位訪客遺忘在桌上的酒杯中，而是把名為殺意的藥倒進了坐在我面前的某人心裡。

某人──。

我當然知道某人的名字，也知道某人的年紀、經歷，以及過著怎樣的生活。這個世界上應該沒有人比我更瞭解這個人了。我瞭解這人的一切，包括這個人不願意讓任何人知道的祕密，這也是這個人之所以總對我感到害怕，即使殺了我也無法解除心頭之恨的原因。我知道這個人在床上的某些習慣，也知道這個人睡覺時不符合實際年齡的表情；我知道這個人深受傷害時會露出怎樣的眼神，也知道這個人敲門的聲音；既知道這個人喜歡怎樣的食物，也知道這個人吃到不喜歡的食物時，會有什麼反應。但是，這個人對我來說，永遠都只是「某人」而已。

就像是在路上遇到時會聊兩、三句，即使遺忘了也無所謂的那種人，和其他人沒有什麼不同。就連剛認識不久，彼此還會放下工作談笑整晚的時候，我偶爾也會突然納悶：這個人到底是誰？我為什麼會和這個人在這裡？我經常覺得即使隨時停止聊天，隨時離開這個人也無所謂。事實上，有一天晚上，我在這個人的家裡喝酒到天亮時，這個人開了一個無聊的玩笑，我忍不住哈哈大笑，但笑聲還沒有結束，我就突然站了起來，一言不發地穿上毛皮大衣掉頭離開。冬天寒冷的黎明撕下了街道的夜衣，一天正要拉開序幕，和前一天沒有什麼不同，又是無聊透頂的一天。我把昂貴的毛皮大衣和微暗的夜色披在身上，吐著白色氣息，踩著冰冷的腳步走在街上，已經無法想起前一刻是和誰那樣放聲大笑。我想要回自己的家，卻不知道為什麼要回來這裡？下一次見面時，這個人問我，上次為什麼突然離開。我回答說：「因為我很寂寞。」這個人說，妳這個女人真奇怪。這個人完全不瞭解我，每次去這個人家裡，當我敲門，對方從門縫探出頭，我都覺得自己走錯了房間，但這個人卻以為自己是我的最愛。所以，當我有一天說「我要把那件事公諸於世，讓你名譽掃地，身敗名裂」時，這個人覺得如同青天霹靂，大驚失色。有那麼一下子，對方露出滿臉微笑，以為我只是在開玩笑。

並不是只有這個人對我抱著誤解。我體型嬌小，只適合穿著十六、七歲少女穿的那種帶著稚氣線條的洋裝，但所有設計師為了配合我明亮的黑色眼眸，以及原本是灰色，但擦了紅色的口紅後，變成既不是灰色，也不是紅色的神祕顏色的嘴唇，他們為我挑選的全都是適合夜晚的衣服。葡萄酒色的天鵝絨，或是黑色蕾絲，或是閃爍著七彩顏色的金蔥布。我總是擔心黑暗會滲進我的胸膛，連血液也被染成黑色。大家都認為我是那種只有在黑暗中才能綻放出真正光芒的寶石，儘管我的黑色大眼和筆挺的鼻子並不是我與生俱來的長相——我通常覺得無所謂，得意洋洋地穿上設計師給我的洋裝。但是，有時候看到安排其他模特兒穿的、適合五月豔陽的稚氣衣服，就會央求設計師換由我來穿。穿上這種衣服走秀時，我總是配合音樂的節拍，輕盈地踩著舞步，回想起十六、七歲的少女時光。

十八歲之前，我是一個很普通的女孩，即使走在街上，也沒有人會回頭多看我一眼。中學一年級時，一場火災奪走了我所有的家人，我因此變得有點陰沉。我有很多朋友，收養我的阿姨、姨丈也對我很好，也過著和普通人一樣的幸福生活。中學畢業後，我就離開阿姨家，在一家全東京有二十三家分店的烘焙店工作，住進了那裡的宿舍，事實上我只是不想繼續讓親切的阿姨一家人負擔更重。那個時候，我不憎恨任何人，也不憎恨自己。和我在川口的宿舍同住一房，比我漂亮好幾百倍的女孩，每逢假日就穿上花卉圖案的洋裝，珍惜地在耳朵後方，沾一小滴據說是男朋友喜歡的昂貴茉莉花香水，開開心心地出門約會。我總是滿心羨慕地目送她離開，但當然只有剛開始而已。不久後，我也交了男朋友。他是宿舍附近一家鐵工廠的員工，這個平凡的年輕人和我一樣不起眼。每天早晨醒來，只要聽到窗外傳來鐵工廠的聲音，我就沉浸在幸福之中，但我的同事每次聽到這種聲音，都心浮氣躁地用力關上窗戶。她不是針對鐵工廠的聲音，而是因為看到我幸福的樣子感到生氣。她害怕我戀愛後，會慢慢變得像她一樣漂亮。然而，無論她怎麼作弄我，我都不放在心上。我有身上總是帶著鐵屑味的男朋友，就像其他十六、七歲的女孩一樣，和他共有的戀愛是我所有的一切。我第一次花了好幾張紙鈔，買了一件胸前有蝴蝶結的黃色花卉圖案衣服，我的男朋友說，我穿上這件衣服，整個人就像一朵花。

一個星期後，在我十八歲生日的那天晚上，他買了一個小胸針搭配我那件衣服。這個平凡的年輕人買了一個平凡的廉價胸針，但玻璃珠子在我的胸前閃著光，宛如幸福的象徵，那是我的青春贏得的唯一燦爛。在餐廳吃飯時，他坐在餐桌對面，瞇眼看著胸針發出的光芒說：「妳穿上這件衣服，感覺像是我高攀不起的千金小姐。」事實上，那天晚上也是我們最後一次約會。

我作夢也不可能預料到，翌日晚上會遇到改變我命運的可怕車禍，所以那時還對他開玩笑說：「今天晚上我可以脫掉這件衣服。」他信以為真，回家的路上，邀我去一家霓虹燈招牌很花俏的汽車旅館。那個霓虹燈的顏色不適合我們的年紀，我遲疑了一下，嘴唇微微發抖地說：「下次去你家——。」當他有點受傷的視線投向路上的黑暗時，我在心裡發誓，我一定要和他結婚。

翌日深夜，車禍突如其來地發生在我身上，我和其他人一樣毫無心理準備。在沒有人的十字路口，我在綠燈號誌底下邁開步伐，一輛闖紅燈車子的車頭燈帶著驚人的撞擊聲衝了過來。車身撞到了我的腳、我的臉，我倒在路上。開車的男子並不是一個殘忍的人，他沒有把我棄置在路上逃逸，而把昏迷的我送去他朋友的醫院，讓我在那裡接受了治療。翌日早晨，我在病房中終於醒來，醫生告訴我：「妳的右腳、右顎骨和鼻樑撞斷了。」當醫生對我說「右腳的骨折一個月就可以恢復」時，我問他臉上的傷多久會痊癒。醫生避開我的視線，沒有回答。我隔著繃帶摸了摸右顎骨，好像摸到熔鐵般的灼熱頓時傳遍了全身，我大聲尖叫，卻不知道那就是疼痛。我的臉上不僅有兩處骨折，右側臉頰也有三公分左右的外傷。這場突如其來的車禍，改變了我的容貌，更改變了我的命運——。

「真的是毒藥嗎——？」

某人的聲音在我耳邊響起，我將目光移向金色的液體。某人用微笑隱藏了眼中的陰暗，假裝若無其事地看著我。某人——無論四十五歲也好，二十四歲也罷，是男是女都無妨，不論職業，或是擁有怎樣的過去，和擦身而過的行人沒什麼兩樣的某人，我所憎恨的這個人也是毀了我人生的罪魁禍首之一。但是，這並不代表這個人與眾不同。我痛恨這五年來遇到的所有人，也痛恨幾乎每天送花、寫信的那些不計其數的人。對於「我希望能夠像妳一樣」之類熱情表白的信，我只有在五年前，帶著一絲興趣讀了三封而已。我痛恨和我搭同一架飛機的乘客，也痛恨那些偶然從計程車車窗外看到的行人。

要說眼前這個人和向我索取簽名的人有什麼不同，那就是這個人也憎恨我，恨不得殺了我，但即便如此，這個人對我也不具有特別的意義。在我周圍，包括這個人在內，總共有七個人恨不得殺了我，四男三女。前一刻在這個房間的人也想置我於死地，只是不慎失手。今天晚上，這七個人中無論哪一個人殺我都無妨，我只是心血來潮，最終挑選了這個人做為殺人兇手。十八歲之前，只要我走進烘焙店的時間晚一分鐘，就會嚇得臉色發白；只要醉鬼發出低俗的聲音前來搭訕，我就會嚇得渾身發抖。如同一星期前我突然決定由這個人來結束我的生命，現在的我，已可以心血來潮地臨時取消巴黎之行，缺席總統夫人也會到場的時裝秀，或是委身於向我示愛的男人，對他說：「我愛你。」

此刻，我第一次對這個人產生了興趣。「真的是毒藥嗎——？」這個人假裝若無其事地發問時，心裡到底在想些什麼？同時，這人是否已從我的話語和演技中，察覺到了我的心理動向？

「我當場質問那人，那人渾身發抖，向我坦承藥包裡裝的是氰化鉀，然後就逃走了。」微笑再度從某人的臉上消失，這個人緊緊皺起了眉頭，仍然懷疑我說的話。我拿起加了毒藥的杯子，伸手把一點酒倒進只有一尾熱帶魚在游泳的水族箱。不知名的魚繼續游了一會兒，好像什麼事都沒發生，不一會兒，在水中跳了一下，扭著藍色和白色條紋圖案的身體，轉眼之間就沉入了水底。

我的手和手中的杯子一起微微發抖，彷彿前一刻遺忘的憤怒終於湧上了心頭。「照理說，我現在已經像牠一樣死了。」我忿忿地說。我回頭一看，某人並沒有立刻發現我回頭，視線仍然盯著死去的那條魚。某人終於發現我回頭時，仍然沒有看我的臉，卻是將視線停在我的毛衣上。我身上穿了一件和熱帶魚圖案一模一樣的藍白寬條紋毛衣。這也是我小小的算計。如果這個人時常在內心詛咒我去死，應該會在魚的命運中看到我的命運，腦海中掠過我身上的藍白條紋扭曲著，無力地倒在地上的遐想。我特地跑了許多家店找到這件毛衣，就是為了給這個人帶來短暫的遐想。這個人無言的雙眼中沒有訴說答案，不知道是否正在想像我死去的樣子。但是，我相信我一定可以成功。這個人一定認為該死的不是那條無辜的魚，而是我，在腦海角落偷偷想像折磨自己多年的女人死去的樣子，露出微笑，卻不讓我察覺。

我把杯子放回茶几，但這次放的位置和剛才不同，方便這個人在緊要關頭時可以伸手拿得到杯子。

「誰會做這麼可怕的事——？」

「氰化鉀不是普通人可以輕易拿到的——如果是醫生，就另當別論了。但是，我沒想到居然有人恨我恨到想要殺了我。」

即使不需要說出名字，這個人聽了我這番話，腦海中自然會浮現出一個男人的臉。今年春天，我住進了全東京最好的綜合醫院，那家醫院的醫生——他四十五歲，老謀深算，卻在半個月的時間內，和相差二十多歲的我陷入了熱戀，甚至拋妻棄子。今年春天，在他離婚之前，我們就訂了婚，但三個月後的夏天，週刊雜誌爭相報導我主動和他解除婚約的消息。我的各種緋聞總是週刊雜誌的熱門焦點，這件事卻是我五年來最大的醜聞。某週刊雜誌甚至說我是天生的娼妓，美豔的惡女，將純情的中年男子玩弄一番後又狠狠地拋棄。另一本週刊雜誌說，這則緋聞毀了中年醫生好不容易在醫院內建立起來的地位——。

「我們早就談妥了，沒想到那個人今晚突然上門。因為那個人一臉陰沉，所以我一開始就覺得不太對勁……」

我用指甲抓起空藥包放在燈光下，隔著蠟紙注視著紅色的黑暗，和某人出現在黑暗角落的左眼。

「上面有指紋，要不要報警呢？雖然這算是殺人未遂，但差一點引發重大命案，光是這個理由，應該就可以逮捕那個人。」

紅色黑暗角落的那隻眼睛露出同情，但是，那並不是對差一點被殺害的我產生的同情，而是對失手的中年男子的同情。為什麼會失手？為什麼沒有殺了這個女人？某人似乎不斷地這麼問。如果中年男子剛才成功了，就可以徹底消除我此刻的煩惱──某人此刻一定失望不已，就好像走出餐廳之後，才發現那天的菜單上其實還有一道更好吃的特殊料理。還有機會，既然他失敗了，你可以再次創造這個機會。我有一種衝動，很想看著某人的眼睛，說出這句話，但我還是只讓這句話在喉嚨顫抖了幾次，然後重新吞了下去。我絕對不能說出口。不能讓對方動手殺我的時候察覺到我想死，必須遠距離操控，用話語繞著圈子慢慢引導暗示，把對方逼向最後的陷阱。

沒錯，如果這個人目前對於機會近在眼前，卻不慎錯失這件事感到失望，為了讓這種失望轉化為新的期待，我說了這句話。

「這些藥的劑量這麼大，只要五秒鐘就可以致我於死地。」

為了讓某人知道自己可以再度創造機會，我又補充了一句：

「只要挪動杯子，放到我的嘴邊，我就一命嗚呼了，簡直太可怕了。」

我費盡心機地說了這兩句話，某人卻完全沒有反應，但這只是表面而已。在某人冷漠的眼睛背後，一定發生了某種變化。只要稍微挪動杯子，就可以輕而易舉殺了這個女人——這個人的腦海中應該會如我所料地浮現這種想法。而且，即使某人沒有特別在意剛才那兩句話，我也不必著急。因為我有好幾招還沒有出手。

我故意嘆了一口氣，準備布置下一個陷阱。

「不過，那個男人真蠢。四十五歲的醫生，照理說，應該多動一點腦筋，這種做法和衝動殺害路人的十五、六歲的小毛頭沒什麼兩樣。」

「什麼意思？」

某人問。我對這個人表現出的興趣露出不屑的微笑。但是，這個人當然以為我的嘲笑是針對那個愚蠢的醫生。

「因為他在這個房間裡留下很多指紋，不光是門上，這張茶几、杯子和白蘭地瓶子——那裡的桌子和菸灰缸上，都有他的指紋。」

我看向不遠處的原木桌子。桌上放著卡帶式錄音機和裝滿人造玫瑰花的花瓶，還有一個玻璃菸灰缸，菸灰缸裡有幾個菸蒂。

「除了指紋以外，從這些菸蒂也可以知道是他。他裝模作樣地抽什麼高盧牌香菸（Gauloises），我記得在公布訂婚消息時，他也得意洋洋地提到這件事，所以很多人都知道——還有藥包蠟紙上的指紋。在這種情況下，即使成功殺了我，警察不用五秒鐘，就可以查出兇手。」

「但是，也許他打算在殺了妳之後，把指紋全都擦乾淨，把藥包、喝過的杯子和菸灰缸全都清理乾淨。」

「對啊，我想他應該也沒有那麼笨。但是，動機呢？大家都知道他恨不得殺了我，警方只要針對殺人動機去查，第一個就會懷疑他。幾天前，他來過這裡，對我說：『我要殺了妳。』你也認識叫道子的幫傭吧？當時她也在場，如果我被人殺了，她應該就會提這件事。」

「但是，如果他來之前，已經為自己準備了不在場證明呢？」

「不在場證明？」我尖聲笑了起來，「你不知道嗎？我明天要去巴黎半個月，只有那個幫傭可以自由出入這裡，但她月底才會來。即使我半個月沒有公開亮相，也不會有人想到我被人殺害了。十一月三十日，幫傭上門打掃時，才會發現我的屍體。半個月後，警方也無法明確說出我是哪一天的幾點被人殺害的。為死亡時間無法確定的犯罪準備不在場證明沒有意義——他也知道我要出國旅行半個月。」

為什麼這個人在意醫生有沒有準備不在場證明？我忍不住暗自思考這個問題。這是好兆頭。這個人正在分析萬一這裡真的發生命案，警方會不會立刻認為那個醫生是兇手，能不能逮捕他。萬一那個醫生有不在場證明，警方就不會逮捕他，而會懷疑其他人。這個人擔心的是這件事，顯然還沒有下定決心要動手。但是，這個人很快就會想要利用這個機會，親手殺了眼前這個女人。因為即使這個人殺了我，也可以把殺人的嫌疑嫁禍給被我拋棄的愚蠢醫生——沒錯，難得有這麼好的機會，如果不好好加以利用，這個人才是真正的笨蛋。

我努力消除這個人內心的疑慮。

「而且，那個人也搞不清楚今天是哪一天，我和他分手之後，他有點憂鬱症傾向。這個月一直向醫院請假，整天關在家裡不出門。」

然後，我又繼續說：

「不過，如果要不在場證明，或許可以利用那個。」我故弄玄虛地停頓了一下，看向放在原木桌上的錄音機。除了眼神，我把煙圈也吐向那個方向。我看著白色的煙圈漸漸消失，假裝若有所思。「沒錯，如果有人想要殺我，有個有趣的方法可以製造不在場證明。雖然方法很簡單，但我想八成可以成功吧！當然，必須在今晚殺了我才能派上用場——你想不想聽呀？」

某人的眼睛立刻閃出火花。——成功了。某人緩緩點頭。

「我才不要告訴你，一旦告訴你，你可能真的會殺了我。不光是那個醫生，你不是也想殺我嗎——？」

「我怎麼會想殺妳——」

某人慌忙否認，卻功虧一簣。因為我看到這個人嘴角抽搐。某人急忙托著臉頰，用手遮住抽搐的嘴角，努力在臉上擠出親切的微笑。沒錯，這個人已經慢慢地、慢慢地下了決心。

「是嗎？我記得你之前曾經對我說：『我要殺了妳。』」

某人慌忙解釋，那只是開玩笑，又結結巴巴地補充說，當時只是一時情緒失控。但聲音太輕，有點聽不清楚。

「那我就告訴你好了，是很有趣的方法。」

我喝了一口酒，假裝消除了戒心，一口氣說了出來。我就像不會演戲的三流演員沒有感情地說出已經背得滾瓜爛熟的台詞，同時聽著牆上掛鐘的聲音，一秒、一秒將我帶向死亡。我的每一句話，都會在這個人的心裡種下殺機。死亡很快就會接納我，只有死亡會用冰冷蒼白的手，溫暖地抱住我被這些人蹂躪摧毀的軀體。

五年前的某一天，因為車禍把我毀容的那個男人要求我不要報警，但他耗盡所有的財產，把我帶去紐約求助全世界最有名的整形醫師，讓我擁有比以前更漂亮的容貌。有一天，一位名攝影師在路上看到換了新面孔的我，帶我去了他的工作室為我拍照，然後說我的臉適合不同的化妝方法，把口紅、眼影抹在我的臉上。又有一天，某位著名女設計師說在雜誌上看到我的照片，所以找到了我，讓我穿上她設計的衣服走在舞台上。然後又有一天，一位五官端正，長得像希臘雕像的新銳設計師帶我去了巴黎，把我出賣給和他有肉體關係的世界級同性戀設計師。又有一天，一個比我大一歲、和我的名氣不相上下的名模親切地把臉湊到我面前說：「我們來當朋友吧。」她建議我在左胸前刺一個和她一樣的蝴蝶。接著有一天，某紡織公司的年輕社長帶我去飯店，用一億圓換取了我的身體。然後，又拿出一疊錢，要我穿上他挑選的鮮紅色洋裝，為他公司拍形象廣告。又有一天，唱片公司的年輕女製作人說我的聲音像花蜜，讓五音不全的我發聲唱歌，連聲音都拿來換錢——只要七天的時間，就可以奪走一個女人所有的一切，把她逼上死路。只要七個人的手和嘴巴，就可以凌遲一個女人的身體，把她啃得精光。有時候我看著鏡子中那個不再是我自己的妖怪，忍不住移開目光，而那雙移開的目光總是茫然地望向死亡。

如今，死亡終於隨著秒針的聲音即將沓至。我正得意洋洋地向恨不得殺了我的七大仇人之一，傳授製造不在場證明的方法。這時，我想起這五年來，還有另一個令人詛咒的紀念日。那一天，一個年輕女人自稱是我的粉絲，衝進服裝秀的後台。當休息室只剩下我和她兩個人時，她面帶笑容地問我：「妳是不是整形過？」然後恐嚇我，第一次就成功向我勒索了一大筆錢。在此之前大約一個星期前，我和朋友在飯店餐廳聊天時，感覺到有人看我，就回頭一看，發現一個年輕女人目不轉睛地看著我。她的視線銳利，好像要揭穿我的一切，我害怕地轉過頭。那個年輕女孩果然憑著當時的銳利視線，識破了我的臉只是假面具。

整形手術無懈可擊。我的新面孔有點冷漠，但完全沒有任何像一般整形手術般不自然的線條，眼睛、鼻子和下巴的線條都極其自然，就像是出自上帝之手。第一次拆下繃帶，在醫院的鏡子中看到這張臉時，我有種想嘔吐的感覺，發出尖叫，並不是因為這張臉是假的，而是臉上所有線條都感受不到任何人工的痕跡，我是如此自然地變成了另一個女人的臉。頓時，我再也無法相信自己以前的身體，也無法相信現在正在注視著以前身體的意識。車禍的肇事男子為了這個手術散盡家財，但這張臉完全物超所值。所以，在此之前，我完全不擔心會被人識破。那個年輕女人因為某個原因，識破了只有我、醫生、肇事者知道的祕密。那個年輕女人之後也多次上門找我，搶走了我的金錢、珠寶和衣服。我覺得這個令我不安的年輕女人很礙事，卻從來沒有像對另外七個人那樣痛恨她。因為她雖然搶走了我的金錢，卻沒有奪走我的人生。

但是，再過一會兒，那個年輕女人的威脅就會失去意義——。

秒針的伴奏停止，我在不知不覺中已經說完了。某人張大眼睛，似乎在感嘆我如此愚蠢，竟然把製造不在場證明的方法告訴想要殺我的人——這個人和其他人都覺得我是迷失在走紅和美貌中的蠢蛋。為了讓這人覺得我更蠢，我故意從錄音機裡拿出那盒錄音帶，丟在沙發上。

「就是這個——當初只想開玩笑，就錄了下來，你應該知道，我很喜歡整人。」

說完，我輕輕笑了笑，抬頭看著某人。

我假裝已經喝醉，露出迷濛的眼神，某人也不再掩飾眼中流露的喜色。

「怎麼樣？這個方法很有趣吧？」

某人默默點頭，同意我的意見。

「但是，你不要真的打算拿來對付我。」

「怎麼可能——」

某人笑了起來，但是，嘴角又開始抽搐，笑聲突然中斷，某人再度用手托住臉頰。嘴唇的抽搐延伸到右眼下方的肌肉，因為昨晚沒睡而形成的黑眼圈如同失去彈性的橡膠，抽搐了兩、三次。這個表情很像以前曾經看過的一部外國電影的男主角，我差一點笑出來。那位男主角基於野心、嫉妒和憎恨，還有愛情，殺害了他的朋友，在決心殺了識破他兇行的另一個男人時，扮演男主角的名演員眼睛下方抽搐了三次，出色地表達了在剎那間湧上心頭的殺機。我也露出了微笑。

「對啊，即使我對你做了那麼過分的事，你也不可能殺我。因為你很膽小，不可能有這種勇氣。但是，聽了我接下來要說的話之後呢？你可能真的會想殺了我。」

我突然收起笑容，把眼睛當成釘子，直直地打進某人的眼睛。那是爬滿鏽斑的危險釘子——。

「我已經厭倦了和你之間的關係，你也聽膩了我對你的恐嚇，不是嗎？『我要公諸於世』、『想要我保守祕密，就要當我的奴隸』、『是你毀了我』——都是一些老掉牙的話。這種話，我也說膩了，差不多該結束了。所以，我寫了一封信。」

某人大驚失色，終於發現我剛才的好心情都是在演戲，卻渾然不知這場戲背後隱藏了另一場戲——。

我起身從窗邊的桌子上拿了一個信封走回來。為了假裝我已經酩酊大醉，我沒有忘記在走路的時候故意搖晃兩次。我在窗邊從白色窗簾的縫隙向外看了一眼，夜色籠罩街頭，霓虹燈一如往常地默默在秋天清澈的夜空下發光。這個房間的最大優點，就是窗外開闊的夜景。事實上，當我獨自在家時，經常站在窗邊，長時間欣賞窗外的夜景，卻從來沒有被霓虹燈的色彩感動過。我一定露出和默默看著牢獄牆壁的囚犯相同的眼神，看著窗外那一片閃著豔麗彩色燈光的人類快樂巢穴。

某人一把抓過我從信封裡拿出來的七張信紙，每看一個字，眼中的驚愕和恐懼之色就越來越濃。雖然一點都不熱，某人卻臉頰泛紅，額頭滲出汗水。我面帶微笑看著眼前這一切。微笑比任何表情都更能襯托出我是一個壞到骨子裡的殘忍女人。「你為什麼這麼驚訝？」我很想開口問。七張信紙上所寫的內容都是我之前說過很多次，而且已經說到膩的話——每當這個人臉上露出一絲不悅，我便從頭到尾背誦一遍，這個人總會慌忙收起不悅的表情，擠出親切的笑容。

但是，今天晚上不一樣。這個人看完了七頁信紙上所寫的內容，也不再硬擠出笑容，應該說，想擠也擠不出來。驚愕像是粗鐵線般，綑住了這個人的心理。比起信紙上所寫的內容，信封上所寫的收件地址和收件人的名字更讓這個人驚訝、害怕。

信封上寫的是號稱每週有一百六十萬冊銷量的週刊雜誌編輯部地址，和「小澤裕次」這個記者的名字。這名記者擅長以辛辣筆調報導各種緋聞，是業界的知名人物，這個人當然也聽過他的名字。好幾個藝人和名人都因為被這名長得像禿鷹的記者揭露緋聞，變成了被撕裂的行屍走肉，消失在這個世界上。他向來以只寫真相出名，但他寫的兩篇關於我的報導，卻沒有一句真話。我既不是他筆下那個「自私任性，換男人像換車一樣，生活中只有和男人上床和貂皮大衣，蠢到無可救藥的女人」，也不是「只有在虛偽中發光的蘇聯鑽」。雖然他的報導反而讓我更紅，但我並不討厭那個滿嘴謊言的壞心眼記者。因為我已經變成比他筆下的那個女人更蠢、更無可救藥的冒牌女人，所以可以對他的報導一笑置之。

我從信封裡拿出一個東西緊緊握在手上給某人看，以免再度被搶走。這是多年來，讓這個人感到害怕的東西——。

「如果我連同這個一起寄去，那個記者就不會懷疑信上所寫的事。我真的已經厭倦了，明天我出發去巴黎前，會把這封信丟進郵筒。」

一旦這麼做，妳也會身敗名裂。我會親口告訴社會大眾，我一直受到妳的恐嚇——某人這麼說。這句話我也聽膩了，我搖著頭，又說了一遍我已經說膩的話。

「你說我恐嚇你，我什麼時候主動向你要求過金錢？」

「為什麼……？」

為什麼要做這麼殘忍的事？為什麼這麼痛恨我？——某人不厭其煩地再度重複了同樣的話。彷彿面對永遠找不到答案的謎題，除了像念咒語般地說「為什麼」以外，沒有其他的方法。我很想抓起菸灰缸丟過去，但我努力忍住衝動，只有喉嚨和嘴唇微微發抖。

「我不是說了嗎？我已經厭了，已經倦了。你到底要我說幾次你才聽得懂！如果你還想聽，那我就告訴你。因為你毀了我，所以你沒理由恨我。是你把我變成這麼可怕、這麼殘忍的女人。你是不是想說，並不是你一個人的責任？你說吧！如果你聽不膩，如果你非要聽很多次才能聽懂，那我就告訴你。或許不是你一個人的責任，但並不代表你沒有責任。如果你不接近我，我或許還有機會回到從前。你剛才不是說，一旦我公開這封信，我也會身敗名裂嗎？我為什麼會身敗名裂？難道你以為我還有尚未遭到破壞的完好部分嗎？我已經身敗名裂了，你以為公布我恐嚇你的事，我還會失去什麼嗎？你會失去很多，但我已經沒有任何東西可以失去了。無論我的臉蛋、身體或是心靈，都早已統統失去了！」

我在說話的同時，也吐出了身體深處湧現的憤怒。這是今天晚上，從這個人敲門到現在為止，我第一次說出真心話，那不是在演戲。我自己也很清楚，我的舌頭像熊熊燃燒的烈火，散發熱焰般的炙灼，向周圍吐出酒臭。我的憤怒爆炸了，彷彿在用最後的生命力支撐著宛如瓦礫般崩潰的身體。

眼前這個人也一樣。好像遇到了爆震波般情不自禁地轉過頭，臉上帶著絕望的表情。這是至今為止最深的絕望和灰心，似乎領悟到自己最害怕的一刻終於出現，現在就連耳朵也在發抖。我的吶喊變成了餘音，在寬敞的房間，在這個人的耳中迴盪。我定睛細看，試圖親眼見證這份絕望在谷底變成另一種感情後噴射出來。我努力平靜因為憤怒的餘震而晃動的身體，再度露出冷酷的微笑，準備上演為今天晚上準備的最後一幕。

「那個叫小澤裕次的記者，一定會在這封信的內容上添油加醋，寫出比事實更不堪入目的文章。你儘管去說我為這件事恐嚇你，說我是可怕的女人也可以。我會利用在巴黎聽香頌的空檔，聽一下來自日本的消息。——現在你知道了嗎？我今晚找你來這裡，就是為了這個目的，我希望在公諸於世之前，先知會你一下，讓你稍微有點心理準備。否則，我怕你受到的打擊太大，會想不開去自殺。」

這個人才不會輕易自殺，為了自己的生命，只會毫不猶豫地犧牲他人的生命。我甚至願意為這個人的怯懦打賭——。

「我該怎麼辦——」

某人的嘴裡發出呻吟。

「我要怎麼做，妳才願意幫我？只要妳不把這封信丟進郵筒，我可以為妳做任何事。」

如果妳想要錢，我可以把所有的財產都給妳，全都聽妳的——晦暗的聲音為燈光蒙上了一層陰影。

「我什麼都不要，只有一個方法可以解決這個問題——」

「什麼方法……我該怎麼做？」

某人轉過頭，雙眼發亮。那是一盞在絕望的黑暗中點亮的燈。宛如骨瘦如柴、快要餓死的狗，在看到殘忍的主人準備丟食物時，狡猾地張大眼睛的神情。我沉默數秒後，丟下了這句話——。

「那就要趁今晚殺了我。」

想當然耳，我很快地尖聲否定了自己說的話。

「但你這麼膽小怕事，當然做不出這種事，絕對辦不到。所以，我明天會活著去巴黎，也會把這封信丟進郵筒。你是一個無可救藥的膽小鬼，根本不可能動手殺人。如果我不瞭解這一點，怎麼可能把製造不在場證明的方法告訴你？這簡直是自掘墳墓。即使你恨不得能殺死我，像你這種膽小鬼不可能真的有膽量下手。」

六歲的時候，曾經有一個女孩子對我說了相同的話。那個女孩喜歡偷東西，經常從各種不同的店裡偷一些小東西，在我面前炫耀。那個笨女孩誤以為自己的手腳不乾淨代表她有勇氣。每次在我面前炫耀後，她總是說：「妳這麼膽小，絕對做不到。」我總是像蹲在遊樂園角落，縮成一團的老鼠般膽小怕事，不敢輕舉妄動，偷竊是我絕對做不到的可怕犯罪行為。但是，每次聽到她對我說「妳這麼膽小，絕對做不到」時，就覺得自己可以做到，很想扯開嗓子放聲大叫：「我也可以做到！」有一天，當我真的叫出口時，她帶我去了一家小店，指著店內盒子裡的蠟筆說：「那妳去偷一枝蠟筆。」我渾身發抖地踏進店內一步，瞥到老闆站在遠處的身影時，我卻只看到那女孩認定我不敢偷東西的輕蔑眼神。我的後背清楚地看到了她的眼神，在那個眼神的刺激下，我又向前跨了一步，抓住了藍色蠟筆。當我衝出那家店時，用顫抖的手把小小的戰利品遞到她的面前。她雙眼充滿怒氣，對我冷笑著。我突然用手上的蠟筆畫在她的臉上，藍色的線從她額頭直直伸向臉頰，看起來好像傷口滲出了藍色的血。我突然哭了起來，轉身跑開——。

此刻站在我面前的並不是小孩子，但是，面對掌握了一切的我，這個人比六歲時的我更加幼稚無助，是被關在恐懼的牢籠中無法動彈的小孩子，是蹲在我心靈角落縮成一團的老鼠。經過二十年的歲月，這一次，我變成了那個女孩，輪到我等在店門外。這個人就像當時的我一樣，努力假裝若無其事，卻用顫抖的視線看著加了毒藥的杯子。我似乎可以聽到某人顫抖的胸膛內一次又一次重複的話。我可以做到。這麼簡單的事，我絕對可以做到——這就是當年的我在內心吶喊的那句話。某人的臉龐就像我當時的後背一樣，可以痛切地感受到置身犯罪之外的人所流露的從容眼神。

一陣沉重的靜默。某人嘆了一口氣。長長的餘韻在夜晚的寂靜中久久無法散去。某人用無力的聲音說，沒錯，我的確不敢殺人，一切都被妳看穿了。然後，用心灰意冷的悲傷眼神瞥了我一眼。無力的聲音並不是為了博取我的同情，只是為了讓我相信的蹩腳演技而已，絕對錯不了。我假裝相信了某人的話，笑得把臉都皺了起來。

「對，我勸你最好放棄這個念頭，你已經做好失去一切的心理準備了吧？這樣就和我一樣了，我們來乾杯吧。」

我用自己手上的杯子碰了碰某人手上的酒杯，玻璃的清脆聲音讓我杯中的酒泛起金色的漣漪，某人也把自己的杯子舉到嘴邊。燈光反射在酒杯邊緣，光環包圍了某人的右眼。某人的眼睛已經不再抽搐，看著我靜靜地坐在那裡，身體後仰，把酒倒入喉嚨。想像著幾分鐘後，毒酒流入我的喉嚨。

我終於在某人的眼中看到了殺意。

某人的眼睛在光環的包圍下看起來格外晦暗，宛如深不可測的空洞。

「再給我多倒點酒——」

我一口氣喝完後，再度為終於下定決心的某人提供了機會。下定決心的某人已經不再害怕，那是被推入深淵、已經心灰意冷的人特有的平靜，從眼神和表情中看不到任何感情。但是，我可以從這個人接下來的些微動作中，瞭解到這個人到底下了什麼決心。

我露出已經酩酊大醉，完全不清楚周圍動靜的眼神，將全身的注意力都集中在眼角，看著某人的手。看到那隻手小心翼翼地拿起酒瓶，儘可能不留下指紋。那隻小心翼翼的手用自然的動作從冰桶裡挑出一小塊冰塊，和在毒酒中慢慢融化的冰塊大小、形狀都一樣的冰塊——。

加入冰塊後，杯中的酒感覺好像增加了，酒的高度和第三個裝有毒酒的杯子高度一樣，彷彿杯子上有刻度。這個人終於下定決心，打算把裝有毒酒的杯子和我的杯子調包。

我想最後一次惡作劇，對這個人說：「把酒倒滿。」

某人有點失望，卻不動聲色，把手指放在剛才沾到指紋的地方，再度拿起酒瓶，為我的杯子裡倒了酒。這個人記住在哪裡留下指紋，打算在事後擦乾淨吧。我拿起酒杯，比這個人更加小心翼翼地把酒倒進喉嚨。一口、兩口——喝完第三口時，液體的分量剛好和毒酒相同。我吐出紅色的氣息，把酒杯放回桌上。裝了毒酒的杯子和我的杯子在菸灰缸兩側，連反射燈光的光芒也完全一樣。唯一的不同，就是分別在菸灰缸的兩側。而且，兩只杯子相差不到十公分，只要移動區區十公分就好。

兩只完全相同的酒杯，其中一杯致人於死地，另一杯可以帶來舒服的陶醉。我突然覺得這是奇妙的奇蹟。對此刻的我來說，也許死亡比酒更能帶來舒服的陶醉，我經常為了忘記一切而喝酒，但無論再怎麼醉，都無法讓我忘記自己只是人類的殘骸這件事。

我茫然地看著某人靜靜交握在腿上的雙手，想像著如果我現在說：「你是不是想殺我？

我也做好了被你殺害的準備。」不知道這個人會露出怎樣的表情。

會不會以為我又在說根本不好笑的玩笑話，露出厭惡的表情？我再度想像著自己的手和這個人的手握在一起的畫面，我們的關係就像共犯，應該可以握手。但是，我突然想要嘔吐，便摸著喉嚨。我絕對不會握這個人的手，絕對不會和這種讓我失去人性，把我的過去全部奪走的人——。

某人看到我想要嘔吐，精明而狡猾地勸我說：「再喝一點，就別再喝了。」再喝一點。這一次，應該是打算讓我喝毒酒吧。

這時，電話鈴聲響了。

「誰啊，誰這麼晚還打電話來——」

電話鈴聲讓我心浮氣躁，但我還是站了起來，蹣跚地走到矮櫃前，拿起旁邊的白色電話。電話中傳來一個男人的聲音。我聽著男人的聲音，看著眼前牆上掛的尤特里羅的「鄉村教堂」（Little Communicant, Church of Mourning）畫作，那只是複製畫，但即使我有錢買真跡，我也會買贗品。正因為是贗品，那棟孤獨的白色教堂才適合我。這幅著名的畫應該印了數千張、數萬張複製畫。如今的我，也只是其中一張而已。

我的目光從複製畫上移向畫框玻璃所反射的某人眼睛。那雙眼睛也看著我，眼睛的位置剛好和教堂的淺綠色柵欄重疊在一起。好平靜的眼睛，彷彿把心交給惡魔後，就被上帝的憤怒之杖變成了石膏的雕像。電話中的男人聲音帶走了一分鐘的時間，我對著電話說：「別再辯解了，我不想再聽到你的聲音。」說完之後，就用力掛上了電話。然後，又搖搖晃晃走回茶几前坐了下來。

「是那個醫生，真是糾纏不清。他做了那麼可怕的事，居然還要求我原諒他。他好像喝了不少酒，一回到家就開始喝了。雖然我能夠理解他想喝酒的心情。」

「他一個人嗎？」

「當然……你為什麼這麼問？」

某人搖了搖頭說，沒事。這個人實在太愚蠢了，還在想那個醫生有沒有不在場證明。我已經說了，我的屍體會在半個月後才被人發現，根本無法根據屍體判斷正確的死亡時間——我剛才告訴這個人的製造不在場證明的方法，必須以無法確定死亡時間為先決條件才能夠成立——。

我拿起菸灰缸這一側的杯子，假裝對剛才的談話沒有任何興趣。雖然這個人沒有察覺，其實我的酒杯杯底有一道小缺口。我在接電話時，有將近一分鐘左右背對著這個人，我當然是故意的——為了讓這個人有機會調換杯子。

手上酒杯杯底的小缺口宛如星星般閃爍著光芒。杯子還沒有被調包。但是，為什麼要錯過這個千載難逢的大好機會？難道我認為這個人已經下定決心，只是我的錯覺？——不，我在內心搖著頭。是剛才那通電話的關係。某人很在意是誰打來的電話，根本沒時間調包。不必擔心，這個人已經下定了決心，知道這個房間很快會因為自己成為命案現場。在命案發生的前一刻，有人打電話到命案現場。如果我在電話中告訴對方，這個人在我家裡，並把這個人的名字告訴對方，一切就會功虧一簣。

我看了一眼時鐘。已經過了一個小時。我不能繼續等下去了。我再提供一次機會，這一次是真正的機會。

我拿起酒杯準備喝，隨即又改變心意，把酒杯放回茶几。

「好像有點冷……可不可以請你去臥室幫我拿一條毛毯……不，算了，我自己去拿，毛毯收在櫃子裡面。」

我步履蹣跚地走向臥室，打開門，走了進去，然後又輕輕關了門，只留下兩公分左右的縫隙。臥室籠罩在冰冷的黑暗中。我的手在牆上摸索，終於找到開關後，打開了開關。床頭櫃上的檯燈亮了，只放了一張床的房間染上了燈罩的紫色。床上灰色和白色的豪放格子圖案，蒙上了一層分不清是光明還是黑暗的紫色薄紗。看著這張床，我第一次真實地感受到死亡。我很快就會在這張床上痛苦地打滾，停止呼吸。無論痛苦還是死亡，都已經無法造成我的恐懼。我要把紫色的微暗當成壽衣，陶醉在任何人都無法妨礙的深眠中。如同以前在烘焙店工作時，滿心期待假日的來臨，此刻我興奮地期盼著長眠。死亡時刻漸近，我覺得終於找回了那個時候真正的自己，沒錯，只有死亡才能恢復真正的我。

牆上有三個大衣櫥。客廳有更大的衣櫥，所以，我不知道為什麼臥室內也有三個衣櫥，其中有兩個空著。只有一個衣櫥內放了六條毛毯和二十件睡袍。睡袍都是在附近超市買的便宜貨，我在家的時候，從來沒有穿過任何由設計師設計的矯情霓裳。其實，走進臥室的三秒後，我已經拿到了一條毛毯，但我還是故意大聲說：「毛毯到底放在哪裡了——？」然後，躡手躡腳地走到門旁，從縫隙中偷看客廳的情況。某人的後背出現在水族箱後方，雖然是背影，卻可以看到某人身體傾向茶几的方向，手正在動。水族箱內的水晃動著，某人的背影宛如海市蜃樓的幻覺。

我又等了一分鐘才走出臥室，某人正靠在沙發上喝酒。我用毛毯裹住身體，坐在茶几前。真的很冷，五年來，每天都很冷。我經常用那條毛毯裹住身體，在這個房間內忍受著宛如疼痛般襲來的寒冷。沒有人知道，這條只具實用性、上面沾了不少污漬的駱駝色毛毯，是最適合我的衣裳。我很快就會穿上最適合我的衣裳。我再度拿起菸灰缸這一側的杯子。我已經忘了自己在演戲，用專注的眼神看著杯底。

沒有缺口。

已經調包了。這個人終於拿起了藍色蠟筆。我想要最後一次惡作劇，「你喝吧。」說著，拿著酒杯，想要把杯中的酒倒進某人手中的酒杯。某人立刻縮了手，在我的酒杯中引發了金色的風暴。某人臉色鐵青。酒從我的酒杯中灑了出來，潑在地毯上，但只有極少的幾滴。杯中的風暴立刻平靜，某人毫不掩飾鬆了一口氣的表情。某人已經不再掩飾任何表情，已經完全喪失了前一刻努力保持的平靜，用顫抖的聲音說，我不能再喝了。

「是嗎？你的意思是，你不想喝我喝過的酒嗎？算了，那你走吧。我喝完這杯就要睡了……」

我氣鼓鼓地說，拿著酒杯站了起來，再度搖搖晃晃走向臥室，但走到門口時，突然轉過身，高高舉起杯子。某人宛如鉛製的人偶般呆立在原地，用如同玻璃珠子般的眼睛看著我。第一次準備犯下殺人這宗滔天大罪的人，在這個瞬間逼近時，腦筋一片空白，好像是自己站在行刑台上。還有幾秒——某人的耳朵所聽到秒針移動的聲音，比我耳朵所聽到的更尖銳。

我向鉛製人偶和即將造訪的死亡投以乾杯的微笑。兇手和被害人之間有兩公尺的距離，相互凝視了三秒鐘。想要殺人的人、想要被殺的人，兩人視線交織在一起，變成了共犯，分享美麗的愛。

我的嘴唇觸碰到酒杯的邊緣。在計畫這起命案時，我曾經多次想像，在最後的幾秒鐘內，我腦中到底會想著些什麼。一旦毒藥滑進喉嚨，我只剩下五秒鐘的時間。五秒鐘後，毒藥會帶來驚人的痛苦，我無法思考，只能打開房門，走到臥室的床邊。在最後的幾秒鐘，我會想起什麼？紐約醫院的白牆？還是第一次走秀時絆了一下，差一點絆倒的腳步聲？還是隨意漫步的黎明街頭？或是在巴黎的飯店，對我沒有一絲愛情的同性戀設計師猛然抓住我乳房時的感覺——？

如今，最後一刻逼近，但我的眼前突然出現一片蔚藍的美麗大海。十八歲生日的那天晚上，邀我去汽車旅館最後卻沒有進去的那個內向年輕人，曾有一次和我一起去海邊。東京附近的大海其實既不藍，也不美，到處擠滿了人，海面反射著隨時可能下雨的天色，看起來灰灰的。但是，此時此刻，那片大海比地中海，比南太平洋更美，更波光粼粼，呈現在我的眼前。年輕人躺在沙灘上，我把沙子撒在他帶著鐵屑味的後背。我是一個喜歡看著沙子從指尖滑落的小女孩，適合這種微不足道的幸福。當他覺得後背發癢，轉頭皺著臉笑起來時，我會忍不住喜極而泣，我就是這樣一個怕孤單的小女孩——。

我仍然面帶微笑。某人屏息斂氣地看著我。有朝一日，當這個人被警方逮捕，不是回想起我的微笑，就是五秒後痛苦的掙扎。

我終於要告別這五年來，每次照鏡子、看雜誌彩頁，或報上照片時就令我痛苦不已的問號了。金色的液體變成了那個海灘的沙粒，撬開我的嘴唇，流入我的身體。我披上了最適合當下自己的死亡衣裳，準備迎接最後一場走秀。這場秀在五秒鐘後，將和我的叫聲一起拉開序幕。在我以往的人生中，曾經叫喊過三次。當吞噬全家的熊熊大火想要向我伸出魔爪時；當車禍發生後，在被送去醫院的路上隔著繃帶摸到碎裂的下顎骨時；以及在紐約醫院裡在鏡子中看到另一個女人的臉時——最後的沙子流入身體。我的眼中溢出金色的光芒，無法再注視某人的臉。

一秒。手中的杯子掉落在地，我用手抓住門把。兩秒。在玻璃破碎的聲音中，我的腦海中浮現復仇這個字眼。三秒。我在寂靜中等待。四秒。我繼續等待。五秒。落入腹底的沙子突然變成通紅的熔岩，噴向我的喉嚨。

我扭動全身，在感受到灼熱和疼痛之前，尖叫聲就從喉嚨迸了出來。不，不是因為疼痛，那是從身體深處湧現、為我帶來巨大震撼的可怕力量。這股力量衝破了我的頭，擅自打開了房門，我一頭撞進臥室。床。火團不斷湧現，有什麼東西從我嘴裡流了出來。尖叫聲消失，只聽到噴火般的聲音，彷彿要炸碎我的腦袋。我已經無法動彈。五年來，我一直走在陌生的街道上，如今卻已經一步也走不動了。即使如此，我仍然變成在風暴中狂舞的蝴蝶，走完最後的幾步。終於到了床邊。我終於走到那裡了。我一秒都等不及了，扭轉身體，背朝下倒在床上。那一剎那，裂開的腦袋縫隙中響起一個可怕的鈴聲，好像是準備開演的舞台信號。那到底是什麼聲音？……我什麼都想不起來了……我的身體不是倒在床上，而是突然被拋進黑暗中……。

第二章——發現者

十一月的最後一天。

不知道是不是秋天綻放了最後的燦爛，這天早晨，點綴東京街頭淡淡的金黃色陽光，到了下午突然蒙上陰影，灰色的雲層之間還可以看到藍天時，雨滴就開始飄下來。那已經是冬天冰冷的雨。

太田道子在原宿的高級公寓內發現命案，這時，天空剛好下起了雨。三年前，自從當紅的時尚模特兒美織玲子搬進這棟公寓，她就開始在這裡當幫傭。她的工作並不是定期的，但只要玲子撥一通電話，她必須隨叫隨到。

玲子的生活沒有規律，有時候一個星期內幾乎每天都接到她的電話。她出國時，有時兩、三個月內一通電話都沒有。

玲子的生活之所以不規律並非因為職業關係，而是因為她善變的個性。有時候接到她的電話，要求「明天一大早一定要來我家」，第二天早上上門她卻不在；有時候半夜電話鈴響，要求道子「去買兩瓶香檳送過來」；也曾經突然在外面打電話給道子，無理地要求「我一個小時後回家，妳去幫我把家裡整理乾淨，昨天晚上有客人來過，家裡弄得很亂。」

道子雖然也住在原宿，但是從車站後方的國宅，即使一路跑到位在表參道後方的高級公寓，也要二十分鐘，根本不可能在四十分鐘內把玲子家打掃乾淨。每次她邀客人在家飲酒作樂，就把家裡弄得一團亂，難以想像這棟公寓的房價是附近一帶的頂尖價格。而且，玲子提前十五分鐘回到家，不悅地數落道子：「搞什麼啊，妳根本沒有整理嘛。」

道子在打掃時，她會發脾氣說：「妳的腳步聲讓我很心煩。」為她製作她點的菜時，她又突然命令：「我不想吃了，妳做點其他的。」

道子經常忍不住在背後嘆氣，難道走紅和美貌，會讓一個只有二十三歲的小女孩變得這麼盛氣凌人？三年前，道子在雜誌上看到的玲子總是露出可愛的笑容，說話的聲音楚楚可憐，連身為同性的道子也對她抱有好感。然而，實際接觸之後卻有一種遭到背叛的感覺。不，玲子剛出道時，的確是個笑容可掬的女孩，但短時間內迅速竄紅，加上數錢數到手軟的感覺，以及從日本的超級名模躍升為世界級超級名模的平步青雲，扭曲了這個女孩子。三年前，道子剛來這裡時，還可以在玲子身上看到稚氣和可愛，但是，隨著歲月的流逝，她的個性越來越差。她的美麗卻與日俱增，笑容也日益動人，似乎必須把個性丟進泥沼，徹底污染，才能得到這份美麗，彷彿邪惡的美麗必須讓醜陋的根在地下蔓延，才能開花結果。

所以，無論玲子再怎麼無理取鬧，道子都笑臉對待這個比自己小十三歲的年輕女孩。一個月前，玲子把盤子一丟說：「這麼難吃的食物，叫我怎麼吃？」就連玲子大發雷霆地說：「妳在笑什麼？妳為什麼不生氣？別人這麼罵妳，妳大可以生氣啊！不需要為了錢強顏歡笑，還是妳在嘲笑我？」而且差點就對她動手時，她也始終面帶微笑。玲子說的沒錯，道子是因為金錢和輕蔑而笑。

即使工作沒有規律，道子每個月都可以定期領到相當金額的薪水。丈夫因病去世，留下兩個孩子後，道子開始為人做幫傭。即使一個月不做任何事，玲子也會支付足夠的薪水，讓他們一家三口可以過正常的生活，還可以存一點錢，以備日後不時之需。雖然條件是道子必須拒絕其他所有的工作，只要玲子在東京期間，就必須隨傳隨到，但玲子支付的金額讓她願意接受這個條件，也願意忍受在深夜的東京街頭為玲子買香檳，或是對自己丟盤子、破口大罵的屈辱。不光是金錢，有一次，道子稱讚玲子：「妳的胸針真漂亮。」玲子就說：「如果妳想要，就送妳吧。」一毫不猶豫地從胸前拿下價值二、三十萬的鑲鑽胸針送給道子，還經常把禮物、花、食物，以及從來沒有穿過的洋裝、飾品、皮包和皮鞋送給道子。並不是因為玲子出手大方，而是她把道子當成了垃圾桶。道子趁玲子心情好的時候對她說，自己比她胖一倍，穿不下那些洋裝和鞋子。玲子說：「那妳拿去丟掉啊。」還一臉納悶地看著道子，搞不懂她為什麼沒有想到拿去丟掉。玲子送東西給道子時，總是很不屑地丟給她。她這麼做，一方面是想要看到比自己年長的女人對自己卑躬屈膝，享受當女王的樂趣，另一方面是在炫耀自己的高收入，覺得這種東西對她來說根本是垃圾。

對太田道子來說，這是玲子唯一的優點，她打心眼裡蔑視這個自私傲慢、雙重人格，把人性賣給惡魔，換取美貌的年輕女孩。

最讓道子看不過去的，就是玲子整天帶不同的男人回家。有時候玲子在深夜裡叫道子上門為她準備酒宴，臥室內卻不斷傳來她和男人打鬧的聲音，完全不怕道子聽到。有時候她則是和男人在旁邊的沙發上做出不堪入目的行為，完全無視道子在場。她似乎認定自己付給道子高薪這件事將成為無言的威脅，不必擔心道子到處宣揚，所以根本不把道子放在眼裡。不，搞不好她是故意在男人碰她時放聲大笑，或是在男人撫摸她時扭動身體，好虐待道子的耳朵和眼睛。

那些男人的年紀和職業五花八門，而且三天兩頭換新面孔。最初的兩年，有三個男人是常客，每個月固定上門一、兩次。一個是看起來像攝影師，留著絡腮鬍的三十多歲男人，另一個是無法分辨出實際年齡的菁英企業家，體型福態，臉上卻有年輕的光澤。最後一個是道子也經常在雜誌上看到的新銳設計師稻木陽平。不，那個攝影師和像企業家的男人好像也在哪裡見過，在玲子像換衣服般頻頻更換的男人中，道子一眼就看出她和這三個男人有特定的關係。但是，今年二月之後，這三個人好像事先商量好一樣，突然不再上門。這三個人之後似乎也分別來按過玲子家的門鈴，但不知道為什麼，玲子總是避免讓道子撞見他們。

三月的某一天，道子又在深夜接到玲子的電話，買了香菸送去時，玲子虛掩著門，接過香菸後，立刻關上了門，似乎不想讓道子看到室內的情況，但道子還是在玄關瞥到那個攝影師的鞋子。夏天的時候，道子又在附近的十字路口，看到那個像企業家的男人和玲子一起坐在賓士車內等紅燈。幾天之後，又接到了聽聲音就知道是稻木陽平的電話。道子把電話轉給玲子，玲子掛上電話後，突然說：「妳可以回家了。」就這樣把道子趕走了。

不光是男人，曾頻繁出入玲子家的女設計師間垣貴美子，以及也是當紅模特兒的池島理沙也在二月後不再上門。二月是不是發生了什麼事呢？道子隱約這麼認為。也許是因為二月下旬時發生了一件奇妙的事，所以才讓道子有這種想法。那一次，玲子用水果刀刺傷了某個人。

因為前一天晚上玲子打電話給她說：「我明天傍晚不在家，妳來打掃一下。」所以，那天傍晚，道子去玲子家打掃。當她用鑰匙打開門，發現飯廳有動靜。她從沒有關好的門中往內張望，玲子剛好回頭。飯廳內並不是只有玲子一個人，還有另一個客人，但玲子突然向前一步，用身體擋住了客人。從來客花俏的衣服中，可以知道是一位年輕女孩。道子本以為是池島理沙，但理沙比玲子高十公分，那個年輕女孩和玲子差不多高。「妳怎麼今天來？我不是說明天嗎？妳搞錯了！」明明是玲子自己搞錯，卻對道子破口大罵。她並不是因為搞錯日子而生氣，而是被道子撞見她不想被人看到的一幕，內心的驚訝變成了怒氣。但是，道子才是最驚訝的，玲子在傍晚時分居然穿著睡袍，睡袍的下襬還濺上很多鮮血。玲子命令她：「妳馬上去打掃臥室。」道子來不及考慮那些鮮血的原因就走進了臥室。一分鐘後，玲子又叫她，她走回飯廳時，客人已經離開了。道子走進臥室的那一分鐘，聽到了開門聲，想必客人是那時候離開的。不，那個客人像是逃走的，因為關門的聲音很用力。在一分鐘內，玲子已經用慣有的冷漠無情掩飾了慌張。她在道子面前脫下睡袍，吩咐了一句：「這件衣服拿去丟掉，還有，把地上的血都擦乾淨，不要留下任何痕跡。」轉身走進浴室。餐桌和地上都濺到很多血，一旁有一把被鮮血染紅的水果刀。並不是玲子被人刺殺，她脫下睡衣時，身上沒有任何傷口。一定是玲子用這把水果刀刺向剛才的年輕女孩。之前，玲子也曾經和來家裡的男客為芝麻小事發生爭執，結果拿出了刀子。由於飯廳內濺了不少血，對方應該傷勢嚴重。道子很擔心警察會上門，但玲子從浴室走出來時，若無其事地擦著頭髮對她說：「妳幹嘛一臉擔心？那點傷勢沒什麼大不了。」然後才叮嚀她：「這件事不要告訴別人。」

警察並沒有上門，道子也告訴自己，如果為了這點小事就大驚小怪，根本無法為這個年輕女孩做事，於是，她決定忘了這件事。話說回來，包括自己在內，只要是和玲子有關的每一個人，即使沒有被刀捅，也會在精神上飽受她的折磨。道子漸漸忘了這件事，但有時仍會想起當時的鮮血顏色，再加上剛好就是從那個時候開始，以前的五個常客就不再上門，便覺得那件事應該具有更重要的意義。

除了攝影師、新銳設計師和像企業家的男人以外，其他男人對玲子來說，就像是在胸前只戴一晚的胸針。她覺得男人是滋養自己美貌和虛榮心的餌食，一旦奪走了他們的心，那些男人就毫無用處。即使再昂貴的胸針，她都會棄如敝屣。

在這些男人中，最大的犧牲者非笹原信雄這位醫生莫屬。他在今年五月中旬和玲子訂婚，到了夏天時就被拋棄。這個在大醫院當內科主任的中年男子彷彿忘了自己的年齡，落入玲子精心設計的戀愛圈套。他們閃電訂婚，短短三個月後，在笹原和元配正式離婚的同時，玲子就單方面解除婚約。當週刊雜誌爭相報導解除婚約的新聞時，道子覺得自己也必須在這件事上負一點責任，對因為這件事差點失去地位的醫師深感愧疚。玲子今年四月因為過勞昏倒，在笹原的醫院住院半個月，兩人因此結識。雖然對外宣布是因為玲子在紐約、巴黎和東京走秀太勞累，其實是因為她沉迷酒色的生活造成的。住院的時候，道子被迫從早到晚在醫院陪她，玲子躺在病床上比平時更加自私任性。她說想要聽音樂，但當道子立刻回公寓拿來錄音機後，她卻說：「不用了，我不想聽了。」晚上的時候，她故意假裝很不舒服，要求道子找醫生來，不讓道子休息。有一次，玲子一片一片撕下訪客送來的白色鮮花的花瓣，難得用溫柔的聲音對道子說：「妳可不可以在笹原醫生面前誇讚我？說我純情、心地善良，而且人很乖巧。週刊雜誌上寫的都是胡說八道。只要妳這麼說，我就給妳加薪。」道子看著散落一地的白色花瓣，想像著這個年輕女孩想要撕破醫生的白袍後狠狠拋棄，不禁感到不寒而慄，但她只能遵從玲子的命令。

笹原誤以為玲子真的如道子所說的那樣「純情善良」，所以玲子八月解除婚約時，他無法相信她變了心，在九月至十月期間曾經數度打電話給玲子，或是上門按門鈴。玲子都假裝不在家，即使接了，也是對著電話咆哮：「你不要老是說相同的話！」然後用力掛上話筒。

道子雖然同情笹原，但對他的死纏爛打也忍不住皺眉頭。她看到週刊雜誌報導「美織玲子付給笹原兩千萬，做為解除婚約的分手費」，又聽到玲子有一次在電話中對笹原說：「你已經收了兩千萬分手費，事到如今，別再對我囉嗦！」證實了這個消息的正確性。週刊雜誌上還提到「笹原把所有財產都給了離婚的前妻當贍養費，已經身無分文，所以默默接受了玲子付給他的兩千萬」。若果真如此，笹原的做法也很不像男人。

「妳要記住喔，即使那個老頭子上門，妳也絕對不能讓他進來。」

雖然玲子再三叮嚀，但時序進入十一月，好像是七日那天傍晚，道子在廚房準備晚餐，突然有人按門鈴，她以為是洋酒專賣店送她訂的啤酒上門，剛打開門，笹原立刻擠了進來，身穿透明及膝睡袍的玲子剛好從臥室走出來。前一天晚上，玲子也帶了兩個男人回家飲酒作樂到天亮，睡到傍晚才起床。「妳為什麼讓他進來？」玲子質問道子時，醫生抱著頭，坐在沙發上呻吟：「請妳告訴我理由，到底是為什麼……？」

「沒為什麼，男人我只要用一個晚上就膩了，我和你在一起三個月，已經算很久了。」

玲子沒有擦口紅時呈現灰色的嘴唇露出從容的微笑。道子看到一個年輕女孩對相當於父親年紀的男人不屑一顧的態度，腦海中浮現出週刊雜誌的報導中提到的「天生的娼妓」這幾個字。和春天時相比，滿臉憔悴的笹原好像一下子蒼老了好幾歲，完全變成另一個人，只是一再重複：「我最近都沒有去醫院，也許會辭職，但是，只要妳再回到我身邊，即使失去一切，我也在所不惜。」在這個雖然只有二十三歲，卻擅長和男人周旋的年輕女孩面前，這個半輩子都在醫界累積實力的老實醫生，根本就像一個小孩子。

「原來妳一開始就打算拋棄我。」

笹原發現玲子不理會他的懇求，內心燃起滿腔憎恨。

「莫名其妙，這哪像是四十歲男人說的話。」

玲子不以為然地嘆著氣說。她的話音未落，笹原手上的玻璃菸灰缸就飛向了她。菸灰缸掠過玲子的肩膀，砸到後方的牆上立即碎裂。「我要殺了妳——」笹原一臉陰沉的表情，用陰森森的聲音說完這句話，就衝了出去。

「殺我？我不相信你有這個膽量。」

玲子對著他的背影冷笑著說。

道子覺得笹原陰森森的聲音聽起來不像是開玩笑，不由地感到擔心，玲子卻完全不放在心上。「不用擔心，他很快又會打電話給我，哭著向我道歉。」然後挑剔桌上的菜，「妳只會做這種菜嗎？」似乎完全忘記了前一刻的騷動。

果然不出玲子所料，一個小時後就接到了笹原的電話。道子接了起來，他在電話中道歉：「剛才很對不起，我太累了，一時情緒失控。」他可能知道玲子不願意接電話，所以又繼續對道子說：「我聽說她下星期要去巴黎，請妳代我拜託她，希望她去巴黎前再見我一次。」

道子要把電話轉給玲子，玲子只說了一句：「趕快掛掉電話。」滿臉不悅地走開了。笹原似乎無法輕易放棄，從道子口中問出玲子將在十五日早上出發去巴黎後說：「在她出發之前，我會再打電話。」才終於掛了電話。

道子不知道笹原是不是要她轉告給玲子，所以她並沒有在玲子面前提這件事，也不知道十五日之前，笹原到底有沒有再打電話來，更不知道玲子有沒有因此和笹原見了面。五天後的十一月十日，玲子即將出發去巴黎，她對道子說：「今天起到月底之前妳都不用來。我十二月一日回國，妳前一天來這裡打掃房間。」道子問：「不需要我幫妳整理行李嗎？」玲子回答：「不用了，這次我會輕裝出發。」

當時，發生了一件奇怪的事。

「我三十日有事，可以提早來打掃嗎？」

道子心想反正玲子不在家，哪一天來都沒關係，沒想到玲子突然臉色一沉，氣勢洶洶地對道子咆哮：

「我付妳高薪，當初不是說好要犧牲所有的私事嗎？妳一定要三十日那一天來。如果妳敢提早一天，可別怪我不客氣。我看灰塵的量就馬上知道了，如果我回來後發現妳在三十日之前來過這裡，就馬上開除妳。」

道子覺得很奇怪，因為上個月月初，玲子去紐約時，她也曾提出相同的要求，當時，玲子一口答應：「好啊。」道子覺得玲子似乎有什麼特別的理由，不希望她在這段時間內踏進這個房間，但怎麼也想不出合理的解釋，最後只好認定只是因為玲子情緒不穩定，所以就沒再多說什麼。

月底的三十日，道子只能讓兩個孩子自行回老家，參加亡父十二年的忌日，自己來玲子家打掃。

正確地說，道子是在下午兩點零八分打開了門。

一打開門，道子忍不住微微皺了皺眉頭。因為她聞到隱約的惡臭，有點像是生肉腐爛的惡臭。她最後一次見到玲子是在十日那一天，那天之後，到她出發去巴黎有四天的時間，她遵從玲子的吩咐，那四天都沒來打掃。可能在這四天時，玲子又邀客人來家裡吃喝玩樂，沒有收拾剩下的食物，就出國旅行了。

進門後，寬敞的客廳並不算太亂。客廳的牆壁和地上的地毯都是灰色，只有沙發是紅色和藍色的原色圖案。沙發後方有一個細長的白色櫃子，上面放了觀葉植物和水族箱，除此以外，客廳內幾乎沒有任何裝飾品。客廳雖然不亂，但似乎的確曾有訪客上門。玻璃茶几上放著威士忌酒瓶和冰桶，茶几上只有一個杯子，道子以為只有玲子獨自喝酒，但菸灰缸內的幾根菸蒂並不是玲子抽的。玲子只抽有白色濾嘴的菸，菸灰缸裡的菸蒂卻沒有濾嘴。道子知道在玲子的客人中，只有一個人抽沒濾嘴的香菸——所以，那個醫生在玲子出門旅行之前的確來過這裡。

茶几上還有一張看起來像是用來包藥的紅色蠟紙，但道子的目光被沉在水族箱底的一尾熱帶魚吸引。十日那一天，她來這裡時，水族箱還是空的。

道子來這裡的第一年，玲子經常買熱帶魚回家，放進水族箱裡。她並不是喜歡養熱帶魚，她不灌氧氣，也不餵飼料，熱帶魚放入水族箱一天後，就紛紛沉入水族箱底，玲子喜歡看著牠們死去的樣子。「又死了一尾……」她總是這麼嘟囔著，露出殘忍的微笑，目不轉睛地看著牠們死去。一年過後，她可能厭倦了，之後有兩年的時間水族箱都一直空著。她似乎在出國旅行之前，心血來潮地買了一尾回來。道子把鼻子湊到水族箱前，發現剛才聞到的惡臭並不是死魚發出的。

前來公寓途中開始下的雨越來越大，白色窗簾外的天色變暗了。雖然聽不到雨聲，接近暮色的灰暗沉積在寬敞的客廳，牆上的鑲嵌玻璃燈亮著。玲子出門忘記關燈是常有的事，但想到這個彩色玻璃燈連續好幾晚在無人房間的黑暗中亮著，道子心裡不禁有一種毛毛的感覺。他們兩個人到底談了些什麼……從玲子的態度來看，很難想像他們會破鏡重圓，不知道是否和平落幕……該不會？

事後回想起來，這個問號是唯一的預感。

道子抱著丟在茶几旁的毛毯，準備打開臥室的門。一隻玻璃杯在門旁打碎了，那裡的地毯上留下了污漬。不知道那個醫生那天有沒有打中玲子。道子思考著這個問題，打開了門。惡臭頓時撲鼻而來，道子忍不住用毛毯捂住了鼻子以下的臉部。她不知道自己這個舉動是為了防止臭氣，還是想要壓抑立即湧向喉嚨的嘔吐。

她從毛毯上方露出的眼睛看到了臉孔朝上，橫躺在床上的身體。一開始，道子以為是別的女人。床邊的檯燈沒有亮，窗前拉上厚實的窗簾，從客廳洩入臥室內的微光無法照到女人的臉，只看得到她身上藍白條紋圖案的毛衣下，穿了一件長及膝下的灰色裙子。道子沒看過那件毛衣。裙襬翻了起來，從床上垂到地上的腳，宛如失敗的雕刻品般扭曲著。看到如同黏土顏色的腿，道子知道那個女人已經死了。

道子打開門旁的開關。她原本是打開檯燈的開關，但不知道是否燈泡壞了，燈沒有亮。她按了另一個開關，天花板的燈亮了，臥室內頓時變得明亮起來。

她緩緩走到床邊。

像扇子般散開的頭髮中有一張臉，看到那張臉，道子仍然覺得是別的女人。不知道是否因為死前太痛苦了，那張臉已經不成人形了，就像是零件錯位的機器。張開的嘴巴吞噬了深沉的黑暗。女人似乎已經死了很久，連續數晚的黑暗都流入這張嘴巴，為她的身體塗上了黑暗。嘴巴旁沾了好像黴菌的嘔吐物。

不知道在那裡站了多久，道子終於發現自己面帶微笑。三年前，當這個年輕女孩第一次對她怒罵：「就憑妳這樣，也配當幫傭？」的時候，似乎就預見會有這麼一天，內心甚至期待這一天的來臨。她覺得自己是為了期待這一天，才會從三年前開始，就持續忍受這個比自己小十三歲的女人帶來的種種屈辱。

「我要殺了妳。」當她之前聽到醫生說這句話時，忍不住在內心祈禱，希望醫生付諸行動。當時，她也差一點露出微笑。因為只要玲子持續支付自己高薪，如果不是她先死了，自己就無法主動斷絕和她之間的關係。七日的傍晚，因為在意玲子的眼光而忍住的微笑，如今終於浮現在自己臉上──。

她聽到了尖叫。

她以為是從屍體口中發出的，但隨後立即發現，尖叫的是自己。

事後，她怎麼也想不起來自己是怎樣尖叫著衝出臥室，又是怎樣用客廳的電話報了警。

一個小時後，在一樓的管理員室，太田道子向兩名刑警說出了這三年來所有的記憶。既然玲子已經死了，既然再也無法從她手上拿到一毛錢，這一切就沒必要再隱瞞了。她只有一件事沒有提起，那就是她發現屍體時的微笑。

當她提到七日傍晚，一名醫生來到玲子家陰森森地嘀咕「我要殺了妳」時，以及留在現場的菸蒂應該是那個醫生抽的菸時，刑警漠然的雙眼深處微微亮了起來。

第三章——警察

夜漸深，打在警署窗戶上的雨點也越來越大。上門打掃的幫傭發現命案至今已經過了八個小時。

刑事課長淺井吃完晚餐時，兩名刑警終於回來了，他們的大衣和長褲褲腿全都濕透。年紀稍長的大西動作緩慢地一屁股坐在椅子上，拿下口罩，用力咳嗽，同時搖了搖頭。他們去橫濱拜訪過已和笹原信雄離婚的前妻，這個動作顯示他們此行一無所獲。一個小時前，他已經在橫濱車站打電話回來報告過了。笹原的前妻說，今年七月正式離婚後，他們從來沒有見過面，也完全沒有聯絡。離婚的兩個月前，大約五月的時候，在笹原和美織玲子發表閃電訂婚之前，他的前妻安子就帶著孩子回娘家了。

「真是世態炎涼啊。他的前妻冷冷地說，『應該就是他殺的。』」

大西說完，又咳了起來。

警方將現場採集到的多枚指紋，和笹原位在杉並區高井戶家中採取到的笹原本人指紋加以比對，判斷兩者一致後，就斷定這起命案為他殺，笹原信雄也被列為重要嫌犯。現場採集的指紋中，掉在臥室門旁的玻璃碎片上的指紋，和紅色藥包上的指紋尤其重要。藥包內是成為被害人死因的氰化鉀，在玻璃碎片和地毯的污漬中，也發現了該氰化物的成分。

除此以外，從殘留在菸灰缸菸蒂上的唾液中，發現了抽菸者的血型是AB型，也符合笹原的血型。再加上香菸是進口的高盧牌香菸，幫傭證實，笹原平時都愛抽這種菸。而且，從笹原家信箱堆積的報紙來看，他已經有一個星期沒有回家，所有證據都證實了他的犯行。

雖然必須根據即將出爐的解剖結果，才能瞭解更進一步的詳細情況，但淺井認為命案的時間在十二日至十四日晚上。公寓管理員目前證實在十二日下午一點左右，看到玲子戴著墨鏡，抱著一個紙袋走進大門，像是買東西回家，沒有向管理員打招呼就進了電梯，那是美織玲子生前最後的身影。淺井之所以認定最晚不會超過十四日晚上，是因為玲子翌日早晨要出發前往巴黎。在她的皮包中也找到了巴黎的機票。因為命案現場的客廳開著燈，臥室床邊的檯燈也開著，但在命案發生後不久，檯燈內的燈泡壞了，由此判斷案發時間是在晚上。

十一月之後，笹原信雄向醫院請假一個月。七日傍晚，他去了玲子家，對她說：「我要殺了妳。」在之後的電話中又說：「希望她去巴黎之前，再見我一次。」五天後的十二日下午，他去了醫院，大約一小時後離開。明明已經向醫院請假在家休息，為什麼又去醫院？他的同事都感到驚訝，但如果當時他是去醫院拿毒藥，一切就有了合理的解釋。

目前已將笹原列為重要嫌犯，雖然還沒有向記者公布事件，但想必他們早就得知消息。

淺井對模特兒和當紅明星都沒有興趣，但他也曾經在媒體上看過玲子，玲子和笹原的緋聞曾經轟動一時。

得知玲子遭人殺害，記者第一個會衝去笹原家，想要瞭解他對這件事的看法。於是記者就會知道警方正在搜索他家，以及笹原幾天之前就已失蹤的事。

「阿西，你覺得笹原果然在逃亡嗎？」

「——應該是。」

大西一如往常慢條斯理地回答時，電話鈴聲響了。淺井交代兩名刑警趕快吃便當，然後接起了電話。電話是一名刑警打來的，他負責向公寓的住戶和附近鄰居打聽十二日至十四日晚上，有沒有看見出入現場的人物。目前為止沒有任何斬獲。

刑警在電話中的聲音冷得發抖。淺井覺得繼續在附近打聽也不會有太大的收穫，淺井便指示那名刑警先回警署。現場六〇二號室位在那個樓層的最深處，旁邊就是逃生門。因為她是名人，擔心緋聞曝光，所以大部分客人都避免從大門進出，而從逃生門出入。逃生梯後方是一片樹林，即使在大白天，也很少有人走動。

淺井掛上電話時，已經開始吃便當的年輕刑警突然停下動作開了口。

「呃——」

這名二十八歲的刑警名叫岡部計三。

「難道不可能是自殺嗎？」

「為什麼是自殺？」

「美織玲子原本要去巴黎，幫傭說她絕對不可能自殺，而且藥包上沒有她的指紋——基於以上的情況，判斷她不可能是自殺。」

「對啊，而且藥包上有笹原的指紋，這樣難道還不夠嗎？」

「是啊——」

大西不理會岡部不滿的聲音問淺井：「笹原十二日去醫院時，有沒有人看到他走進藥品室？」

「聽說笹原兩點左右去了醫院，當時在藥品室的醫局人員今天剛好休假，找不到人，現在已經派人去找了——如果有人看到笹原從藥品室拿了氰化鉀，就打算要逮捕他。」

話音剛落，電話鈴聲又響了起來。

這次是去打聽解剖情形的刑警打來的，根據法醫研判，死亡時間是本月十四日，但前後兩天都在可能的誤差範圍內。十二日晚上到十四日晚上的判斷果然沒有錯。淺井又問了詳細的解剖結果，電話中傳來意味深長的回答：「關於這個問題嘛——」

淺井皺著眉頭掛上了電話，首先把最後聽到的那件事告訴了大西和岡部。「被害人美織玲子——臉部有動過美容整形手術的痕跡，而且，好幾個地方都動了相當細緻的手術。」

「整形？」

岡部驚叫起來。岡部個子很高，很有現代感的長相也不差，可惜他的聲音和外形很不相稱。雖然很難解釋他極其沙啞的聲音和長相哪裡不相稱，但每次岡部只要一大聲說話，淺井就覺得好像是有位三流配音員在為他配音。

「可見她當初找的是醫術高明的名醫，因為從來沒有類似的傳聞出現……雖然她總是冷若冰霜，卻完全感受不到任何整形特有的人工感覺。——原來那張令全日本年輕人為之瘋狂的臉是人工打造的。」

岡部嘆了一口氣。

第四章——嫌犯

有人敲門。他從床上坐了起來，看了一眼嵌在床頭櫃內的時鐘，時鐘顯示十一點二十分。「一個小時後，你來這家飯店的八二三號房。」他剛才在電話中這麼說，對方完全遵守了他的交代。濱野向來守時，不光在時間上一絲不苟，更是他在那家醫院內唯一信賴的人。七年前，當他升上內科主任後，其他人突然開始對他阿諛奉承，只有濱野依然如故。他很欣賞濱野的這種態度。

他從門上的貓眼確認後，緩緩打開門鎖，讓不發一語地向他點了點頭的濱野進屋，又重新鎖好門。單人房內並不寬敞，他讓濱野坐在椅子上，自己在床角坐了下來。

「沒有刑警跟蹤你吧？」

「別擔心，刑警還不知道你曾經很照顧我的事，四點的時候，有兩名刑警來醫院調查，但完全沒有問我任何問題。而且，我按照你在電話中吩咐的，沒有從大廳進來，而是從側門搭電梯上來的。」

他窩在這家飯店已經一個星期，滿臉憔悴。戴著眼鏡的濱野難以置信地打量著他的臉，突然雙眼聚焦，口齒清晰地問他：

「主任，真的是你殺的嗎？」

他注視著濱野的臉，終於瞭解自己為什麼會信任並疼愛這個比他小十歲的下屬。這個年輕人很像自己，有一雙和自己相同的眼睛，總是只看到事情的表面——。

他搖了搖頭。

「不是我殺的——」

「但是……」

「那天晚上，我的確去了玲子家，也偷偷帶了十二日下午去醫院拿的劇毒藥物……我原本擔心玲子不讓我進屋，但那天不知道為什麼，她的心情似乎特別好，馬上就讓我進了屋。我找機會拿出藥包，想把毒藥倒進酒杯，但我剛打開藥包，就被玲子發現了。她質問我，我只好向她坦承是氰化鉀。她一再質問：『你是不是想殺我？』我還來不及解釋，就被她趕出了家門——這就是那天晚上，我在她家所做的一切。」

「所以，你雖然想要殺她……」

他搖了搖頭，打斷了濱野的話。

「我不能說自己完全沒有想要殺她的念頭，但像我這種人根本不可能真的動手。——那天晚上，我去玲子家，是想要死在她面前，我是想把藥放進自己的酒杯……」

「你打算自殺？」

濱野忍不住驚叫，他把食指放在嘴唇上，示意要濱野安靜。由於這家飯店的牆壁很薄，在這裡也可以隱約聽得到隔壁房間傳來的音樂聲。濱野於是壓低嗓門又問了一次，他點了點頭。

「現在回想起來，覺得自己太愚蠢了，但十月之後，我的情緒有點低落——你願意相信我說的話嗎？」

濱野目不轉睛地注視著他的眼睛，覺得眼前這個可憐的中年男子不像是自己的上司，而像是被捕鼠器抓到的老鼠。濱野看著他的眼睛，緩緩點頭。

「既然這樣，你為什麼不把這些事告訴警方……」

「不，不行。我已經中了真正殺害玲子的兇手設計的圈套。你聽我說，那天晚上，我離開玲子家時，把藥包留在桌子上。我剛走不久，就有人去玲子家。玲子親口對我說：『等一下會有客人來找我。』我衝出她家後三十分鐘左右，打電話去向她道歉時，她家裡的確有人。依照玲子的個性，她一定會得意洋洋地告訴那個人，自己差一點被人殺了。玲子是一個可怕的女人，我被她騙了。玲子一定會拿出氰化鉀的藥包炫耀，把我想要殺她的事當作笑話。那個人如果剛好是以前就希望置玲子於死地的人，聽了這件事會怎麼辦？對方一定會認為是千載難逢的好機會，利用現成的毒藥——」

「所以，那個人殺了玲子小姐，然後嫁禍給你……」

他用力點頭。

「你知道那個人是誰嗎？」

濱野露出認真的眼神，一個字、一個字地問。

「我不知道對方是男是女……但心裡大致有底。」

說完，他拿出一張信紙遞給濱野。他在印了這家飯店名字的信紙上，寫下了六個人名。

「剛訂婚時，玲子告訴我，有七個人恨不得殺了她，還把每個人的名字都告訴我。當時，她沒有告訴我理由，但的的確確這麼說。攝影師、女設計師、新銳設計師，以及玲子擔任代言人的那家公司的年輕社長、時尚模特兒，還有為她出唱片的女製作人。上面寫的名字都是玲子親口告訴我的，絕對錯不了，你也認識其中幾個人吧？」

濱野看著信紙點了點頭。

「玲子告訴我的時候，我覺得她在開玩笑，並沒有當一回事。因為玲子當時邊笑邊說話，我也不相信有人會想要殺她。但是，我被她用那麼無情的方式背叛後終於明白了。根據我今年夏天的慘痛經驗，我相信一定有人會想要殺她。寫在紙上的這些人境遇一定比我更慘，對她恨之入骨，恨不得殺了她。我猜想兇手十之八九就在其中。」

濱野抬起頭，露出納悶的表情。

「你剛才說有七個人，但這上面只有六個人的名字。」

他從濱野手上拿過信紙，從窗邊的小桌子上拿起原子筆，在六個名字後面打了個問號。

「在說這件事時，玲子扳著手指，一一說出了每個人的名字，但是，當她豎起第七根手指——我還記得是無名指，她說：『其實還有一個人，只是現在還不能告訴你名字。』然後搖著手指，放在嘴唇上。我只猜想得到是男人，卻猜不到是誰，現在我只知道這六個人的名字而已。」

「你有沒有想過把這些事告訴警察？」

他起身，站到窗邊。漫長的一天即將結束，雨沖刷著深夜，落在地面，窗子下方馬路上的車燈在雨中晃動。

「警方早晚會逮捕我，剛才的新聞報導雖然沒有提到我的名字，但明天的報紙和電視上，都會出現我的名字和照片。這家飯店有幾個員工看過我，應該很快就會報警。七天前，不，可能是六天前——我向醫院請假後，日子就過得渾渾噩噩的，所以有點記不清楚了。我整天悶在高井戶的家中，覺得自己快要發瘋了，就住進這家飯店。雖然住飯店情況也差不多……但警方一定認為我是畏罪潛逃。一旦遭到逮捕，我當然會把對你說的這些話全都告訴警方，只是他們恐怕不會相信。刑警並不瞭解我的性格，不，不光是刑警，醫院的所有人，還有離了婚的前妻和兒女也不會相信我。這個世界上，只有你真正瞭解我，也只有你相信我——我把上面的名字告訴警察也是白費工夫。即使除了我以外，還有其他人想要殺玲子，但現場的證據全都指向我一個人，所以，警方不會認真調查這六個人。我很希望親自查出真兇，但我的時間所剩不多了。」

「所以，你是叫我去——」

他轉過頭，用極其平靜的表情對看著自己的年輕人點頭。

「但是，要怎麼查……即使知道他們的名字，我根本不認識他們。」

「我想先知道，你願不願意幫我做這件事。」

濱野聽了，看著桌上菸灰缸裡的菸蒂想了一會兒，然後，推了推眼鏡抬起頭，銳利的視線彷彿要穿破眼鏡的鏡片。

「好，只要有方法，我願意去做。」

聽到濱野明確的回答，他點了點頭以示感謝。

「與其說是方法，不如說是下賭注。事到如今，只能孤注一擲了。」

他再度在床角坐了下來，指著信紙上的每一個名字說：

「你可以打電話給每一個人，看他們有什麼反應。你說你那天晚上剛好在玲子公寓的後方，看到對方神色慌張地衝出六樓的逃生口，從逃生梯逃走了——」

「就像打撲克牌時的詐唬嗎？」

「沒錯，雖然不知道第七個男人是誰，但如果這六個人中有真兇，一定會有什麼反應。

雖然無法保證他們一定會露出馬腳，但如果順利──」

他又詳細告訴濱野，萬一有人做出任何反應時，該如何因應。濱野也聽得很仔細，生怕漏聽任何一句。當他說完後，濱野又複述了一遍計畫內容加以確認。

「到了這個階段，就可以報警了，對嗎？」

濱野重複完最後一句話，枕邊時鐘的秒針剛好經過半夜十二點。

「總而言之，這是目前唯一的方法，你願意幫這個忙吧？」

「沒問題，雖然我不知道能不能成功，但我會全力以赴。」

濱野回答後，他從皮包裡拿出五十萬圓遞給濱野。

「不，錢的事──」

「不是給你的，我想你在調查時會需要一點費用，是為了這個目的。」

濱野沉默片刻，終於接過了錢，放在雨衣內側的口袋裡。這就是他的回答。

「我明天就會遭到逮捕，最晚恐怕也就是後天了。」

「你有沒有打算搬去更不引人注目的地方？」

「不，這只會留下我四處潛逃的印象，反而最後會被逼入死胡同。我會在這裡等待，這樣比較好。你聽我說，不管我什麼時候遭到逮捕，你就從隔天開始行動。我相信不至於因為這樣就牽連到你。即使這六個人中，有人以為是惡作劇電話，而最後去報警，但由於你的聲音沒有明顯特徵，所以不必擔心。但我要再叮嚀你一次，如果有人上鉤，代表那個人已經殺了玲子，很可能想要連同你一起殺人滅口。如果你打算和那個人接觸，一定要格外小心謹慎。」

濱野聽了之後點點頭。他嘆了一口氣，這一個月來，他第一次感到鬆了一口氣。尤其在今天傍晚的新聞中得知有人發現玲子的屍體後，情緒激動不已，此刻聽到濱野的回答，激動的情緒立刻平靜下來。濱野果然沒有讓自己失望。

至少在他周圍，濱野是唯一相信他的人。

一分鐘後，濱野站了起來，他對濱野露出微笑。

「我之前就想提醒你一件事，你和我一樣太老實了。以後千萬不要像我一樣，對一個女人太認真，以免一失足成千古恨。」

濱野可能以為他在開玩笑，也微笑以對。

「也許兇手犯下了無心的疏失，讓警方比我搶先懷疑那幾個人，但這也可能只是我的一廂情願。」

「希望如此——」

濱野來到走廊後，他最後叮嚀：「記得不要讓櫃檯的人看到你。」在門關上的前一刻，他們就像共犯般默默用眼神打了招呼。

隨著鎖門的聲音，他在只剩下獨自一人的房間內低聲說：「沒錯，這是孤注一擲。」沒錯，這是一個大賭注，但是，眼前他只能將自己的命運託付在這個賭注上。

雖然濱野說，警方可能開始懷疑其他人，他完全不相信有這種可能。至少目前警方只鎖定他是嫌犯，他認為自己一定會遭到逮捕，這幾乎已經變成了他的信念。他果然沒有猜錯，翌日正午的新聞報導中，電視螢幕上出現了他的臉，被認為是此案的重大嫌疑犯。一個小時後，他聽到了敲門聲。新聞主播在報導中提到，一位醫局人員說出了關鍵證詞。那個醫局人員說，看到他在十二日去醫院時，從藥品室的保管庫中拿出了某種藥，還從口袋裡掏出紅紙，把藥包了起來。一定是山根治子。向她要特種藥品保管庫的鑰匙時，她露出懷疑的表情。他在保管庫時，曾經感覺到有人從門縫裡張望，果然是那雙充滿猜忌的小眼睛在偷窺。

敲門聲停了，傳來鑰匙插進鑰匙孔的聲音。他坐在床上一動也不動。幾個看起來像是刑警的人走了進來，在他面前亮出了逮捕令。為他戴上手銬時，他完全沒有抵抗。他已經筋疲力盡，無法思考，甚至覺得自己真的是一位在逃亡的兇手。他用戴著手銬的手撥了撥頭髮，摸了摸滿是鬍碴的臉頰。

雨在上午就停了。他坐在警車後座，陽光照在他的手銬上。那是沒什麼溫度的美麗冬陽。他對兩側的刑警說，自己上衣口袋裡還有最後一根高盧香菸，不知道可不可以抽菸？

第五章——警察

不光是淺井，其他刑警也認定笹原信雄就是兇手，但只有一個人，認為還有其他的可能性，那就是前一天晚上問「難道不可能是自殺嗎？」的年輕刑警岡部。也許他不敢在前輩面前造次，也可能並沒有明確的證據，總之，他並沒有積極表達自己的意見。

笹原在偵訊中保持緘默，只有在一開始聲明：「我有話要說，但現在太累了，不想說話，敬請原諒。」然後，就閉上了發紫的嘴唇。

淺井覺得笹原的無言恰巧證明了他就是兇手。

笹原不僅閉了嘴，也始終閉著眼睛。即使叫他吃飯，他也只是回答：「我現在只想睡覺。」事實上，笹原雙眼充血紅腫，似乎已經好幾天沒有好好睡覺了。淺井覺得笹原的雙眼，也是他犯下殺人案的證據之一。在殺害背叛自己的女人後，他受到良心的呵責，再加上不知道什麼時候會被警方逮捕的不安，連日都害怕黑夜的到來。笹原在飯店登記時使用了假名字，因為他的外形沒有任何特別的特徵，如果不是幾個飯店員工覺得他「有點奇怪」，對他留下深刻印象，恐怕無法這麼快把他逮捕歸案。笹原一定猜到警方在發現屍體後會立刻展開行動，所以在躲藏的飯店內也無法安穩地睡覺。這個中年男子如癡如醉地愛上了和自己女兒年紀差不多的年輕女孩，卻遭到背叛，導致他由愛生恨，引發殺機，也因此失去了一切。身為相同年紀的男人，淺井對他多少產生了一點同情。

但是，即使心生同情，身為警察，仍然必須盡快讓兇手招供一切。淺井時而恐嚇，時而安撫、安慰，如此對笹原軟硬兼施，都無法奏效。笹原抱著雙臂，好像等待執行死刑的囚犯坐在那裡，在他臉上看到的不是心灰意冷，而是近似頓悟的表情。

只有請他抽菸時，他才開了口。他說：「我只抽高盧菸。」問他為什麼抽那種菸，他回答說，他認真而忠實地做好醫生這份神聖的工作，妻兒和其他人都覺得他是平凡無趣的人，他自己也很清楚這一點，所以，希望有什麼特別的小裝飾點綴自己的人生。高盧菸菸盒上的圖案和其他香菸所沒有的強烈香氣，正是他為自己挑選的裝飾。他還補充說，別人都覺得他不適合抽那種菸，只有玲子說，那簡直是為他量身打造的菸。也許他就是因為這樣才會愛上玲子。但是，他只說了這些而已，當刑警繼續問他：「既然這樣，你為什麼殺了玲子？」時，笹原已經緊閉起雙唇。

直到十二月二日傍晚，都沒有從笹原口中問出任何一句有關命案的事。逮捕至今已經過了一天又三個小時了。

幾名刑警在東京市區奔走，希望掌握笹原犯案的證據，也都一無所獲。只有前往醫院瞭解情況的刑警報告說，「笹原手下的一個名叫濱野康彥的醫生堅稱主任絕對不可能殺人。」聽說笹原平時很照顧這個三十五歲的內科醫生，所以，淺井沒有把這個報告的內容放在心上。

淺井很想瞭解犯案的明確時間，那天傍晚，笹原總算回答了這個問題。

「我在十……四日晚上去了玲子家。」

但是，他只承認去過她家，隻字未提殺人的事實。而且，之後又補充說，可能是在十三日晚上去的。因為自從十一月向醫院請假後，日子就有點搞不太清楚。「我記得我去醫院那天是十二日，因為濱野康彥對我說，主任，今天是你生日。所以我才會記得這件事。但是，我到底是隔天去了玲子家，還是又隔了一天才去，記憶有點模糊。我記得當時玲子提到她要去巴黎，但我忘了她是說明天要去，還是後天要去。」追問他去玲子家的時間，他也回答說：「我也不太記得時間了，只記得是晚上。好像是天黑之後馬上就去了，也好像是深夜之後才去的。」他模稜兩可的回答簡直就是不把警察放在眼裡。

然後，他再度緊閉雙唇。他在拘留所內似乎也睡不好，雙眼比之前更紅，呈現混濁的血色。

淺井只好走出偵訊室。五分鐘後，四點二十三分，電話鈴聲響了。

電話是成城署的刑事課長打來的。他們曾經見過幾次，淺井向他打招呼的話還沒說完，他就打斷了淺井，直截了當地切入了正事。

「不瞞你說，三十分鐘前，世界紡織的年輕社長在成城的家中用獵槍自殺了。澤森英二郎是企業界的名人，不知道你有沒有聽過他的名字？他留下了遺書，自殺的最大原因，是公司經營不善，瀕臨破產危機，但自殺的理由並不是這樣而已。他在遺書的最後提到，是他殺了名模美織玲子。你們昨天不是逮捕了那個好像叫笹原的醫生了嗎？看了澤森的遺書，顯然兇手並不是笹原……」

淺井不記得自己是怎麼掛上電話的，他立刻帶了兩名刑警衝出警署，開車前往澤森英二郎的家中。兩名刑警中，有一個是岡部計三。岡部從淺井口中得知這個消息後告訴他：「美織玲子為世界紡織拍了電視廣告，三年前，她就是靠那支廣告迅速走紅。」

岡部還告訴他，美織玲子在那支廣告中穿上鮮紅的禮服，宛如燃燒的蝴蝶般在冰山上狂舞。由於整天忙於工作，除了新聞報導以外已經好幾年沒看電視的淺井，聽了岡部的話，也完全不得要領，只是聽到蝴蝶這兩個字，想起了被害人左側乳房上的黑色蝴蝶刺青。無論美織玲子再怎麼美麗，再怎麼有名，對淺井來說，只是命案中的一具屍體。

淺井對澤森英二郎倒是有某種程度的瞭解。澤森英二郎的父親死後，他在三十七歲時，成為公司的社長。世界纖維這家在戰前創立的大公司虛有其名，業界紛紛傳言，因為經營不善，已經瀕臨破產邊緣。澤森英二郎在短短兩年的時間內，就讓公司重新站起來。他的信條是「人生就是要開拓」，最喜歡「鬥魂」這兩個字，他在多元化經營上一展長才，在和其他公司競爭中，為了贏得勝利，不惜用毒辣的強硬手段。雖然大家稱他為年輕企業家，但年紀應該有四十好幾。淺井最近偶然在業界雜誌看到他的照片，發現他一對銳利的眼睛中，仍然流露出年輕人的熱血。淺井覺得這種男人一旦受挫就很危險，看來自己的預料並沒有錯。

年輕社長的住家充滿現代感，沒有那一帶以日式房屋居多的高級住宅區特有的寂靜，宛如形成了另一個世界。他連住家都要強勢地表達強烈的自我主張，似乎可以從中感受到他的孤獨。由於那一帶是高級住宅區，門口看熱鬧的人並不多，只有記者和警方人員走動。淺井一行人到達時，鑑識人員剛好用擔架把屍體抬出大門，他們從圍上前的記者身後走出去。淺井從記者身後探頭看了一下，發現屍體身上蓋著毛毯，從毛毯縐褶中可以想像出屍體的身材，沒想到比他原本以為的更加瘦小。這個瘦小的身體背負著太大的夢想，最後被不相稱的夢想壓垮了。

在一名熟識的中年刑警帶領下，淺井等人來到二樓臥室的自殺現場。鑑識人員還在勘驗現場，正忙碌地在室內走動。

相當於淺井家臥室三倍的大臥室內放了兩張床，天花板上的水晶燈照亮了靠窗那張床上濺滿的鮮血。澤森用自己喜愛的獵槍射向太陽穴，轟掉半個腦袋，當場死亡。據和他結婚十年的妻子陳述，公司這兩年的經營每況愈下，尤其是今年春天之後，他似乎有很多煩惱，雖然在外面總是一如往常地虛張聲勢，但回到家時的神情慘不忍睹。這一個月來，幾乎整天都沉著一張臉，他妻子不由得擔心丈夫是不是精神出了問題。

「聽說今天早上接到一通奇怪的電話。」

成城署的中年刑警告訴淺井。

「差不多是早上八點左右，他在吃早餐時還很有精神，接完電話後就臉色鐵青。他妻子擔心地問他，是不是工作上出了什麼問題，他只嘀咕了一句：『全完了。』然後露出令人發毛的落寞微笑，並把自己關在臥室。中午的時候，他妻子去叫他，說午餐已經煮好了，臥室從裡面鎖上了，他在臥室內說，他很累，正在睡覺，晚餐的時候再吃。即使有人打電話來，也說他在接待訪客，不想接電話。快四點的時候，二樓突然傳來槍聲，他妻子打開臥室的門鎖衝了進去。」

「早上那通電話是——？」

「這個嘛……」刑警皺著眉頭，有點吞吞吐吐，「遺書上也有提到這件事，請你看一下。」然後，把淺井帶到窗邊的書桌前。

設計獨具匠心的瑞典進口書桌上，放了一個有點不太搭調的和紙信封。淺井借了手套，從信封內抽出信紙。除了信封上「遺書」兩個字是用毛筆寫的以外，信紙上內容都是用鋼筆寫的，但字尾都極端上揚。他可能花了一整個下午寫了這封遺書，三十多頁信紙的前二十頁左右，詳細描述了這兩年來，公司都是靠自己的虛張聲勢在支撐，自己已經陷入了經營不善的泥沼，無法自拔。三年前和兩年前針對國外市場開發的兩種新布料滯銷，只能靠多元化經營的其他事業填補赤字，沒想到洞越來越大。兩年前，他開始篡改帳目做假帳，終於向銀行申請到融資，但今年秋天時也終於已經撐不下去了。

他向妻子、家人和公司員工道歉後寫著，「原本打算就此擱筆，但我在臨死之前，必須懺悔自己所有的罪行。」接著，就毫無預警地出現了「是我殺死了美織玲子」這句話。

——我發自內心地感到對不起和我結髮十年的妻子。三年前，我第一次見到玲子，就立刻墜入了情網。在最初那一剎那，在和她交談之前，我瞥了她一眼，就開始思考要花多少錢，才能夠得到這個女人的美麗和魅力。我決定出價五千萬。她對我欠身說：「很高興認識你。」在晃動的頭髮中露出微笑時，我加碼到一億圓。對我來說，戀愛也是做生意。

那次之後，為了占有玲子、和她共度春宵，我不知道投入了多少金錢。剛開始，公司經營還沒有太大的問題，我動用了所有可以動用的資金，投資在玲子身上。我給她現金，給她珠寶，給她房子，看到她越來越漂亮，令我有一種做大生意成功的愉悅。不，正如我前面提到的原委，當公司經營不善，開始債務纏身後，我仍然提供金錢給她。當然，我花的每一分錢，都是要把玲子占為己有。

事實上，我也想讓玲子對公司的生意有所幫助，便找她拍了公司的形象廣告。在冰山上燃燒的火焰那支廣告是我親自設計的，那支廣告讓玲子從一介模特兒變成了超級明星，潔白的冰和紅色的火焰都是玲子。玲子有時候冷漠得極其殘酷，有時候又熱情到殘酷的程度。我同時愛她這兩個面向，沒錯，我愛她，但她並不愛我。她對自己的美麗感到驕傲，甚至為此傲慢。在她的眼中，我只是臣服她美麗之下的奴隸，我給她的金錢和珠寶，她都認為是理所當然的貢品。

剛開始那兩年，她還願意為我擠出笑容，有時候向我任性地撒嬌。今年年初，我才發現一切都是她的演技。

一月初的某個夜晚，我想要擁抱她，她突然把我的手撥開，還說：「我很討厭你，從一開始就很討厭你。」我以為她在開玩笑，因為她當時面帶微笑，我以為她接下來又會像往常一樣鬧脾氣。但那是她第一次明確對我說「我討厭你」這句話。由於太突如其來，我以為是她在開玩笑，或是心血來潮，但是，我隨即在她微笑的眼睛深處看到冷漠，我便明白那是她的真心話。不，我之前就察覺到她的冷漠眼神了，但我欺騙了自己，假裝沒有察覺。

「我早就知道了，」我回答：「我只是用金錢買妳的身體。今天晚上我要付多少錢？」我拿出支票簿，玲子說：「你沒錢還給銀行，倒是有錢付給我。」她說的完全正確。但我從來沒有在她面前提過債務的事，我驚訝不已，她拿了幾張照片給我看。那是從我公司的內部帳簿上拍下來的。我一下子沒想起兩個月前，公司臨時進行會計帳目審核時，我曾經把帳簿藏在玲子家的衣櫃中一個星期這件事，忍不住問她：「這個帳簿是——？」

玲子把帳簿拿給那一個星期來她家裡的大學生看，瞭解了公司所有的祕密。

「為什麼要拍照？」我問她，她理所當然地回答：「當然是為了交給警方，我要讓你身敗名裂。」說著，她抓住我的領帶，揮起預藏的刀子。半條領帶離開了我的脖子，握在玲子的手上。玲子握著半條領帶對我微笑，彷彿握住了我的人生。我終於相信，這個女人是來真的，但我仍然欺騙自己，告訴自己她在開玩笑。我笑著問她：「為什麼要讓我身敗名裂？」「你問我為什麼？因為你用一億圓買我，因為你把女人當成商品買賣。每次和你上床，我就覺得自己不是人。我被你糟蹋，我的身體已經無法重回以前了。」「妳又不是和我一個人上床而已。」「但你是第一個。」「少騙人了，妳認識我以前，週刊雜誌就經常報導妳的緋聞。」「認識你以後的八卦幾乎都是真的，但以前的緋聞都是胡說八道。你在那個飯店占有我的時候，我的身體還和小時候一樣乾淨。在你之前，我只和瑞內．馬丁上過床，但是馬丁並不算是真正的男人，所以不算真正上床。」「妳別說謊……」我的話還沒說完，她就拿起電話，打斷了我的話，用刀尖撥了三個數字。我慌忙衝過去，掛上了電話。我用盡全身的力氣按住電話，想要一笑置之，彷彿眼前發生的一切都是愚蠢的笑話。

「你的錢玷污了我的身體，所以，我要報復，要奪走你的一切。」

從那一刻開始，直到十一月那個晚上，我按著電話，不知道聽了這句話多少次。

既然玲子已經拍了照片，代表從我把帳簿放在她家的去年秋天開始，她就打算毀了我。我不明白玲子為什麼如此討厭我、痛恨我，但我已經完全落入她的股掌之中。我以前就從玲子身上嗅到邪惡的香氣，我正是被她這種香氣所吸引，但那並不是我以為的香水甜蜜香氣，而是令人痛苦窒息的黑暗腐臭。

玲子每次出言恐嚇時，臉上總是帶著微笑，但那從來不是玩笑。她從來沒有向我要錢，她只希望我身敗名裂。玲子經常把「復仇」、「報復」掛在嘴上，說我的髒手讓她的身體變得漆黑，所以她要報復。那只是藉口而已，她只是想要折磨我、傷害我、毀滅我，從中感受到難以言喻的快感。我心裡很清楚，無論她露出多麼美麗的微笑，她早晚會把這八張照片交給警方。她之所以沒有立刻這麼做，是因為她想要多折磨我一天，有一種酷刑叫做「凌遲碎剮」，玲子就是這麼對待我的。就好像古代帝國的殘忍公主，讓奴隸當場斃命太可惜了，要用水和火慢慢折磨，充分享受奴隸臉上恐懼的表情，在厭倦之後，才下達命令「讓他死」。她打算一次又一次折磨我後，再帶著慣有的微笑，拿起電話，按下那三個數字。

玲子以前從來不會主動打電話給我，二月之後，經常打電話到公司，邀我去她家，或是約去我在麴町租的房子見面。如同最初的兩年，我用鈔票自由自在地控制了她的身體一樣，她拿著八張照片，自由自在地操控我的心情。雖然我可以輕易從她手中搶過照片，撕得粉碎，但這根本是無謂的行為。她告訴我，底片放在我不認識的大學生那裡。那時候，我的公司已經走在危險的鋼索上，她把那八張照片當成刀子，隨時準備割斷鋼索，讓我墜入萬丈深淵。我在工作上也逐步陷入緊張和不安，但我最害怕的是玲子把我找去，聽她說一、兩個小時痛恨我的話，以及心血來潮拿起電話的那一刻。

「為什麼？這兩年內，我給了妳多少錢？」有一次，我忍不住反抗。「妳戴的項鍊也是我送的。」玲子用沉默的微笑回答了我的怒罵，伸手拉斷了脖子上的項鍊。她撿起散落在桌子上的珍珠對我說：「那我還給你。」她把一顆珍珠塞進我嘴裡。「你不是希望我還給你嗎？給我吃下去。」如果我不聽從她的命令，她就會拿起電話。這份恐懼讓我硬是把珍珠吞了下去，不知道是否我臉上的表情太有趣了，玲子不停地把珍珠塞進我嘴裡。除了第一顆以外，我實在吞不下去。當她把最後一顆塞進我嘴裡時，我忍不住想要嘔吐，便衝進盥洗室吐了出來。在帶著酸味的褐色液體中，無數顆珍珠好像泡沫般浮在其中，發出閃亮的光芒。我又吐了一次，但還是無法把最初吞下的那一顆吐出來。

珍珠沉入我身體深處的黑暗，在之後漫長的時間裡，不斷發出微光。

「為什麼？即使妳不把照片交給警方，我的公司也早晚會倒閉。」

秋天過了一半的時候，我曾經這麼問她。

「是嗎？那我要趕在你公司倒閉之前交給警察——」

玲子回答後，又面帶笑容繼續說道：

「因為我想親手毀了你。」

一個月後，終於到了那天晚上。前一天，她打電話到我公司說：「我想在出發前往巴黎之前了結一樁心事。」她在電話中的聲音格外開心，我知道她終於要付諸行動了。十一月之後，公司的營運幾乎已經走到了谷底，沒想到發生了奇蹟，和某家銀行洽談的融資有了眉目。如果銀行同意貸給我們申請的額度，公司應該還可以撐兩、三年。所以，我無論如何都要阻止玲子打電話。

翌日晚上，我去了她家。果然不出所料，玲子說要公諸於世。她不是打電話給警察，而是說要連同照片，寫信給一個惡名昭彰的週刊記者，但也同樣會置我於死地。三年前，取名為「嵐龍」這個蠢名字的新布料出口失敗後，我只要一有不祥的預感都會應驗。我看著信中每一個將我推向毀滅的字，終於發現我認識玲子的時候，和我在工作上失去精準判斷能力的時機剛好吻合。那不是偶然，我和玲子在一起，導致我失去了判斷能力，我被人從走向成功的階梯上推了下來。過度完美的美麗必定需要犧牲者，我就是那個犧牲者。事實上，玲子在那天晚上穿了藍白條紋的毛衣，美得令人心曠神怡。她用纖細的手指握住一個男人的命運，捏得粉碎，宛如通向永恆的光，在她手中璀璨發亮。玲子從我手中搶過信紙，和照片一起放回信封時，我終於下定決心要殺她。

如同公司墜入谷底時，和某家銀行融資的事漸漸有了眉目一樣，神明的加持也讓我奇蹟似的擺脫了那天晚上的困境。那天晚上，並不是只有我去玲子家。今年夏天，和玲子解除婚約一事鬧得沸沸揚揚的笹原信雄，在我之前也去了玲子家，而且，他還準備了毒藥想要殺玲子，卻不慎失手。

我從來沒有見過笹原信雄，但我之前就很同情這個和我同年的老實醫生。當初他們公布訂婚消息時，玲子就對我說：「玩弄老實的中年男子很有趣。」我對她說：「我要告訴那個醫生，妳是一個多麼可怕的女人。」她打著呵欠說：「你想說就說吧，反正夏天的時候，我就會甩了他。」事實上，笹原的確在八月被玲子拋棄。他不但失去了玲子，還失去了家庭，也幾乎喪失了地位。笹原和我一樣，都是玲子這個美麗而又邪惡的女神手下的犧牲者。

玲子好像在談論什麼愉快的話題，告訴我笹原上門想要殺她的事。醫生還沒有打開藥包，就被玲子發現了，結果他逃走了，還把藥包留在桌上。而且，玲子還主動告訴我：「如果你現在殺了我，警方一定會逮捕那個醫生。」她用長指甲打開藥包，把裡面的毒藥倒進笹原留下的酒杯中，我腦海中浮現出「利益」這個字眼。也許對我來說，殺人也是一場生意。對方準備了令人驚訝的理想條件，只等著我點頭同意。我不必蓋印章，只要把加了毒藥的酒和玲子的酒杯交換，就能完成這筆生意。玲子已經酩酊大醉，即使杯中的酒量稍有不同，她應該也不會察覺，但玲子要我為她的酒杯加冰塊時，我儘可能挑選和毒酒杯裡的冰塊相同大小的冰塊。

我的喉嚨再度出現了窒息般的不適，今年春天吞下那顆珍珠後，這種不舒服的感覺就不斷出現。也許從吞下珍珠的那一刻開始，我就一直在找機會殺死玲子。如今，機會就在眼前。加了毒藥的金色液體就像我當時嘔吐物的顏色，我覺得這一次一定要把吞下的珍珠吐出來。

玲子去臥室找毛毯時，我拿出手帕包在手上，交換了兩個杯子，以免留下指紋。玲子從臥室走出來之後渾然不覺，拿起加了毒藥的酒杯。三分鐘後，她說：「我想睡覺了，你走吧。」然後搖搖晃晃地走向臥室，站在臥室門口把酒喝了下去。幾秒鐘後，玲子發出可怕的尖叫聲，扭著全身，一頭栽進了臥室。尖叫聲又持續了五秒鐘，我想起了三年前那支廣告中的美麗火焰。在尖叫聲停止後，我立刻展開行動。我衝進了臥室，發現玲子倒在床上，那時候她已經變成了屍體。從她快要蹦出來的眼珠子和歪斜的嘴唇，就知道她已經死了，但我還是伸手確認了她的脈搏。生命之聲已經結束的手腕極其冰冷，火焰在燃燒殆盡的同時，就變成了一片雪白的冰山。

我回到客廳，把放在原木桌上的陶製菸灰缸移到玻璃茶几上，裡面有笹原留下的菸蒂，然後，又加了幾個玲子抽菸後留下的菸蒂，把我自己留在玻璃菸灰缸的菸蒂用紙包了起來，放進了口袋。再把玻璃菸灰缸和我喝過的杯子拿去盥洗室洗乾淨，把杯子放回廚房的碗櫃，菸灰缸放在原木桌上，用手帕小心擦拭了我進來之後留下的指紋。我進門時，是玲子為我開了門，之後也是她關門，我只碰了兩、三個地方而已，我也清楚記住了自己碰了哪些地方，所以，很輕易地可以只擦去自己的，而留下笹原的指紋。我仔細巡視了客廳三次，用手帕握住門把打開了門。

於是，我成了殺人兇手離開了玲子的家，這是我在進門時完全沒有預料到的事——。

遺書中又簡潔地提到了殺害玲子的數天後，公司破產的傳聞很快就傳開，最終無法得到銀行方面的融資，殺害玲子並沒有為他帶來任何好處，但他沒有後悔，即使在受到玲子的恐嚇後，內心深處仍然愛著玲子，對自己親手埋葬了玲子感到心滿意足。結束和銀行的通話後，他就想要一死了之，昨天知道笹原果然不出所料遭到了逮捕，但這已經沒有任何意義了。於是他最後又寫道——

今天早上八點，一個男人打電話給我，在電話中說：「那天晚上，我剛好躲在美織玲子公寓後方，看到你臉色大變地從逃生梯衝下來。我曾經在雜誌上多次看過你，所以認識你。報紙上說，美織玲子是在十四日左右的某一天夜晚被人殺害，剛好就是那一天的晚上。我想知道你為什麼這麼慌張……。」無論我怎麼問，對方都保持沉默，最後只說明天還會再和我聯絡，就掛上了電話。我只知道對方是男人，但他的聲音沒有感情，也沒有特徵。這三年來，我和玲子小心翼翼，不讓媒體和我妻子知道我們的關係，沒想到我殺害了玲子、終於清算一切的最後一刻，居然失敗了。對方掛上電話後，我仍然緊緊握著電話，思考著他為什麼不報警。等了好幾秒鐘，腦海中才浮現「恐嚇」這兩個字。用利害得失來計算，我殺了玲子沒有得到任何好處，反而損失慘重。我毫無意義地殺了人，只為了讓新的恐嚇者掌握新的把柄對我恐嚇。

放下電話後，我覺得一切都完了。我輕聲笑了起來。剛才的男人還不知道我公司破產的事，輕信了雜誌上那些虛張聲勢的話，還得意洋洋地以為自己釣到了大魚。那個男人提到了「明天」，殊不知在他打這通電話時，「明天」對我已經沒有任何意義。

澤森以這樣的文字提及了早晨的神祕電話，最後，他用「我並不怕死亡，我要挑戰死亡，面對死亡，要親手開拓永遠的黑暗」這句很有其人風格的話，做為他遺書的結尾。

早上的那通電話應該如他在遺書中所寫，帶著恐嚇的意圖。一旦新聞報導澤森自殺的消息，對方應該不會再打電話，但為了以防萬一，淺井離開澤森家之前，還是交代了成城署的刑警，萬一那個男人明天又打電話來，務必要通知自己。在玄關穿鞋子時，他發現旁邊的客廳門開著，看見掛在牆上的澤森肖像照。澤森在照片中聳著肩，挺著胸，雙眼看著遙遠的上空。淺井忍不住想起遺書的最後一句話，覺得這個男人在失去女人和事業後，死亡也許是他最後的虛張聲勢。

回程的車上，氣氛格外凝重。一方面很在意那個案發當晚的目擊證人，同時也是恐嚇者的神祕男子，但澤森遺書上突如其來的交代還是令淺井感到震驚。從詳細的記述內容來看，交代的內容所言不假。

「遺書上提到，他同情笹原。」

岡部在副駕駛座上開了口。

「也許是因為公司破產，他決定一死了之，所以想用自己的死救笹原一把，所以才會那樣亂寫一通。」

「這樣的話，早晨的那通電話又要怎麼解釋？他妻子也證實，他的確接到了這通電話。」

「這——」

回答淺井的不是岡部，而是另一名刑警。

「也許只是惡作劇，是知道澤森和玲子關係的某個人——」

「但是遺書上提到，沒有人知道他們的關係。」

「不，澤森經常去玲子家，會有人知道他們的關係也很正常。」

淺井腦海中浮現了幫傭太田道子的臉龐，但太田道子不是男人。岡部似乎也想到了同一個人。

「對了，那個幫傭說，有一個像是企業家、很眼熟的男人出入玲子家。」

他自言自語地說完後，又問：

「如果那個恐嚇者說的話屬實，那他也很奇怪。在案發的當天晚上，他為什麼會躲在逃生梯附近？」

默。

淺井對岡部很有特色的聲音感到煩躁，完全無法思考，車子回到警署之前，他都保持沉

回到警署後，淺井還沒有開口，大西就慢吞吞地從椅子上站起來說：「笹原終於承認他去玲子家時帶了氰化鉀。」在淺井衝出警署後，笹原信雄才終於開了口。

「但他堅稱，他帶氰化鉀去那裡是打算自殺，最後沒有打開藥包就被趕走了。這是不是在胡說八道？」

大西說道。他對澤森的遺書一無所知。淺井對連咳了兩天的大西感到不耐煩，神情嚴肅地搖了搖頭。雖然不知道笹原帶氰化鉀是否想要自殺，但很顯然的，笹原還沒有打開藥包就離開了玲子家。所以，他並沒有殺死玲子。

第六章——某人

白雪飄過窗外。北都已是寒冬，飄過飯店頂樓窗外的雪還是細絲，但隨著漸漸落地，很快就會和其他細絲交織在一起，變成粗線條，在地上編織出一匹寬闊的白布。札幌的街燈宛如在起伏的白布上縫上了五彩繽紛的彩珠。

這片虛假而美麗的白色不知道能不能運用在明年春天的時裝秀上——她思考這個問題，突然說出了「虛假」這個字眼。

「虛假……沒錯，打電話來的那個男人在說謊。」

由於室內很溫暖，窗戶玻璃上積著水氣。她用手畫出扇子形狀，一面眺望著窗外的景象，然而吐出的呼吸卻再度封閉了她的視野。今天早上，在恍惚中聽到的那個男人聲音也一樣模糊不清，彷彿隔了一層毛玻璃。——那天晚上，我剛好就在美織玲子的公寓旁邊……。

不，不對，他說自己躲在公寓後方，看到我慌慌張張地衝下逃生梯。聽他說話的語氣，似乎以為我殺死了玲子。沒錯，那天晚上，我的確去了玲子的公寓，但那時候，名叫笹原信雄的醫生或是其他人已經毒死了玲子。我在臥室發現玲子的屍體，立刻想到得假裝自己沒去過那裡，否則恐怕會惹禍上身。所以，我立刻離開了她家。今天早上打電話來的男人真是胡說八道。看到屍體的確對我造成了很大的衝擊，我或許嚇得臉色蒼白、渾身發抖，但並沒有衝下逃生梯。相反的，我下樓梯時走得很慢，以免被人聽到腳步聲。我一步一步、慢慢地……我個子嬌小，平時總是穿著十公分高的高跟鞋。那天晚上也一樣。我穿那麼高的鞋子，怎麼可能衝下陡峭的逃生梯？我每次上下那個樓梯時，都像腳受傷的老太太一樣，慢慢地走著每一階。尤其今年二月底之後，我走樓梯時比之前都更加小心翼翼……從二月底，玲子突然把那些設計圖的影本遞到我面前之後……。那天之後，每當我走上樓梯去和玲子見面，或是和玲子道別後走下樓梯時，我的腦海中總是不得不思考很多事……。

「不是我殺的。」

她再度自言自語。沒錯，我沒殺她。既然這樣，為什麼早上接到電話後，會對電話中的人說「你後天再打電話給我」？我還清楚記得自己是怎麼回答那個沒有感情、沒有個性的男人聲音。「我馬上要離開東京去工作，後天會回來。如果你是認真的，後天晚上十一點再打電話來。聽到了嗎？任何事都好談，所以，在那之前，不要告訴別人你在那天晚上看到了我。」我為什麼會聲音發抖地這麼回答？為什麼沒有冷冷地拒絕說：「那你去報警啊」？即使電話中的男人去向警方告密，但笹原信雄已經遭到逮捕，若我說：「那天晚上，我的確去了玲子家，但看到屍體後嚇到了，所以沒有多想，就馬上逃走了。」警方也一定會相信。我沒有殺玲子的動機，雖然在今年二月底之後，我和玲子之間的關係就像有不共戴天之仇，但表面上仍然笑臉相向，在旁人眼中，我們和以前一樣，是私交很好的設計師和模特兒，只有玲子知道我恨不得殺了她。但玲子已經死了，我以前曾經稱讚「同時適合和惡魔或天使接吻」的那片嘴唇，已經無法說出任何話。而且，永遠不會有人知道我在那天晚上，從玲子家裡拿走了那些照片和底片。而且，我當晚就把那些照片和底片丟進赤坂公寓的舊式暖爐內燒毀了……。

今天早上，掛上電話後，她急忙梳洗出了門，搭上了從羽田機場飛往千歲機場的班機，出席三點在這家飯店的宴會廳舉行的時裝秀。離開東京時天氣晴朗，但在千歲機場走下飛機，鼠灰色的空氣冰冷，天空中不停地飄著雪。天空的模樣完全不同，彷彿跨越了一個季節，她覺得突然落在自己肩膀上變成小水滴的雪也很不真實。一切都是虛假的。今天早上的電話、那天晚上的事，那個在我身旁嬉戲，不知到底是精靈還是惡魔的年輕女孩，還有今年二月突然出言恐嚇的事，都是虛假的。

有人敲門。山上明帶著今天的營業額走了進來，她目前已把超過一半以上的設計工作都交給山上負責。去年之前，這種地方性的時裝秀都由山上一手包辦，時下的年輕設計師表現十分活躍。以前，設計師只要提供訂製服，滿足名人、貴婦自認與眾不同的虛榮心，但這十年來，時尚產業逐漸變成消費對象為一般民眾的大眾化產業。尤其隨著年輕人文化的抬頭，十幾二十歲的年齡層在購買客層中占據了相當大的比例，敏感地察覺到這種時代動向的年輕設計師也成為時尚界的寵兒。棉布的大眾性取代了蠶絲，紐約的現代性取代了巴黎的優雅，量產服取代訂製服，成為時尚界的主流。

因此，她無法只靠二十年的資歷和只做蠶絲品的驕傲，繼續在時尚界擁有自己的天地。比她更資深的設計師，以及巴黎、米蘭的世界級設計師在堅守自己江山的同時，也開始著手生產量產服，甚至積極在家具、廚房用品和寢具上都印上自己的名字，拓展銷售網。她的自尊心不允許連冰箱和被子上都出現「Kimiko Magaki」這個名字，但這兩、三年，她把原本專注在訂製服上的精力也轉移到量產服上，今年秋季的時裝秀上，也大幅引進了使用棉質材料的輕鬆設計款式。在巴黎和東京的時裝秀上，仍然走她擅長的路線，展示以古典線條為基調，價格不輸給珠寶的高級訂製服。但在地方性的時裝秀上，都以當天完售為目標，八成是針對年輕人設計的大眾服裝。從今年開始，她親自出席這種地方性的時裝秀，努力增加和年輕大眾接觸的機會。

或許是她特地趕來札幌出席時裝秀奏了效，今天的會場內擠滿了年輕女孩。雖說是量產服，但以她的名字為品牌的量產服，比普通量產服貴了好幾倍。但在時裝秀結束的三十分鐘內銷售一空，追加訂購的數量也是她原本預計的一倍。

山上放在桌上的那疊鈔票和支票證明了今天時裝秀的成功。

「都是你的功勞，我打算從明年開始，把訂製服和量產服的秀完全分開，訂製服的設計完全交給你負責。」

比她年輕十六歲的山上用微笑回答了她的話，走出房間時，甩著長髮回頭問：「表演會場的宴會廳已經都清理結束了，要不要鎖上門後，把鑰匙還給櫃檯？」

「不，先放在那裡。那個宴會廳應該有更理想的舞台配置，我打算明年春天也在這裡舉辦服裝秀，我晚一點會去看一下。」

山上那像是女人般的紅色薄唇再度露出微笑，走出了房間。

她迅速用手指翻了支票，想要瞭解金額，但是，她的手指突然翻開了歲月的篇章。沒錯，五年前，那個年輕女孩也只是一張支票而已——。

五年前的秋天，她在一本雜誌的彩頁上看到一個十七、八歲的女孩身穿白色薄紗，站在海邊的身影時，產生了一種近似戰慄的感動。雖然照片中是一個少女，但深邃的黑色眼眸散發出成熟女人的慵懶，像天使般形狀完美的嘴唇呈現出奇妙的黑色，宛如邪惡和夜晚的陰影。白色薄紗下隱約可見的身體輪廓纖瘦卻玲瓏有致，簡直是天生的模特兒。她不應該在海邊穿白色薄紗，這個女孩適合站在黑夜中，身穿漆黑閃亮布料製成的晚禮服……這個女孩比池島理沙更能夠展現自己所設計的古典線條，她對此深信不疑，於是立刻打電話給拍攝那張照片的北川淳。北川是當時剛滿三十歲的新銳攝影師，他們是透過工作關係認識的。北川說，他在街上偶然發掘了那個女孩。電影公司看了雜誌上的照片後，也希望把她打造成電影明星，但北川說，那個女孩當不了電影明星，因為她雖然具備富有魅力的表情，卻只有兩種表情。亮麗中融合了一份帶著陰影的熱情後，所流露出的神祕眼神——和令人願意相信冰雪可以燃燒這種奇蹟的眼神。

「那就對了，是模特兒，那是模特兒的完美表情。」

她忍不住在電話中叫了起來。

實際見面後，發現那個女孩比她想像中嬌小，卻比照片中更美麗。漂亮的臉蛋完全彌補了個子矮小的不足。她立刻為女孩穿上了自己設計的黑色晚禮服，果然不出所料，古典的線條和女孩的臉蛋及身材相得益彰，勝過以往所有的模特兒。除了表情以外，女孩的舉手投足充滿飄逸感，簡直是天生的模特兒。

她當場開了一張一百萬的支票，交給那個女孩。

女孩學了一個月舞蹈後，立刻走上了伸展台。女孩不僅充分襯托出她的設計優點，更激發她的靈感，她不斷設計出新款式。在即將舉行服裝秀之際，她重新設計了五件新的禮服，讓女孩走上伸展台展示。那場服裝秀的主角是當紅模特兒池島理沙，但觀眾讚賞的熱切眼神都投向那五套新的禮服，和完美呈現禮服之美的新人模特兒。在這場服裝秀之後，她為女孩取名為美織玲子。

玲子在她的服裝秀中上場了兩、三次，就吸引了其他設計師的目光，半年後的秋季時裝展時，一流設計師都爭先恐後地爭取玲子為他們走秀。三個月後，日本時尚界大老田島紳二在病榻上為玲子設計了三十套晚禮服，準備舉辦一場時裝展。這個企畫一發表，立刻引起轟動。

可惜罹患癌症的田島在一個月後離開了人世，那個企畫也就不了了之。兩個月後，巴黎的頂尖設計師瑞內．馬丁在春季時裝展突然起用玲子，短短一年的時間，美織玲子的名字就傳到了歐洲，聲勢超越了池島理沙。

玲子走紅的同時，也出現了很多負面傳聞。她陰晴不定、自私任性、狂妄自大，和年輕設計師約好的工作經常無故缺席。遇到不喜歡的設計，甚至會故意拖到開幕前幾分鐘才現身，造成工作人員的極大困擾——。

她很清楚，有關玲子的這些傳聞並非空穴來風。玲子或許是感念自己的提拔之恩，所以在她面前不會抱怨，只要她開口，玲子都會調整日程，為她走秀。但是，她也可以感受到玲子的情緒不穩定。有時候前一刻才笑得花枝亂顫，下一秒立刻冷若冰霜，一句話也不說。有時候在走上伸展台的前一刻，突然罔顧她推敲了好幾晚製作的衣服，說自己適合穿其他的衣服，想要穿完全不適合的少女服裝。但是，她總是往好的一面想，覺得這種情緒不穩定的特質也是這個惡魔女孩的神奇魅力之一。

出道兩年後，玲子為某紡織公司拍的電視廣告一炮而紅，讓她不僅成為受歡迎的模特兒，更躋身於當紅明星的行列，得到日本年輕世代的狂熱支持，關於她的負面傳聞也甚囂塵上。玲子因為不喜歡走秀服的設計，中途離開了瑞內．馬丁的時裝秀。去巴黎的真正目的是為了獵豔——。

玲子在走紅的同時搬進了原宿的高級公寓，同時離開了之前為她安排工作的模特兒經紀公司。在離開經紀公司之前，遇到不喜歡的工作，玲子就滿不在乎地缺席，隨心所欲，幾乎是半獨立的狀態。玲子獨立之後，工作上更是為所欲為，任性妄為的情況變本加厲。

後來在她面前也開始經常翻臉像翻書，不斷表現出傲慢的態度。玲子最適合穿黑色、紫色，還有金色和銀色這些適合夜晚穿著的顏色，其他顏色穿起來的感覺也不差，但白色是唯一不適合的。玲子穿上白色，肌膚看起來就會很蒼白，有種淒涼的感覺，所以，其他設計師也不願意讓玲子穿上成為服裝秀重頭戲的婚紗。因為婚禮的歡樂歌聲和玲子蒼白的肌膚，以及玲子表情中宛如夜晚的陰影格格不入。相反的，玲子很適合穿喪服，她一度認真考慮過，讓玲子穿上喪服在服裝秀上壓軸，但玲子在某次服裝秀中堅持要穿婚紗，還大發雷霆地說，如果不能穿婚紗，不僅不走這場秀，以後也不會再和她合作走秀了。當時，她已經安排由池島理沙穿婚紗，她不可能為了取悅玲子得罪理沙，所以只好努力安撫玲子，但玲子最後還是掉頭走人。那次之後，玲子不再像以前一樣叫她「老師」，而是用「妳」來稱呼，只要稍不滿意，就滿口抱怨。

她不想失去玲子，對玲子的任性睜一隻眼，閉一隻眼，但玲子那時候的傲慢，還帶有一點天真。即使怒氣沖沖地離開，下次見面時，還會乖乖地對她說：「對不起。」而且不時向她撒嬌，試圖取悅她。

但是，今年二月底的某個晚上，毫無預警地發生了那件事。

那天晚上，東京的街頭也像此刻一樣飄著白雪。深夜，當她工作回家，準備上床睡覺時，門鈴響了。打開門一看，玲子穿了一襲黑色蕾絲的衣服站在門口。玲子告訴她，自己邀了朋友在家裡舉行派對，但覺得太無聊，便一個人溜了出來。不知道是否因為天氣太冷的關係，玲子比平時更蒼白的肌膚穿著黑色蕾絲格外動人，手上抱著用緞帶綁起的幾張捲起的紙。她讓玲子進了客廳，拿出酒。玲子喝著酒，聊著剛才在派對上聽到的笑話，說得興高采烈，眉飛色舞。大約十分鐘後，她稱讚玲子的衣服：「妳穿這件衣服很漂亮。」玲子突然站了起來，像在走秀時一樣舞動著身體問：「妳不記得這件衣服了嗎？這是妳給我穿的第一件衣服。」長及膝蓋下方的裙襬特地採用了參差不齊的裁剪方式，裙襬搖動時，宛如黑色的舌頭舔在玲子的腿上。「我當然記得，妳的體型和那時候完全一樣，我剛才還忍不住感到驚訝。這件衣服果然最能襯托妳的完美。」她的話音剛落，玲子突然靜了下來，然後面帶微笑地說：「我最討厭這件衣服。不光是衣服，我更討厭設計這件衣服的那位中年女子。」這個聲音和臉上的微笑簡直像是出自兩個完全不同的人，再加上事出突然，她以為玲子在開玩笑。況且，在此之前，玲子也從來沒有說話這麼刻薄。

她正想對玲子露出微笑，玲子拿起放在沙發上的紙捲，解開了緞帶，然後一張一張出示在她面前說：「我只喜歡死去的田島老師的設計。」她忍不住痛苦地問：「妳怎麼會有這個？」

去年秋天時裝展的三個月前，她因毫無靈感而陷入煩惱，玲子帶給她三十張設計手稿，說：「妳不妨用這個，都是出色的晚禮服。」她一眼就看出那些設計圖出自田島紳二之手。「妳怎麼會有這些？這不是死去的老師的設計圖嗎？」「我最後一次去探視老師時，老師送給我的。他說他為了我，在病房內偷偷畫的，當作是他的遺書。他叫我找人把衣服做出來讓我穿，但我覺得死人設計的衣服不吉利，所以從來沒有拿給任何人看。但看到妳這麼痛苦——妳就把這些衣服做出來，我會在時裝展時為妳走秀。」她當場搖了搖頭，並不是因為她不想這麼做，而是因為每一款設計都充滿嶄新的設計理念，難以想像出自瀕臨死亡的老人之手。設計圖上的奇特線條完全不同於過去的田島，但畫中女人極長的脖頸，以及臉上只畫了兩個下垂眼睛的習慣，證明的確出自田島之手。「不用擔心，沒有人知道這是田島老師的作品。」既然玲子這麼說了，她當場決定在下次時裝展上借用這些設計。讓這麼優秀的設計沉睡太可惜，這是她對盜用他人設計所產生的愧疚進行的自我辯解。

事實上，三十套晚禮服中，她只使用了其中的二十套。在時裝展上推出後，果然打響了她的名聲。客戶和其他設計師都為她具備了能夠設計出如此奇特線條的全新才華驚嘆不已，她再度深刻認識到，田島果然是天才。每一根線條都是玲子的化身，玲子襯托了晚禮服，晚禮服也更襯托了玲子。她覺得自己無法設計出如此適合玲子的衣服，但是，所有人都相信那些設計出自她之手。

玲子帶來那些設計手稿的當天晚上，她就親自複製了所有的設計圖，把田島的原稿付之一炬。

沒想到那些畫會再度出現在她眼前。

「我複製了那些手稿。」

玲子用手稿拂過她的臉頰。

「有什麼目的？」

「當然是公諸於世，讓妳失去地位。不光是地位，還要讓妳失去一切。」

玲子理所當然地回答。

「為什麼……是我讓妳當上了模特兒，妳的成功難道不是我給的嗎？」

玲子放聲大笑。

「成功？我飽受摧殘，怎麼會是成功呢？這個世界或許適合妳這種謊話連篇的女人，但不適合我。而妳卻接二連三讓我穿上虛假的衣服，用髒污的色彩染進我的骨子裡。妳還以為我會滿心歡喜地穿上這種衣服嗎？」

玲子把杯子裡的酒倒在裙襬上，同時用打火機點了火。黑色蕾絲燒了起來。鮮紅和黑色的兩團火焰好像交織在一起，玲子突然撲向驚慌不已的她，緊緊抱住她。

「我要讓妳毀滅——」

玲子在她耳邊呢喃的聲音像火一樣灼熱，她身上的睡袍吸收了玲子裙襬的火焰燒了起來。「不要！」她大聲叫喊，奮力抵抗，但玲子抱著她身體的雙手力大無比，令人難以置信。「放開我！」她大叫著，不停甩著頭。兩個人的頭髮纏在一起，一秒鐘後，緊抱著的兩個人倒在地毯上，她睡袍上的火熄滅了，但玲子的裙襬上仍然留下點點火星，宛如縫上了假花。假花冒著黑煙——她忍不住這麼想，不加思索地抓起沙發上的抱枕，打向蕾絲上的火星。在接下來的八個月，她數度為當時的這個舉動懊惱不已。那時候為什麼要撲滅玲子身上的火？如果當時不救她，就可以當作是愚蠢的女人不小心把酒灑在衣服上，因為點菸的火引燃造成的意外。被通紅的火焰燒死比毒殺致死更適合那個女孩，但自己當時居然救了玲子。

撲滅玲子身上的火，她用仍然發抖的雙手抓起設計圖的手稿，拿出打火機點燃。其中一張立刻燒了起來，火焰碎片在空中飄舞。

「妳這麼做是白費心機。」

玲子倒在地上笑著說：

「我已經拍了照，妳想燒就燒吧。」

接著，就是宛如地獄般的八個月——。

她把支票丟在桌上，抽著菸，看著牆上的鏡子。四十八歲的蒼老女人痛苦地皺著眉頭。她對著鏡子中的臉吐了一口煙，消除了鏡中的影子後站了起來。不需要再回想任何事，玲子死了，自己也燒了從玲子家中找到的照片和底片，這八個月的時間都變成了虛假。我沒有盜用田島的設計，也沒有因此被那個女孩恐嚇。所有的一切都變成了虛假。那個女孩每個月會把我找去兩次，把那些照片當成撲克牌一字排開，面帶微笑，用悅耳的聲音說：「妳要不要撕掉？要不要燒掉？我還可以去加洗照片喔！」我忍受著這份屈辱的日子根本不存在；那個女孩在眾人面前大聲說：「貴美子老師是不是受到了田島老師的影響？你們不覺得最近老師設計的線條和田島老師越來越像了嗎？」讓我不寒而慄的日子也不存在；我苦苦哀求那個女孩：「拜託妳，把底片賣給我，不管多少錢，我都願意買下來。」這種事也不存在。當時，只有我的手臂燒傷，那個女孩毫髮無傷這件事也不存在——她在這個虛假的世界活了二十年，已經養成了習慣，遇到任何真實的事，只要對自己不利，就自我欺騙，說那些事是虛假的，根本不存在。她告訴自己，這是她在這個世界生存的武器，否則，一個女人單槍匹馬，沒有任何特別的助力，怎麼可能在這個表面華麗，但在五光十色的霓裳背後，隱藏了腐敗靈肉的世界闖蕩到四十八歲？

她走出房間，搭電梯來到一樓。大廳旁有三道通往宴會廳的大門，最前面的玫瑰廳是今天舉辦時裝秀的會場。不知道是否因為下雪的關係，大廳內此刻沒有人，無人的沙發前方，電視正在播放新聞報導。就在她準備推開玫瑰廳的大門時，她聽見了主播的聲音。「今天下午四點，世界紡織的社長澤森英二郎，在位於東京都世田谷區成城的家中舉獵槍自盡。」她猛然轉過頭。

電視畫面上出現了自殺者所住的房子，接著出現了一張男人的照片。她認識那張臉。那就是找玲子拍廣告的紡織公司的社長，三年前，她打算投入量產服裝的製造時，曾經拜託玲子居中牽線，和那個男人見過一面。雖然那個男人不高，或許是因為福態的關係，總覺得他虛張聲勢，不太可靠，最後決定和其他紡織公司合作。沒想到那個男人自殺了──。

她緩緩走向電視。新聞報導說，他是因為公司經營不善而自殺，接著，又提到他精神出了問題，當畫面上再度出現主播的身影時，提到了那個女孩的名字。

「名模美織玲子遭人毒殺身亡的命案目前正鬧得沸沸揚揚，澤森的遺書中提到，是他殺死了美織玲子。玲子在今年二月，因為公司經營的事恐嚇他，他因為這個原因殺害了玲子。在這起命案中，警方已經逮捕了曾經和玲子訂婚的……」

她差一點尖叫，立刻用雙手捂住了嘴。她發現櫃檯的人向她投來狐疑的眼神，立刻擠出一個微笑，離開了電視前。騙人──她想要大叫。

她用力打開會場沉重的門，走了進去。會場內只剩下漆黑的黑暗。她用手摸到了開關，天花板上柔和的燈光照亮了寬敞的會場。會場內已經清理乾淨，只剩下灰色的牆壁和鋪著灰色地毯的地面。三個小時前，這裡音樂繚繞，禮服優雅躍動，服裝輕盈起舞，觀眾掌聲如雷，宛如上演了一場慶典。如今，這場慶典宣告落幕，留下一千六百萬的現金。宴會廳變得寂靜冰冷，甚至無法捕捉到那些華麗的影子。不光是服裝秀，染成虛假色彩的這二十年，也好像被關在這幾道冰冷的牆內，在這個房間內落幕了。

她反手緩緩關上了門。和那天晚上一樣。那天晚上，我也用戴著手套的手，反手緩緩關上了臥室的門。因為太用力了，右手腕的燒傷傷疤就像現在一樣隱隱作痛。雖然她已把耳朵貼在那個女孩的胸前，清楚地確認過，那個聲音已永遠停止，但還是覺得如果不用力關上門，那個女孩就會立刻從床上坐起來，走回客廳。然後，她開始清理客廳茶几上的東西，必須把自己的東西和指紋統統清理乾淨，只留下那個醫生的物品。但是為什麼？自己為什麼會做出那種事……？

剛才我看到電視的新聞報導時，為什麼會忽然想要大叫「騙人」？騙人！那個小個子的年輕社長才不是殺人兇手，那個愚蠢的中年醫生也絕對不是兇手。我很清楚，他們都沒有殺玲子──。

空無一人、空無一物的會場內，冰冷的空氣不允許她繼續說謊。她穿了二十年的謊言衣裳被撕了下來，她赤身裸體。雖然自己可以對警察、對今天早上打電話來的男人滿口謊言，但在這個空虛寂寞的房間內，不允許有任何謊言。

沒錯，我盜用了田島老師的設計，也因為這個原因遭到了那個女孩的恐嚇。我痛苦了八個月，那個女孩真心想要奪走我的一切。八個月後，十一月的某一天，那個女孩打電話給我，電話中的聲音聽起來很開心，我知道一切都完了。第二天晚上，我像往常一樣小心翼翼地走上通往那個女孩家的逃生梯。按了門鈴，門立刻打開了，那個女孩探出頭，對我露出微笑。當我走進房間時，那個女孩的確還活著。一個半小時後，當我離開時，那個女孩已經斷了氣。我的確把耳朵貼在倒在床上的女孩胸口，確認已沒有了心跳——沒錯，人是我殺的。

他們都沒有殺美織玲子，是我殺的——。

然後，我走出那個女孩的家，沿著逃生梯離開。我小心翼翼地確認每一級樓梯，每走一步，就在心裡說：「這是假的。」我決定在走下樓之前，把所有的事都當成是謊言。事實上，在雙腳離開最後一級階梯時，我真的忘記了自己在那個房間裡做了什麼，對那個女孩做了什麼，統統忘得一乾二淨。

走下逃生梯後，我才開始奔跑。但是，今天早上的男人在電話中說，看到我衝下了逃生梯。那個男人也和我一樣，是謊言專家嗎？他到底想得到什麼？那個小個子的年輕社長為什麼在遺書上寫自己殺了那個女孩？新聞主播說，他精神出了問題。難道在臨死之前，和我一樣分不清謊言和真相，結果在遺書上亂寫一通嗎？將來我死的時候，會在遺書上寫什麼？

淚水從她的眼中奪眶而出。一張白色的紙突然浮現在她的腦海，她希望在死前寫下真相，但她的人生中，已經沒有任何可以寫下的真相。

在北都，在被白雪封閉的飯店，在慶典結束後的宴會廳，孤獨包圍了這個四十八歲的女人，包圍了這個殺人兇手。

第七章——某人

他坐在代代木公園後方一間咖啡店窗邊的座位，仍然思考著今天早上那通電話的意義。除了那通電話，他也同時思考著一分鐘前，在咖啡店內的電視中看到的那則新聞——名叫澤森英二郎的年輕企業家自殺——的意義。電話中那個人為什麼說那些話？澤森為什麼在遺書上寫他殺了美織玲子？

但是，這兩件事他都想不通，只能茫然地看著電視螢幕。突然聽到了「車禍」兩個字，於是模糊的視線焦點集中，清楚看見螢幕上出現的車禍現場。小客車的擋風玻璃撞歪了，玻璃碎了一地。他不加思索地把頭轉到一旁，移向窗戶的視線看到了夜風吹起散落在街燈下的最後幾片枯葉。車禍這個字眼在他的內心翻騰。從五年前開始，每次聽到「車禍」這兩個字，他的心裡就會不由地吹起一陣冷風。

冷風的漩渦中，總會出現一張女孩的臉。那張臉有一半扭曲著。小時候，他想用黏土做母親的臉，結果失敗了，他把黏土勞作丟在地上，黏土醜陋地扭曲成一團。雖然明知道那不是真人的臉，但仍是小孩子的他卻還是感到害怕。那個女孩的臉很像他小時候失敗的黏土勞作。

雖然真人的臉絕對不可能這樣扭曲，但那個女孩是真人。而且，這張臉也是他打爛的。正確地說，是他開的車撞爛了那張臉。

五年前為止，他的人生一帆風順，簡直就像開著跑車在高速公路上飛馳一般。他也的確擁有一輛跑車，那天晚上，他也一路順暢地飆車，但並不是在高速公路上，而是在深夜的小路，這也成為這樁悲劇的主要原因。他喝了酒，微醺的感覺太舒服，所以看到十字路口的紅燈也沒有察覺到任何危險。然後，一個女孩子突然衝到時速八十公里狂飆的車前，闖入了他的人生。

他踩了急煞車，立刻下車，發現了趴倒在地的女孩，猶豫了三秒鐘後，立刻把她抬上車子，送去附近一家熟識的整形醫院。他原先猶豫了三秒，想把這個女孩留在原地，自己駕車逃逸，但他不是殘忍的人，無法把倒在地上無法動彈的女孩丟在深夜的路上置之不理。而且，他也不至於愚蠢到認為肇事逃逸的人能夠逃一輩子。

那家整形醫院的院長是他朋友的父親，在他讀大學時，這位長者經常帶著他出去喝酒，對他的疼愛勝過對自己的親生兒子。院長看到那個女孩，深深地嘆了一口氣說：「腳傷很容易好，但她的臉再也無法恢復原狀了。」他立刻追問：「有沒有什麼方法可以恢復原狀？」只要有方法，即使花再多錢也在所不惜。兩年前，他父親在老家過世，繼承父業的兄長分給他一千五百萬的遺產，他覺得即使把這筆錢全都花光也無所謂。院長頻頻搖頭後，突然用平靜的眼神看著他說：「即使日本的醫生做不到，那個人應該有能力做到。」然後，告訴他一個像是德國人的名字。據說是住在紐約的知名美容整形外科醫生，但他當然從來沒有聽過。「聽說好萊塢也有好幾個女明星都找他動過手術，他的醫術高明，外人絕對看不出動過手術的痕跡。他來日本的時候，我們曾經見過兩次，他給我看過幾張他動過手術的案例照片，臉部的線條極其自然。只要你下定決心，我可以為你寫介紹信。當然，也要徵求那個女孩的同意。」

他只花了五秒就下定了決心。幸運的是，那個女孩舉目無親，再加上可能不希望別人看到她扭曲的臉，所以，雖然她有幾個親戚朋友，但她不想聯絡任何人。當他提出「我帶妳去紐約接受手術，希望妳不要報警」時，她默默地點了點頭。

他只有在拍護照用的照片時，第一次正視女孩毀損的臉。車禍發生時，他來不及看她的臉，之後，在她換上新的臉之前，都用繃帶包住了。在離開東京和抵達紐約的機場海關時，女孩兩度解開繃帶，但在飛機上，女孩都用繃帶遮住了臉，戴著墨鏡的雙眼茫然地望著窗外的雲海，坐在座位上一動也不動。在海關時，他沒有看女孩的臉，雙眼盯著海關人員。東京和紐約的海關人員都面無表情，完全沒有露出看到女孩的臉時內心產生的感受。和他在病房內為她拍護照用的照片時的表情一樣，不，因為他隔著取景器，所以他甚至對女孩露出了微笑，但是，當女孩立刻重新包起繃帶時，他的嘴唇差一點吐出安心的嘆息。

紐約醫院的病房牆壁比東京任何一家醫院的都顯得更白，德國籍醫生很像曾在巴西還是其他地方被逮捕的納粹軍官。但這位醫生露出親切的笑容說：「我會保守祕密，不必擔心。」

他詢問他們是否帶了車禍發生前的照片。這位醫生接到東京那位整形醫院院長的信之後，立刻寫了回信，在回信中要求「儘可能多帶幾張以前的照片」。他在從東京出發的十天前，曾經告訴女孩這件事，女孩搖了搖頭說，雖然她住的地方有幾張照片，但她不想再回去那裡。女孩不願意提起自己的過去，他代替女孩申請護照時，得知她的戶籍地在新宿區，目前的居住地址是川口市的宿舍。但女孩說，她以前是曾住在那裡，現在已經搬去別的地方。他提出可以到她的住處拿她的東西，她搖了搖頭說：「我不想讓任何人知道車禍的事，而且，我幾乎沒什麼行李，不用去拿了。從紐約回來之後，我會另外租房子。即使沒有照片，我也會畫畫，不用擔心，我很會畫。」由於她下顎的骨頭斷了，嘴巴無法張開，說話就像磨損的齒輪從繃帶的洞裡發出聲音。

女孩從皮包中拿出五張在東京畫的自畫像出示給德國醫生。「這是我以前的樣子。」女孩說。五張畫分別從正面、側面和斜前方的角度，像照片一樣清晰地畫出了她的長相。隨處可見的平凡面孔。僱用的翻譯把女孩的話轉告給醫生，醫生看著畫，頻頻點頭後問：「妳想不想比以前更漂亮？」女孩想了一下回答：「如果可以，我想變漂亮。」醫生滿意地點點頭，拿了橡皮擦和鉛筆，把畫中的女人鼻子變挺，眼睛變大，削除了一部分臉頰，遞到女孩面前。女孩戴著墨鏡注視著那張畫，包著繃帶的臉默默點頭。

手術非常成功。四週後，女孩變得比醫生修正後的畫中人更加漂亮，他帶著女孩在紐約街頭觀光。走在摩天大樓的叢林中，他問女孩：「妳真的變漂亮了，有沒有覺得不枉此行？」兩天前，他去病房探望，看到她極其自然的美麗臉龐時，驚訝得彷彿見證奇蹟。當他回頭等待女孩的回答時，兩個黑人看著女孩，對她吹著口哨。女孩沒有回答，於是他又問了一遍：「妳是不是很開心？」女孩等了很久，才終於小聲地回答：「是啊。」他無法從女孩的表情中解讀她內心的想法。醫生叮嚀，在兩週內臉部儘可能不要活動，吃東西和說話時也要特別小心。看到自由女神像，參觀曼哈頓的夜景時，她都面無表情，好像臉上仍然包著繃帶。他以為她在生氣，擔心地問了好幾次：「妳很高興，對嗎？」女孩每次都用好像嘆息般的聲音回答：「是啊。」

在紐約觀光三天後回到了東京。那天晚上，他們走出東京的一家餐廳後就分道揚鑣了。女孩之前曾經說，從紐約回來後，她想過和以前不一樣的生活。他對她說：「我還剩下兩百萬，妳要的話可以拿去。」女孩拒絕了他，說自己手上也有一點積蓄。她仍然面無表情，不知道心裡在想什麼。他猜想是因為手術費已花了一千萬，女孩不願意再增加他的負擔。吃飯的時候，她幾乎沒有吃東西，也幾乎沒有說話，最後，他告別了還無法做出表情，所以算不上是百分之百人臉的女孩。

臨別時，他對女孩說：「等妳找到新房子，可不可以通知我？以後無論遇到什麼困難，隨時都可以找我。」女孩微微點頭，但接下來的兩年都音訊全無。

這兩年期間，他並不是不知道女孩的情況。說句心裡話，他很希望趕快忘記車禍的事，為此，也希望能趕快忘記那個女孩。臨別時，他基於責任感對她說：「有事可以找我。」但是，即使女孩沒有聯絡他，他也被迫經常看到她的臉。他花了一千萬打造的臉，成為受歡迎的新人模特兒美織玲子，突然到處出現在雜誌的彩頁和電車的吊環廣告上。當他得知自己給一個女孩的臉，居然成為男人熱切的視線和女人羨慕眼神的焦點，不由地產生了一種說不清的滿足感。每次看到那張臉，就會想起車禍發生時的撞擊，以及從取景器中看到的那張毀損的臉。

他害怕看雜誌，兩年後，當那張臉出現在電視廣告上後，他不再打開電視。唯一慶幸的是，女孩似乎也不願意回想起車禍的事，所以從來沒有聯絡他。對她來說，他是知道自己的美貌出自人工的唯一證人，應該也不想和他有太多的接觸。美織玲子隻字不提整形的事，用彷彿與生俱來、自然而富有魅力的微笑欺騙了世人。

那支電視廣告播出的兩個月後，也就是三年前的某個冬天晚上。

他和同事一起喝酒到深夜，回到位於代代木的公寓時，發現一個女人蹲坐在門旁的樓梯上。褐色挑染的頭髮宛如野獸的鬃毛般披了下來，遮住她的臉。她身上的貂皮大衣閃著銀灰色，身影宛如一隻美麗的野獸。他不知道是誰，叫了一聲，她輕輕發出呻吟，用長指甲撥了撥頭髮，一看到他，立刻露出了微笑。不知道是不是等他的時候睡著了，她的微笑似乎蒙上了一層夢境般的面紗。那一剎那，他覺得兩年前紐約的醫生在女孩的臉上施了魔術。雖然他在雜誌上看過她的照片，但第一次直接看到她的微笑，發現她的眼睛、鼻子和嘴唇宛如樂器般，完美地演奏出協調的音樂。他甚至覺得醫生在為女孩打造這張臉時，就精密計算出她的微笑，甚至計算出她肌肉微小的牽動。

「好久不見。」她說話的聲音宛如甘蜜。這是他第一次聽到女孩真正的聲音。照理說，醫生沒有聽過她的真實聲音，但為她打造的嘴唇似乎也配合了她的聲音。

他把醉得不輕的女孩請進了屋，對她說：「妳成功了，我一直默默為妳加油。」女孩的微笑蒙上了陰影，「並不是你想的那樣，這個世界並不幸福。」然後又輕聲說了一句很符合她表情的話。「很多時候都很孤獨寂寞。」

她談論著時尚界內部多麼骯髒齷齪，突然話鋒一轉，「好像是兩年前，臨別的時候，你對我說，遇到困難隨時可以找你，對不對？」

「妳遇到什麼困難了嗎？」他問。她的一雙醉眼露出茫然的眼神，「遇到困難了嗎？……嗯，對啊。我剛才其實和朋友在一起，但心裡覺得很寂寞，很想要一死了之，結果，突然想到了你……太奇怪了。你明明看過我在車禍當時那張可怕的臉，照理說，我最不願意想起的人就是你，但至今為止，我有好幾次都想見你，想要來找你。」「那妳就來啊，我也很想見妳。」他微笑著說。「你人真好。」她呢喃著，「可不可以讓我睡一下？」她穿著毛皮大衣，躺在他的床上。

他的床單好久未洗，怕會弄髒她的毛皮大衣。他擔心地提醒她，她回答說：「這種貂皮，沒關係啦。」女孩睡了幾小時後坐了起來。「謝謝，我要回家了。」即將走出房間時，她巡視著除了床以外幾乎沒有其他家具的凌亂房間。「我喜歡你的房間，下次我又寂寞得想死的時候，可以再來嗎？」他點點頭，問她：「要不要開車送妳？」女孩搖搖頭說：「我喜歡夜晚的街道，我走路回家。」聽著樓梯上響起她無助的腳步聲，他差一點脫口對她說：「小心車子。」但又慌忙把話吞了下去。

那個女孩之後每個月都會來他家裡。她從國外回國時經常從機場直奔他家，然後拿出價值好幾十萬的打火機或手錶，說是要送他的禮物。「沒關係，反正我的錢多得用不完。你的工作很順利，應該不會缺錢，但缺錢的時候一定要記得告訴我，我想把一千萬手術費還給你。」他聽了女孩的話，急忙說：「那是我應該付的。」女孩開心地笑了笑，「好吧，那一千萬我就當作是你的溫柔。——一開始，我很痛恨你，但是，進入這個業界後，我慢慢知道，這個世界上都是一些骯髒齷齪的人，只會傷害別人，到了緊要關頭，就開始逃避責任。你已經盡力而為了。」

女孩說這個世界並不幸福，似乎是真的，她經常說一些時尚界的內幕給他聽，的確充滿了虛榮、自私和嫉妒，是一個腐敗糜爛的世界。他聽說了她的身體做了一億圓的買賣，不禁憤慨不已，女孩又對他說：「你人真好。」

他也很清楚，女孩是因為在那個世界疲累了，才會來向他尋求短暫的慰藉。女孩已經完全拋棄了過去，自從擁有新面孔，她從來沒有見過以前的親戚朋友，別人當然也不可能想到當紅模特兒美織玲子是自己以前認識的女孩，所以從來沒有人主動聯絡她。「這也難怪，因為我的變化太大了。」她用擦了鮮紅色指甲油後看來虛假的手指，撫摸著虛假的臉。

新面孔並沒有完全失去她之前畫的自畫像上的線條，親戚朋友或許會察覺美織玲子和自己認識的那個女孩長得很像。但是，他們恐怕只覺得像，而無法相信那張他們認識的平凡臉孔，會出現脫胎換骨般的奇蹟。所以，最後還是會認定並非同一人。

她似乎也極力想要擺脫過去。曾有一次，她對他說：「除了廣告以外，我不會上電視。因為聲音有特徵，以前認識我的人會發現。」她似乎不光是因為擔心整形的事曝光，「我討厭回想起以前的事。我變了臉，生活環境也和以前不一樣，已經無法回到過去了。」聽了她這番話後，他露出滿臉的歉意，已經喝醉的她說：「只有你知道我的臉整過形。」這個世界上，的確只有美織玲子、他，和紐約的醫生知道她的臉是人工打造的。至於介紹他們去紐約整形的院長，他只在回國後向院長報告手術成功。「但是——」她好像突然想起了什麼似的笑了笑，「其實還有一個人，很快就發現了這件事……」

「而且，那個人還恐嚇我。」

他不可能對這麼可怕的事充耳不聞。一旦美織玲子整形的事曝光，他駕車肇事也會公諸於事。既然玲子已經不恨他，不必擔心玲子去報警，但是，他還是不願意讓別人知道他曾經發生把別人撞得面目全非的車禍。

「誰？那個人是——」他擔心地問，她搖了搖頭，表示不願意說出那個名字。「怎麼會發現呢……？」「那個人會發現，也是無可奈何的事。」「但是，妳之前不是說，妳的親戚朋友或許覺得和以前的妳有點像，但不至於會想到是同一個人嗎？」「但是，若是那個人的話……」她吐了一口煙，沒有把話說完。「算了，忘了這件事吧……」「但是，那個人不是恐嚇妳嗎？」「沒關係，只是要錢而已，反正我有的是錢……真的可以忘了這件事。萬一遇到什麼問題，我會再找你商量。」然後，她又對著他的臉吐了一口煙，好像那是遺忘的咒語。雖然他很在意這件事，但除了那天晚上，她再也沒有提起這個話題。

距離那天晚上一年半，也就是今年三月，她再度提到了「恐嚇」，只是這一次有著不同的意義——。

這一年半期間，他和美織玲子之間的關係越來越親密。有一天晚上，她隔了兩個月來到他家，對他說：「我之前一直在羅馬，今天才回國。」他和她一起上了床。是她主動握住了他的手，他無法拒絕。

之後，她每次上門，他都擁她入懷。玲子經常撫摸他一絲不掛的後背說：「只有和你在一起時，我不會有被玷污的感覺。」有一次，在纏綿之後，她抽著菸，問躺在床上的他：「我可以打破這個沙漏嗎？」說著，從床邊的架子上拿起沙漏，對著床角輕輕一碰，然後，把裡面的沙子從指尖縫隙流向他的後背。他露出驚訝的表情，她雙眼凝望遠方，輕聲嘀咕：「一樣的表情。」他問：「和誰一樣？」她搖了搖頭，裸露左胸上的黑色蝴蝶刺青也跟著搖晃起來。「之前就想問妳，為什麼要刺這個圖案？」她搓著沙子，愛撫著他的背，事不關己地說：「我也不是很清楚。你認識池島理沙嗎？她敞開胸前對我說，她有一個紅色蝴蝶的刺青，問我要不要也刺一個。我當時想，如果把自己推入和這個笨女人相同的境地，也許可以在這個世界過得幸福。一定是這樣。」

他開始覺得，這個女孩愛著自己。如果她只能從他身上找到慰藉，他也希望自己可以愛她。他可以愛她的性格，可以愛她身為模特兒，瘦得很徹底卻不失柔軟線條的軀體。但是，他無法愛她的臉。他厭惡那張吸引無數年輕人的臉，那張美麗的臉龐總是和他透過取景器看到的那張毀損的黏土勞作臉重疊在一起。因此，每次和她上床，他都會先拿下眼鏡，為了避開模糊地出現在眼前的那張臉，他必須把自己的臉埋進枕頭。

他把這種想法壓抑在心，但在去年夏天，有次快要喝醉時，那張臉突然出現在他眼前，他立刻把頭轉到一旁。然後，他慌忙若無其事地把臉轉回來，但她露出了冷漠的表情。「你是不是想起了那張臉？……你果然也會這樣。」她自言自語地嘀咕道。他搖了搖頭，立刻找適當的話掩飾，她說：「沒關係，別再……」說話的時候，眼中滲著淚水，大滴的眼淚順著她的臉頰滑落，滴在她的裙子上。

「不是我在哭，是虛假的眼睛流出來的，這些眼淚也是虛假的……」

說著，她茫然地垂眼看著腳下，他一再解釋：「我不是這個意思。」不知道是否終於被他打動，她終於轉過頭，露出了微笑，「對啊，是我太多心了。」

之後，她仍然每個月造訪一次，和他上床，和之前相同的關係又持續了半年，她也沒有特別奇怪的舉動。事後回想起來，他才發現那次之後，她就開始變得開朗活潑，也不再像以前一樣，訴說工作上的苦悶，或是說她很寂寞，似乎這些煩惱都被笑聲取代了。當他說話時，她會神不知鬼不覺地把敞開口的皮包挪到他身旁。去年年底的某個夜晚，當他們聊到附近發生的一起命案時，她曾經隨口問他：「你有沒有殺過人？」

「有啊。」他回答。因為他有點醉意，再加上她心情特別好，所以，他只是半開玩笑地這麼回答。正確地說，那並不是開玩笑。而且，正確地說，那並不算是殺人，只是過失致死而已。由於他做了妥善的處理，所以，沒有人認為那個人的死亡和他有關。她問：「什麼時候的事？」其實已經是七年前的事了。那時候，他就有點擔心自己說太多了，但她安慰他：「是嗎？你的工作真辛苦。」從她臉上的微笑中，也完全沒有察覺任何可疑的跡象。

她的微笑持續到今年三月初。他也繼續保持微笑。把對另一張臉的厭惡推到內心的角落，以為可以用微笑隱瞞過去。只是沒想到是她用微笑欺騙了他。

今年三月初，事情突然發生了。

那天晚上，女孩也來到他家，兩人溫存後，她在深夜時說：「可不可以開車去高速公路？」她之前也曾提出相同的要求，所以他完全沒起疑，讓她坐在副駕駛座，駛上高速公路。

當車子即將穿越澀谷閃耀的霓虹燈時，車內播放的韋瓦第突然停止，她從皮包裡拿出了錄音帶，按了開關，調大了音量。這時，傳來一個震耳欲聾的男人聲音。因為音量太大，他勉強聽到了「不是殺人，只是意外」和「七年前」而已。在錄音帶播放結束前，他都沒有發現是自己的聲音。

寂靜突然降臨，但是，有好一陣子，他不相信是自己的聲音，仍然面帶微笑地問：「為什麼會有這個……？」「我在皮包裡藏了錄音機，心想你會不會告訴我一些有趣的事，但我沒想到你居然會連殺人的事都告訴我。我找徵信社調查了一下，發現七年前的四月，的確有一個人死了。那個人叫大木正二，是正值壯年的上班族。」「妳為什麼要這麼做……？」他好像夢囈般問道。她口齒清晰地回答：

「當然是為了報警。……你為什麼笑？我正在恐嚇你啊！」

雖然她的聲音帶著微笑，但後照鏡中的雙眼炯炯發光，正瞄準了坐在駕駛座上的獵物。

「開快點，開到和撞到我時相同的速度！」

她大叫著，把錄音帶倒轉後，再度按下開關。這一次，比剛才更大聲……。

電視不知道什麼時候關了，咖啡店的服務生露出不耐煩的表情看著他。

他站了起來，走出咖啡店，沿著代代木的坡道走回自己的公寓。從今年三月開始，他經常在咖啡店坐到深夜才回家。即使在她死後，他仍維持著這個習慣，連他自己都覺得有點怪。

不，即使她還活著的時候，這也是沒有意義的掙扎。因為無論他再晚回家，她都會一直打電話，直到他接起電話為止。即使這樣，他還是無法忍受在家裡提心吊膽、如坐針氈，不知道她今晚會不會打電話來——。

他拖著沉重的步伐走在昏暗的坡道上，汽車的車頭燈經過他的身旁，但是，無論再怎麼累，他都再也無法開車了。在三月的那天晚上之後，她總是心血來潮地打電話給他，「你開車到高速公路，我在入口等你。」她在首都高速公路的入口等他，一上車，就播放錄音帶，把音量調大。他在不停行駛的車中，必須一次又一次地聽著自己震耳欲聾的聲音，無法捂住自己的耳朵。有時候她命令他離開高速公路，把車停在警局門口，用冰冷的眼神輪流看著警察署和他。他覺得錄音帶裡的聲音會打破緊閉的車窗，傳入警察署內。當時，她真的拿著錄音帶，打開了車門，緩緩走向警察署。如果他沒有及時制止，她一定會帶著微笑，走進警察署內。他試圖用「我愛妳」或是「我們結婚吧」來安撫她的情緒，也是白費工夫。她無法原諒去年夏天，他不慎把頭轉到一旁的舉動。「那時候我終於知道，你只是假裝對我溫柔。你用盡所有的財產帶我去紐約，也只是不想讓警察知道你車禍的事。你一定害怕我的臉，你和那些人一樣，都是大騙子。」「你兩次犯下的罪，我都有證據，就是錄音帶和我這張臉。你酒後開車和超速，撞到年輕女孩的證據，就留在我這張臉上。」她仍然帶著一如往常的笑容，一如往常地露出瞄準獵物的眼神，一如往常地說著這些話。在十一月中旬，在開始對一成不變的深夜飆車、錄音帶和恐嚇感到疲憊的某個晚上，她打電話給他，用好像唱歌般的聲音對他說：「我打算去巴黎之前把你的事也做個了斷。」

他走在路上，不禁搖搖頭。別再回想了，還是先思考今天早上那通奇妙電話的意義——。

「那天晚上，我剛好躲在美織玲子公寓後方，看到你臉色大變地從逃生梯衝下來……」

他打了電話，但那兩個人為什麼分別在電話中發出那麼驚恐的聲音？曾經花了一億圓買下玲子身體的澤森，在那通電話的八個小時後自殺了，就像我的聲音為他扣下了扳機。而且，還坦承自己是殺死玲子的兇手……不，聽說他精神出了問題，可能是我在電話中說的那些話，令澤森在腦袋裡產生了愚蠢的妄想，遺書上的那些告白應該都是胡說八道。但是，為什麼間垣貴美子那麼害怕，還在電話中叫我後天再打電話給她。那個中年女設計師不可能殺了玲子，但為什麼無法對我的電話置之不理？

難道間垣貴美子也在那天晚上去了玲子家？應該是在我離開之後。她在臥室內看到屍體，以為自己會遭到懷疑，所以就逃走了。她當時衝下逃生梯嗎？……沒錯，我在接到玲子電話的第二天晚上去了她家。她打開門時，心情格外愉悅，我知道玲子打算做個了斷。五十分鐘後，她把錄音帶放進信封，說要寄給某週刊雜誌。我就像在錄音帶上說的，七年前，曾經致人於死地，但那不是殺人，而是過失。我在工作的醫院內，目光離開了瀕死的病人一分鐘，讀了丟在一旁的雜誌上的漫畫。一分鐘後，當我從無聊的漫畫中抬起眼時，呼吸器中的氣泡已經消失了。用膠帶固定在嘴上的氧氣管鬆脫了，我重新貼好膠帶，才去找護士，所以沒有人發現這件事。反正那個病人第二天就會死，我的過失只是讓他提早一天離開而已，可是，一旦這件事公諸於世，就會葬送我未來幾十年的前途。只要呼吸管離開嘴巴一分鐘，就可以致人於死地。結束一個人的生命太簡單了。那天晚上，也只要把兩個杯子交換就搞定了，就讓笹原信雄成為殺人兇手，成功殺了她。

躺在床上的她的確死了。我當時心慌意亂，但即使如此，也不可能搞錯，因為我是醫生。她的脈搏的的確確停止了跳動。她的臉醜陋地扭曲著，張開的嘴唇還留下尖叫的餘韻。看著那張臉，我再度想起了車禍後的另一張臉，決定從此說再見。這一次，我和她終於成為真正的加害人和被害人，我終於徹底打爛了那個黏土勞作——。

果然不出所料，笹原遭到了逮捕。可是，發生了兩件出乎意料的事。第一，笹原居然要求我去尋找真兇。那個總是認為我和他很相像的四十歲愚蠢男人完全搞不清楚狀況，他恐怕作夢都想不到，自己委託去找真兇的男人，恰恰就是真兇。這也難怪，笹原不知道美織玲子在四月的時候以肝臟出了毛病為藉口，住進我們醫院內科病房的真正原因，當然不可能知道我和她之間的關係。她付了高額的住院費，住進醫院內最貴的私人病房的最大原因，就是為了恐嚇我。她每次都在我值夜班時說渾身不舒服，把我找去她的病房，從枕頭下拿出錄音帶，用深夜的走廊上也可以聽到的音量播放我說過的話，讓我嚇得渾身發抖。

當她終於出院，我還來不及鬆一口氣，她就和笹原一起發布訂婚的消息，再度讓我的心臟揪緊。我知道她為什麼和笹原訂婚。發布訂婚消息的第二天晚上，她再度邀我深夜去飆車，我問她：「妳為什麼和他訂婚？」她笑著說：「那還用問嗎？」我知道她是為了報復無法愛她那張臉的我，所以，要把我的上司掌握在手中，進一步恐嚇我。當她終於厭倦比她年長二十歲，唯一的優點就是認真的笹原醫生，和他解除婚約時，我發自內心地鬆了一口氣。但是，還遠遠談不上安心。之後，深夜飆車又持續了三個月——。

夜只剩下無盡的黑暗，冬天的寒冷凍結了風。他覺得從今往後，自己一輩子都要每天晚上，走在這條暗夜的路上。殺了她，擺脫了深夜的飆車，走下了車子。這一次他真的不能再停下腳步，必須一直在暗夜中走下去——。

他找到了電話亭，走了進去，彷彿想要得到片刻的休憩。

今天早上，他只打電話給兩個人，還剩下四個人。原本打算明天早上再打，但還是今天晚上就打吧。他拿出笹原用飯店信紙寫的嫌犯名單，每個名字的下方，都有他親自調查到的住家和職場的兩個電話號碼。前面的兩個人已經打過了。另一件出乎他意料的事，就是第一個名字「澤森英二郎」今天發生的事。他無法想像根本不可能是殺人兇手的男人，居然會坦承殺人，然後用自殺的方式結束自己的生命。間垣貴美子是不是也會有出人意料的舉動——關於那起命案，她也有不願被別人知道的祕密，還是她也像那個愚蠢的企業家一樣，以為自己是兇手呢？——這樣就太妙了。兇手越多，對真兇越有利。

笹原交給他這張紙時說：「你的聲音沒有特徵，不必擔心對方報警。」但是他倒希望警方知道是他打的電話。一旦知道他用這種方式協助笹原追查兇手，就會排除他的嫌疑。這也是他接受笹原委託，並付諸行動的真正原因。必須讓某個人對自己的聲音留下明確的印象——。

他將眼鏡的焦點集中在名單最後的問號上。他希望笹原一輩子都解不開這個問號之謎。希望笹原永遠都不知道，出現在那裡的名字應該是「濱野康彥」，也就是他的下屬，一個他認為太過老實的下屬。

他看著名單上第三個人的名字，北川淳的兩個號碼，不知道該撥哪一個。這個攝影師不知道美織玲子的臉是人工打造的，經常在海邊、湖水邊或是森林前捕捉她美麗的倩影，此刻若不是在工作室，應該就是在家裡吧。

最後，他選擇了工作室。他的手指按下了七個數字。一輛車子經過，寂靜的冬夜只聽得見這個聲音。

沒錯，要趁今晚打。

恐嚇者的聲音正適合夜晚的黑暗。

第八章——某人

電話被掛斷後，他仍然握著電話將近一分鐘。原本拿在右手的幾張照片不知道什麼時候已掉在腳下。他終於放好電話，撿起那幾張照片。

那些是新銳設計師稻木陽平昨天引薦給他的十九歲模特兒照片。也許應該說是推銷，而不是介紹。稻木陽平以為只要當紅攝影師北川淳願意按下快門，任何女孩子都可以成為一流模特兒。當然，那個年輕同性戀設計師稻木想要推銷的並不是那個女孩子，而是由他設計、穿在女孩子身上的衣服。為了這個目的，還留下了兩百萬。今天傍晚，他試著把那個女孩找來工作室，為她拍照。沒想到拍到一半，女孩突然脫光衣服，粉紅色的纖細手臂環住了他的脖子。這難道是額外費用嗎——？

沒錯，女孩十之八九是奉了稻木之命。「北川淳好女色，妳可以跟他上一次床，接著他就會幫妳上雜誌和電視廣告。」女孩夢想成為第二個池島理沙或是美織玲子而聽從了稻木的命令。十九歲的堅硬乳房宛如遭到了狂風吹拂般抖動著，傳達了心臟的跳動。

玲子曾經告訴他：「稻木很過分，說要把我推銷給瑞內．馬丁，還把我帶去巴黎某家飯店的房間。你也知道吧？馬丁只愛男人，他在飯店的房間用手指侵犯了我，用和稻木相愛時相同的手指……馬丁和稻木都痛恨女人。」稻木那張惡魔的臉隱藏在極其冷漠的美貌下，再度把一個女孩子送上了供桌，精於算計的手指，則計算著那個供品可以為自己帶來多少財富──。

那些女孩穿上了豪華的夢想衣裳，卻失去了所有的純潔，彷彿清純的處子之身撐不起惡魔之手編織出的美麗衣裳。

五年前，他在街頭撿到的女孩，也為了穿上夢想衣裳，自己走上了供桌。她說：「只要能夠出名，我什麼都願意做。」當他提出建議，「妳不適合當演員，只適合當模特兒。只要妳當模特兒，一定可以成功。」她默默點頭。雖然她面無表情，但嘴角還是難掩興奮地微微顫抖。女孩用他接連為她拍攝的雜誌彩頁和海報做為武器，游向了表面閃著碧綠色的湖，殊不知水底躲藏了無數正在等待獵物的食人魚。

經過了四年的歲月，食人魚把她啃得體無完膚。

今年三月初開始，她突然向他發洩這份怒氣。「我已經被啃得體無完膚了，現在只是等待最後變成骨頭，被人當成垃圾丟棄而已。」

他反駁說，這不關自己的事。

「我只是如妳所願，讓妳出名而已。」

「沒錯，我的確想要出名，但你沒有告訴我，這個世界必須用自己的身體來交換。」

「我並沒有占有妳。」

「但你把我送進一個把女人的身體當作商品的世界！」

他從來沒有和玲子上床。玲子的美在鏡頭的另一端，至少他從來沒有對她產生過情慾。她只是他完美的攝影素材。當他從鏡頭中凝視美織玲子時，她不再是女人，也不是人類，只是一份美麗。每次按下快門，他就覺得自己捕捉到了無盡的美，令他很有成就感。如果他曾經對玲子產生情慾，就無法拍出那些照片，也就無法讓玲子成為超級名模，更不可能同時打響自己的名聲。女人不能用鏡頭侵犯，而是要用身體侵犯。這是他的信條。即使在今年三月，玲子突然變成另一個女人，開始恐嚇威脅他，他仍然深愛身為攝影素材的玲子。

「你每次幫我拍照，我就覺得自己的皮膚好像一層一層地被燒掉。──這次輪到我來燒你的皮膚了。不光是你的身體，還有北川淳這個名字，以及你的未來，我都要統統燒掉。」

三月的某個晚上，玲子說完這番話，從皮包裡拿出一張照片，丟在這個房間的這張桌上。照片中是地中海的大海、摩托艇，玲子靠在駕駛座的方向盤上，閉上眼睛，聽著風聲，宛如在聽催眠曲。除此以外，還有另一張臉。在船頭前方的海裡探出一個人頭。看起來像是法國男人的臉看到逼近的摩托艇，露出了驚恐的表情。不，他的臉上並不是露出驚恐的表情而已，而是因為恐懼而扭曲，已經不像是人的臉，而是變成了咆哮的野獸的臉。

去年五月，他和去羅馬走秀的玲子相約在薩萊諾見面，他開車從義大利前往法國南部，經過地中海的海岸時，拍下了這張照片。他在尼斯的蔚藍海岸夕陽下，為玲子拍了一張又一張的照片。回到日本後，他將這些照片以「海洋和女人的神祕」為主題，出版了寫真集，他認為這是他至今為止的作品中，最引以為傲的成就。但是，當時其實有一張照片無法使用在寫真集上。那時他在一個沒有什麼人的海岸旁，發現有一艘摩托艇停靠在岩石區，他便把車子停在一旁，突然想到可以在疾馳的摩托艇上拍攝玲子頭髮隨風飄揚的倩影。他不知道船主在哪裡，於是，就擅自借用了十分鐘，讓玲子上船後，一起去了海上。藍色中滲著綠色的大海上沒有人影，在寂靜中閃著波光，他以為是如此。於是，他就在高速駕駛的狀態下，讓玲子站在駕駛座上，自己走到後方拍照。這時，海裡探出一個頭。當他從鏡頭中看到時，已經為時太晚了。他按下快門，同時感受到輕微的撞擊。他立刻推開駕駛座上的玲子，關掉馬達，周圍變得一片寂靜，他和玲子兩個人茫然地看著身後浮著無數泡沫的軌跡。泡沫終於消失了，大海恢復為藍色的鏡面時，那個東西浮出了水面。雖然已經拉開了一百公尺的距離，但他立刻知道那是屍體——。

那天晚上，他們住在馬賽的飯店。第二天早晨，憑著僅有的法文知識，翻閱了飯店的報紙，在報紙的角落，發現了一篇報導，報導中提到，在若安樂松（Juan les Pins）擁有別墅的巴黎企業家傑克·都蘭在海中離奇死亡，除此以外，不瞭解任何詳細情況。恐怕永遠都不會有人知道了。他們沒有處理屍體，立即把摩托艇往回開，綁在岩石區，火速開車趕回馬賽。現場沒有任何目擊證人，船上雖然留下了指紋，但應該沒有人知道是剛好路過的一對日本男女留下的。他們在馬賽港的酒店狂喝了兩晚，把因為各種偶然的因素累積造成的死亡拋在腦後。回到日本，在機場道別時，玲子好像在談論愉快的話題般對他說：「你不是說，可能拍到了那個剎那的照片嗎？如果真的拍到了，記得給我看。」玲子的個性中有殘酷的一面。有一次，雜誌上刊登了因為罹患罕見疾病，導致外表分不清是男是女的照片。玲子目不轉睛地盯著照片看了半天。一般人看到那些照片，恐怕會忍不住移開目光，但玲子極度寧靜的雙眼看著那些照片出了神。過了很久，玲子才終於察覺他的視線轉過頭，露出刻薄的微笑問：「你不覺得這些照片很有趣嗎？」想要徵求他的同意。「妳的喜好真奇特，這些照片不是很可怕嗎？」他說。「是嗎？人類的臉和身體就是為了破壞而存在的。」玲子輕聲回應，再度將視線移回照片上。照片中那雙潰爛的眼睛也回望著玲子，極其美麗的人的雙眼，和那對極其醜陋的人的眼睛都保持著寧靜，視線緊緊結合在一起。不知道她是否厭倦了自己在鏡子中的美麗臉龐，還是她藉由那張醜陋的臉，再次確認自己的美麗，陶醉在自信中——。

他覺得玲子這個女人有點可怕，但並沒有太在意。他都是透過鏡頭瞭解玲子，只看到鏡頭彼端的美麗，對玲子的性格毫無興趣。他經常聽到有關玲子的負面傳聞，卻從來不認真瞭解其中的細節。玲子很瞭解北川淳的利用價值，從來不會無故取消和他約定的工作，也不會在他面前過度任性。

所以，當她提出要看地中海那場意外的照片時，他也沒有多想。洗出來的照片中，的確拍到了那個剎那。他把照片藏了起來，玲子造訪時，將照片拿給她看。她樂不可支地笑著嘀咕：「原來人在死的時候表情這麼醜。」把那張照片放進了皮包。「那種照片還是燒了吧，我已經把底片燒掉了。」聽到他這麼說，玲子回答：「為什麼？我覺得這張照片拍得很棒啊。別擔心，我會把法國人的臉剪下來，其他的會拿去燒掉。」然後，又微笑著對一臉擔心的他說：「放心吧，我們是共犯。」不，她的嘴唇露出了微笑，但眼睛深處很冷漠，宛如針一樣刺向他。他在十個月後，也就是今年三月初，玲子突然恐嚇他之前，都沒有察覺到那份冷漠是她計畫讓他身敗名裂的第一個訊號。

「雖然是在法國發生的事，但應該也可以向日本警方報警吧？」

她用指尖甩動著那張攸關他命運的照片，當時，玲子也面帶微笑，好像在聊什麼愉快的話題。

他以為玲子在開玩笑。玲子總是開一些很惡劣的玩笑，令周圍的人尷尬不已，她卻可以獨自一人放聲大笑。

不光是那天晚上而已。接下來的八個月期間，玲子每次出言恐嚇，都是面帶微笑，他也始終認為玲子在開玩笑。即使有一天晚上，酩酊大醉的玲子突然來到他市之谷的公寓，從書架上拿下一本又一本寫真集撕得粉碎，他的作品殘骸在房間內散落一地；另一天晚上，玲子拿起照相機，要求他做出和那張照片中的法國人相同的表情時，他順從地做出了那個表情。當她不服氣地表示：「才不是這樣的表情，死亡已經逼近，只剩下一秒鐘了，嘴巴要張得更大。」他努力做出了她要求的表情。「好，你就一直做這個表情，直到我說停為止。」然後，她一次又一次按下快門，讓閃光燈拚命閃，還要求他自己把照片洗出來。照片洗出來後，她仔細端詳著說：「還不夠像，下次要做得更像一點。」遇到所有這些事時，他都告訴自己，這只是玲子愛開玩笑。如果不這麼想，他恐怕早就動手殺了她。

玲子從取景器的小孔中窺視的眼神，和之前凝視罕見疾病患者照片時同樣平靜。他看著這樣的玲子，讓臉部肌肉扭曲到極限。「人類的臉和身體就是為了破壞而存在的。」玲子的聲音不絕於耳，他有時候甚至陷入錯覺，以為這張扭曲到極點的臉才是自己真正的臉。即使如此，他仍然認為那是玲子的變態興趣。

經過了八個月，上個月的某個晚上，玲子在她家中對他說：「我要寄給週刊記者。」把那些照片，以及他露出和照片中的法國人相同表情的照片放進信封時，他才知道那不是開玩笑，玲子真心想要毀了他。

「妳不是共犯嗎？一旦這張照片公諸於世，妳也會身敗名裂。」

經過了八個月，他終於開始嚴肅看待這個問題。當他這麼問玲子時，她也終於收起了臉上的笑容。

「為什麼我會身敗名裂？難道你以為我身上還有沒遭到破壞的完好部分嗎？你會失去很多，但我已經沒有任何東西可以失去了。無論是我的臉蛋、身體，或是心靈，都已經統統失去了！」

撕下微笑後的臉因為憤怒而扭曲。在此之前，他只知道玲子有兩種表情，沒想到在帶著陰影的微笑和神祕的眼神背後，還有這副帶著滿腔憤怒的模樣。她的嘴唇微微顫抖，但在顫抖的同時，仍然維持著同時帶著紅色和灰色的美麗顏色。五年前，他讓一個只有美貌和野心的貧窮小女孩擁有這種嘴唇的顏色，讓她的眉尾出現柔和的弧度，在眼瞼的眼影中融入少許紫色，強調她眼眸的陰影，在鼻翼旁點了一個用粉紅和黑色混合的痣，為筆挺的鼻子增添楚楚可憐的感覺。這個女孩運用這種化妝技巧，在五年內，穩坐超級名模的寶座。說起來，玲子是出自他之手的雕像。

玲子突如其來的憤怒，令他驚愕不已，彷彿自己創造的雕像終於有了靈魂，變成活生生的人。不可思議的是，當這種憤怒破壞了玲子的美，當她的臉醜陋地扭曲時，他第一次產生了強烈的慾望。同時，他打算在當天晚上殺了這個女人……。

他看著稻木引薦的女孩照片，決定和這個女孩上床三次，然後就結束所有關係。這個女孩身上並未具備可以讓她成為第二個美織玲子或池島理沙的美麗。他撕碎照片，丟進垃圾桶。雖然稻木給了他兩百萬，但他打算退還一百萬。那個精明的男人不可能善罷甘休，為了藉北川淳之名，打造日本最紅的模特兒，一定會再送新的女孩上門。那一百萬就當作是下一次的預付款。

他伸了個懶腰，直接拿起威士忌的酒瓶喝了一口，走向暗房。他緩緩打開門，進去之後，反手關上了門。暗紅色的光譜染進他骨子裡。他不知道自己沒事為什麼走進暗房。殺了玲子之後，他經常毫無理由地躲進暗房，彷彿這些暗紅色才能掩蓋他的犯罪。

然而，他想要忘記的並不是犯罪，而是兩張臉孔。一張是從地中海蔚藍的大海中冒出來的法國人的臉，另一張是上個月的某天晚上，仰躺在床上的玲子的臉。雖然這兩張分別是即將死去和剛死之後的臉，但下巴和嘴唇的扭曲方式，都令人聯想到孟克那幅畫。

和地中海的意外發生時一樣，他在那天晚上殺人現場的臥室內也很冷靜。首先，他回到客廳，拿了一個工作用的照相機鏡頭，放在玲子嘴邊。經過兩分鐘後，鏡頭也完全沒有起霧，他知道玲子確實死了。他把鏡頭放在眼前，把焦點集中在玲子死後的臉上數秒。他只能透過鏡頭瞭解生前的玲子，也只能透過鏡頭確認她的死亡。

臥室內的檯燈發出柔和的光，燈光被染成了燈罩的紫色。鏡頭被捲入紫色的漩渦，已經失去生命和美麗，變成了魂魄的女人看起來像螞蟻般渺小。他尋思著這個女人的本名，卻怎麼也想不起來，只有她還活著的時候，曾經兩、三次輕嘆「我好寂寞」的聲音在他耳邊響起。沒錯，在到處都是食人魚的沼澤中，形單影隻的女孩的確很寂寞。這八個月來的可怕恐嚇，和二十分鐘前突然爆發的憤怒，都來自於她的寂寞。回想起來，除了「我好寂寞」這句話以外，他對真正的玲子一無所知。關於那個法國人，除了傑克・都蘭這個名字以外，他也一無所知。

他對自己殺了一男一女卻對他們一無所知這件事，感到匪夷所思。他拿下鏡頭，離開了命案現場。他擦掉了自己留在玲子家中的所有痕跡後，來到走廊上，衝下了逃生梯。他深信和法國南部的命案一樣，這一次也沒有目擊者。

沒想到，目擊者現身了。剛才那通電話中，那個男人說，看到他在那天晚上衝下逃生梯。原本以為自己鎮定自若，原來在旁人眼中，還是顯得驚慌失措。「我看到你臉色大變地衝下逃生梯……」電話中的男人這麼說。他在電話中回答：「別開玩笑了。如果你想恐嚇我，你不妨去報警，我沒有做任何見不得人的事。」

事實上，他的確沒有罪惡感。雖然殺了玲子，但他認為那就和法國南部發生的事一樣，只是由於各種偶然的因素累積造成的意外。那天晚上，在夏天被玲子拋棄的中年醫生想要殺她，卻不慎失手，而我只是借用了那個醫生的殺機，把加了毒藥的杯子和玲子的杯子交換而已，前後不需要一秒鐘。這種舉手之勞怎麼能稱為犯罪，又怎麼能稱為殺人？和之前在法國南部時一樣，這次池島理沙剛好來找他去長崎，他們在飯店內飲酒作樂一整晚，讓他完全忘了自己殺了人這件事。半個月後，即便他努力尋遍自己的內心，也完全找不到一絲對犯罪行為的愧疚。

但是，為什麼只要一走出暗房，那兩個人臨終的表情總是會浮現腦海？不，原本還以為是那個法國人和玲子的臉。直到殺死玲子的第四天晚上，他終於發現，那不是那兩個人的臉，而是自己的臉。是這八個月以來，在玲子的命令之下，自己好幾次在鏡頭前親自做出的表情。殺死玲子後，雖然替自己阻止了身敗名裂的危機，但自己過去八個月痛苦扭曲的臉，已經開始折磨他的內心。他把玲子拍的那些照片全燒得精光，然而，那些照片已經烙在他的腦海中，他也無法抹去。

他不知道什麼時候已蜷縮在暗房的角落，忍不住摸向自己的臉，探索著自己的表情。他覺得自己和照片上一樣，臉上浮現出面對死亡的恐懼和痛苦的神情。

玲子在八個月期間曾經數度提到「報復」這個字眼。這也許就是她的復仇。從今以後，自己也會突然心生畏懼，伸手摸自己的臉，想要知道自己臉上的表情。終有一天，自己會帶著烙在臉上的苦悶表情死去……。

他把身體縮成一團，伸手摸到牆上的開關，關掉了紅色的燈。黑暗完全籠罩了暗室。他變成一隻小螞蟻，融入這片黑暗中。

電話響了。掛斷之後，鈴聲再度響起。又是恐嚇電話嗎？還是那個男人真的去報警，說出了那天晚上所看到的情景？

但是，不必擔心，只要躲在黑暗中最陰暗的角落就很安全。黑暗會成為銅牆鐵壁，阻止任何人靠近……只有黑暗可以抹去那張臉。傑克・都蘭的臉、玲子的臉，還有他自己的臉……。

第九章——某人

「沒人接。」

他嘟囔著放下電話，回頭看向裸上半身坐在床角的女孩問：「北川有沒有說他要出門？」

女孩傻傻地張著嘴，搖搖頭。他記得她叫吉田和子，該為她取一個更像模特兒的名字……。

他皺著眉頭，女孩誤以為他在生氣，面帶微笑地說：「我想那個老師應該喜歡我。我按照你的指示，當他向我伸出手時，我身體微微發抖。因為很冷，所以我真的發抖了。」皺眉只是他的習慣動作，可以進一步襯托他像希臘雕像般的五官輪廓，但聽到女孩說那句話，他立刻火冒三丈。

「閉嘴！妳不要說話，就給我坐在那裡！」

他勃然大怒，女孩頓時一臉驚恐，立刻閉上嘴。可能不明白他為什麼突然發怒，一對像貓一樣的眼睛露出訝異之色。的確是女孩惹惱了他，像蜜糖般的聲音或許可激發其他男人的慾望，但卻只會讓他感到心浮氣躁。而且，她的聲音和美織玲子有點像。不光是聲音相像，四年前，玲子在巴黎飯店的大廳，也說過同樣的話。四年前，他用「想不想站在世界的舞台上？」

這句話誘惑了玲子，帶她前往巴黎，安排她在飯店內和瑞內．馬丁見面。他把他們兩個人留在房間內，自己則在大廳等候。兩個小時後，玲子搭電梯下樓，筆直地走向他說：「他絕對喜歡上我了。因為我按照你的指示，當他向我伸出手時，我的身體微微發抖。」然後，又面帶微笑地補充說：「而且，我還按你的指示，眼眶泛淚地對他說，我不能做這麼令人害羞的事。」

他很清楚那個只愛男人、痛恨女人的法國人對玲子做了什麼，但玲子若無其事，好像那個法國人根本沒有對她做任何事，還問他：「那個老頭子對我做那種事，你不會嫉妒嗎？」他回答說：「我根本不愛他。」他默默忍受那個老人滿是皺紋，根本不像是設計師的粗糙大手，只是為了實現自己的野心。「我知道，你只愛自己，所以才會痛恨女人。你把我介紹給那個老頭子，也是因為痛恨我。」他想把玲子的話當成是開玩笑，所以，矯揉造作地用法文回答：「是的。」

「但是，託你的福，我可以成為聞名世界的超級名模，你也可以成為僅次於瑞內．馬丁的世界級設計師。我們就像是共犯。」當時，玲子得意洋洋地說。

「妳身上有沒有受傷？」

「完全沒有。不必擔心，我想要成功，想要在歐洲也打響名號。只要有機會穿馬丁設計的衣服，再大的疼痛也可以忍受。況且，我本來就不怕受傷害。人的身體就是為了受傷而存在的——只不過我的身體是重要的商品，所以要小心使用。」

玲子張大平時總是低垂著、看起來很寂寞的雙眼，充滿對未來的金色夢想。她背後的大廳窗外，可見到枯葉隨風飄舞，巴黎也閃亮著金色。

他覺得也許可以和這個女人成為理想的共犯。他們在走秀或參加派對時，在人群中看到對方時，都會默默地暫時凝視彼此，只有他們兩個人瞭解眼神中交換的含意。並不只是因為馬丁這條鎖鏈連結了他們而已，而是他們很相像。他們都夢想在這個世界登上顛峰，而且只有美貌和野心這兩大武器。攝影師北川淳曾經說：「如果不是透過鏡頭，根本不能瞭解玲子是怎樣的女人。」這口吻，好像只對身為被攝對象的玲子有興趣，他對這句話感同身受。美織玲子只沉醉於自己的夢想，小時候，透過童話的世界，夢想自己有朝一日變成了公主，長大之後，仍然無法忘記這個夢想，為了讓自己成為童話中的公主，她願意付出任何代價。和他一樣，美貌為玲子帶來了野心這個武器，野心讓玲子變成更美麗的女人，如同為她準備了一雙特製的鞋子，讓她可以在通往夢想的階梯上狂奔。

不光是瑞內．馬丁，每次他提到自己認識的各界名人，玲子立刻就要求：「介紹給我認識。」玲子也把自己認識的各界要人介紹給他認識，他們靠著彼此介紹的這些人，的確在夢想的階梯上往上爬了好幾階。

玲子在今年冬季結束時，突然開始憎恨起他來，對他說：「他們全都是食人魚，他們以吃我的肉為樂，而你也是其中之一。」但是，看到玲子在派對上，用神祕的微笑擄獲了他所介紹的各界名人，他覺得玲子才是比任何人都更像食人魚，想要吃光整個世界。玲子似乎像是在配合他的步調般，登上了首席模特兒的寶座，但直到電視廣告讓她一夕爆紅，成為明星後，她開始在他面前毫不掩飾自己的野心。每次見面，她都對他說：「在時尚圈這麼小的圈子成為頂尖也沒什麼意思，我要更出名，吸引更多男人的目光。」這句話似乎已經變成了她的口頭禪。雖然說這些話時，她仍然面無表情，極其冷漠，但聲音比之前更充滿熱切。她不時向他提出要求，「大村龍三的妻子也是你的老主顧吧？大村是財界大老，你介紹一下吧。當然不是他妻子，我要認識大村。」有一次還說：「你認識約翰．賈斯利？那他下次來日本時，介紹我認識一下，瑞內．馬丁不可能永遠走紅。聽說約翰．賈斯利是花花公子，如果他想要我的身體，我絕對能夠滿足他。」每次在派對上介紹他們認識後，玲子很快就和那些男人不見蹤影。他也馬上就知道玲子和那些男人共度一晚後得到了什麼。在他介紹大村和她認識後的一個月，她就成為大村擔任會長的汽車公司的新車廣告代言人，在報紙上刊登的廣告，玲子的臉比汽車更大；在介紹玲子和約翰．賈斯利認識後半個月，約翰特地請玲子從日本趕去參加他那場總統夫人也會出席的時裝秀。

「我在紐約的朋友認識一個人，他對美國《La Vie》雜誌的編輯事務握有重大發言權，你可不可以幫幫我？」

去年春天時，玲子向他提出這個要求。

「登上《La Vie》雜誌封面是我多年的夢想，但是，他和馬丁一樣，不愛女人，我一個人沒辦法搞定他。不過，《Vogue》的編輯和我很熟，我可以讓你設計的衣服出現在雜誌上。」

他做事向來果斷堅決，一分鐘後，就決定以在《Vogue》雜誌上六頁的版面做為交換條件，答應了玲子的拜託。兩個月後，他和玲子一起前往紐約，夏天的時候，玲子登上了《La Vie》雜誌的封面，他設計的衣服也出現在《Vogue》上。他和經由玲子介紹認識的那個長得像白皮豬的男人，在紐約後巷的飯店共度一晚並不是為了玲子。在《Vogue》雜誌上有六頁的篇幅刊登自己的作品，是他夢寐以求的夙願，甚至比玲子更早就有了這個夢想。他和玲子交換了夢想，也讓雙方的夢想更大。玲子也曾經為他走秀，總之，他倆是共犯。玲子和他一樣，在夢想的階梯上往上走了一步後，就會邁向下一步，一步又一步地夢想著更大的成功，不知厭倦。尤其當玲子憑著電視廣告迅速竄紅之後，野心、虛榮心和她如影隨形，宛如侵蝕她身體的病魔。「我要變得更加、更加有名。」每次她用一雙醉眼看著半空，像夢囈般這麼訴說時，他甚至有一種毛骨悚然的感覺。至少在他眼中看起來是如此。

所以，當今年三月，玲子說：「四年前，你對我說『是的』。」然後拿出一張照片，為瑞內．馬丁和他們之間的關係恐嚇他時，他覺得眼前的女人不是玲子，而是其他的女人。

「你當時不是明確地回答我『是的』嗎？你為了自己的野心，把一頭羊送進屠宰場。」

之後的八個月內，玲子不斷重複同樣的話。

「但是，妳不是因此成為馬丁中意的模特兒，在歐洲也一舉成名了嗎？」

「你真的以為我想要成功嗎？我只是覺得想要在這個世界生存，唯一的方法，就是要像你們一樣墮落。但是，馬丁骯髒的手和你那雙不知羞恥的眼睛都無法讓我忘記真正的我，當我回過神時，發現自己已經面目全非，體無完膚，只剩下殘骸而已。如果我和你一樣蠢，或許可以繼續帶著宛如殘骸的身體活下去，但是，我還是我。」

玲子總是聽不進他的辯解，總是自顧自地說一些他聽不懂的話找他的碴。

「妳明明比我更想獲得成功，妳自己親口告訴我，『我想更加成功』，難道這也是騙人的嗎？」

「對啊，那是我騙你的。因為我知道跟你說實話也沒有用，你只愛自己，只從鏡子裡看別人，所以，你才會覺得我和你一樣有心機、一樣不知羞恥，為了成功願意付出一切代價。」

「妳說想要登上《La Vie》雜誌的封面也是騙人的嗎？」

「對啊，騙你的。」

上個月的那天晚上，兩個人再度在玲子家裡為這件事爭執。

他們拋開了至今為止長達數月的微笑，怒氣沖沖地爭吵起來。他先閉了嘴，用平靜的眼神看著仍在大吼大叫的玲子，覺得該讓這個女人閉嘴了。

冬季快要結束時，這個女人拿出一張很久之前從瑞內．馬丁房間偷來的照片，出示在他面前時，他就知道自己早晚會殺了這個女人。那張照片上，馬丁和他做出了猥褻的姿勢。當玲子用帶著微笑的嘴唇咬著照片，要求他一件一件脫下身上的衣服，讓他在黑暗中裸露白淨的身體，要求他做出比照片上更猥褻的姿勢時，他就知道必須殺了她。

接下來的幾個月，他一直在尋找機會。那天晚上，機會就出現在他面前。只要把玲子親手放了毒藥的杯子，和玲子的杯子交換，所有問題就都解決了。只要這麼做，就可以讓另一個男人成為兇手，殺了這個掌握可怕的恐嚇證據的女人，殺了這名幾個月來，讓自己飽嘗各種屈辱的女人。「只有一個方法可以救你——」當玲子飄忽著一雙醉眼這麼說完，又補充說「那就是在今天晚上殺了我」時，以及她放聲大笑，撇著嘴，用一副輕蔑的態度說「你這麼膽小怕事，當然做不出這種事」時，他終於下定了決心。

被她嘲笑「膽小怕事」的屈辱，在他的腦海中引發了這幾個月來最激烈的漩渦。五分鐘後，將成為替死鬼的醫生打電話來，玲子狠狠掛上電話後對他說「那個男人獨自在家喝酒」時，再度鞏固了他的決心。五分鐘後，玲子去臥室拿毛毯，他便毫不猶豫地交換了兩個杯子。

玲子走回客廳，當然不可能發現眼前的這個男人膽大包天，膽敢為了保護自己而輕易殺人。她拿起被調包的杯子，以為是自己的杯子。五分鐘過去了，他著急了半天，玲子打算推開臥室的門時猛然轉身，舉起手中的杯子和他乾杯。她絕對不可能料到，為慶祝他身敗名裂的乾杯其實是為自己踏上死路而乾杯——酒經過她的嘴唇，流入喉嚨，五秒鐘後，她發出了悽慘的叫聲。他面帶冷漠的微笑，看著她美麗的臉龐像肉塊般支離破碎。玲子扭曲著身體，像狂風大浪般倒向臥室的同時，他緩緩邁開步伐，三秒鐘後，他帶著相同的微笑，低頭看著已經倒在床上斷了氣的玲子。

玲子的嘴裡流出黃褐色的液體，順著脖子流了下來，消失在藍白相間的條紋毛衣內。他終於為這幾個月來承受的屈辱報了一箭之仇。冬天尾聲的那個晚上，在那個臥室的淡紫色昏暗燈光中，玲子裸著身體，咬在嘴上的照片飄落在地上，命令他說：「從今天晚上開始，馬丁叫我做過什麼，你也要給我照做。」把茫然站在那裡的他身上的衣服一件一件剝了下來……「妳沒必要對我做這些。」在近似憤怒的屈辱中，他把衝到喉嚨的這句話吞了下去。不需要玲子對他做這些事，瑞內．馬丁早就多次在他身上做過相同的事。馬丁也曾經命令他做出和玲子要求的相同動作，當然，馬丁是基於對女人的憎恨，叫玲子做這些事，卻是基於對他的愛，叫他做同樣的事。兩年前，玲子從巴黎回來時說：「我胸口留下了傷痕，暫時無法在別人面前脫衣服，今天走秀時，都由你一個人協助我換衣服。」服裝秀開始後，他在後台為玲子脫下衣服，發現她左胸的蝴蝶刺青留下了清晰的鎖鏈痕跡，但是玲子不知道，他的胸前也有同樣的痕跡，而且更加觸目驚心。

冬天尾聲之後的數個月間，他只是在玲子這個新主人的命令下，重複這幾年來，馬丁加諸在他身上的屈辱。只是和馬丁不同，在玲子身上所承受的屈辱無法期待任何回報。他心裡很清楚，玲子在享受殘酷的凌辱秀之後，會把那張照片丟給那些像鬣狗一樣的週刊記者。一旦他身敗名裂，馬丁和其他男人就失去了他混雜了灰色和藍色、被比喻成阿波羅雕像的美麗胴體。不光是男人，如果女人有機會看到他的裸體，一定會不吝讚賞之詞。這個世界上，只有一個人蔑視他的身體，那就是玲子。玲子把裸露的身體靠在他的身體上，對他說：「如果你可以用那個骯髒透頂的身體來占有我，那就來占有我吧，那我就可以考慮原諒你。」然後，用擦著紅色，有時候擦著黑色指甲油的手指愛撫他的全身。令他憎惡的女人手指的愛撫只會令他產生比鞭子、比鎖鏈更強烈的痛苦。

但是，一切都已經結束了。他很想對著玲子的屍體吐口水，但還是克制住這股衝動，忍不住嘆了一口氣。走出臥室後，他清理了房間。離開成為命案現場的房間時，他看了一眼玄關的心形鏡子，看到自己眼睛周圍出現了美麗的黑影。犯了罪之後，他原本的美貌增添了幾許深沉。他向鏡子中的美麗情人點了點頭，說這樣就好，用圍巾包住了臉的下半部，用帽簷遮住了上半部，離開了玲子的家──。

「我到底該怎麼辦？」

女孩問道。他回想起那天晚上的事，不知不覺中，茫然地看著自己房間內的鏡子。他長時間看著自己在鏡子中的臉出了神，女孩有點害怕地看著他。

「妳有沒有黑色眼影？」

他問。女孩拿起自己的皮包，找出黑色眼影遞給他。他把眼影擦在眼睛下方，用手指勻開後，對著鏡子中的女孩問：「怎麼樣？我眼睛下方有黑眼圈時，是不是看起來很美？」不知道是否因為看到他的微笑鬆了一口氣，女孩開心地點點頭。

女孩濕潤的雙眼充滿對男人的諂媚，他感到不寒而慄，冷冷地板著臉問：「妳為了成為第二個美織玲子或池島理沙，是不是什麼都願意做？」

他的聲音猛然變得冰冷，女孩似乎有點害怕，神情緊張地點了點頭。

他默默地走到床邊，把花瓶裡的玫瑰花全都拿了出來，丟在床上。將近一百支玫瑰幾乎淹沒了整張床，床上鋪滿了花。他用牙齒拔掉刺進中指的花刺，用嘴唇吸著滲出的血，要求女孩脫掉身上的內褲。女孩按照他的命令脫下內褲，卻搞不懂他的目的，視線在床上的玫瑰和他冰冷的眼神之間搖擺。

「妳不是想穿我設計的衣服嗎？在此之前，要先穿這件玫瑰衣。」

女孩的眼中閃掠過一絲害怕。她退了一步，搖著頭，他的嘴唇卻貼在她耳朵上，用溫柔的聲音呢喃：

「不用擔心，這是儀式。如果無法穿上我設計的這件最完美的衣裳，就沒有資格穿任何一件衣服。」

其實，那不是他設計的，而是瑞內．馬丁為愛和憎恨的犧牲品所設計的衣裳。

六年前，他第一次前往巴黎，在某次派對上結識了瑞內．馬丁。當他說自己也想成為設計師時，馬丁當晚就把他帶回自己的房間，為他準備了一張同樣的玫瑰床，在他耳邊呢喃了相同的話。玫瑰花的刺所帶來的疼痛，是他和玲子邁向成功的第一道關卡。今年五月，玲子再度為他準備了玫瑰。現在，他必須把當時飽嘗的恥辱，發洩在這個和玲子聲音十分相像的女孩身上。

女孩再度搖頭，似乎想說什麼。

他用手捂住女孩的嘴唇，靜靜地將一絲不掛的女孩推倒在床上。那一刻，後背會產生怎樣的疼痛，他已經體會過兩次，所以知道得很清楚。那不止是疼痛，而是無比灼熱，如同火雨降落在背上。女孩的身體在他的臂腕中掙扎，捂住她嘴唇的手可以感受到她的慘叫。女孩的雙眼閃爍著恐懼之光，他微笑著窺視她的眼睛。不一會兒，女孩的身體突然平靜下來。只有最初的幾秒會感受到那種灼熱般的疼痛，他的手離開了女孩的嘴唇，把她垂下的雙腳抬到床上。

女孩躺在床上，戰戰兢兢地移動身體，試圖在床上調整姿勢。身體輾過花瓣，濃密的香氣飄散在室內夜晚的空氣中。

「這就是我的美麗洗禮。」

當他說出六年前，瑞內．馬丁對他說的話時，床邊的電話突然響了，他心浮氣躁地接起電話。

「請問是稻木陽平先生嗎？」

一個陌生的男人聲音傳入耳朵。

「我剛才打了兩次電話，兩次都在通話中。不瞞你說，那天晚上，我剛好躲在美織玲子公寓後方，看到你臉色大變地從逃生梯衝下來。我曾經在雜誌上多次看過你，所以認識你。」

「那天晚上是哪一天晚上……？」

「十一月的那個晚上，就是你殺了美織玲子的那天晚上。」

「別唬人了，當時，我用圍巾遮住了臉……」

他發現自己的失言，在他忍不住想叫出聲時，房間內響起了更加驚人的慘叫聲。原本乖乖躺在床上的女孩身體動了，一旦大幅度移動身體，為了避免移動帶來的疼痛，就不得不更大幅度地移動身體。於是花床變成了荊棘的地獄，變成了疼痛的泥沼。女孩被花瓣包圍，她的裸身則變成了白浪翻騰。她不停地慘叫，和花風暴一起，在臥室塗滿一陣芳香。芳香太濃密，變成了邪惡的香氣。

不行，如果不及時相救，會徹底毀了重要的商品。雖然他心裡這麼想，但仍然無法放下電話。

電話中的聲音繼續對他說：

「你知道今天傍晚，澤森英二郎留下聲稱自己殺了玲子的遺書舉槍自盡嗎？但是，澤森並沒有殺害玲子，你才是真正的兇手——」

第十章——某人

我翻起她的毛衣，把自己右胸上的紅色蝴蝶貼在她左胸的黑色蝴蝶上。在她生前，我們經常這樣在床上嬉戲。她的身體在生前也總是冷冰冰的，當時，我也覺得碰觸到的好像是冰蝴蝶。那是紅色蝴蝶和黑色蝴蝶最後的接吻，也是我和她最後的接吻。半個月後，那個狡猾的幫傭就會來這裡，發現屍體，警察將會把她的身體翻來翻去，最後把她的屍體放進棺材，連同蝴蝶一起燒掉。

「真可憐。我很愛妳胸前的蝴蝶，也很愛妳。」

我喃喃自語著，為她拉好身上那件藍白色條紋的毛衣，扣好胸前的釦子，走出臥室。我沒有關門，走回客廳，從鱷魚皮皮包裡拿出手套戴上後，才在那天晚上第一次碰觸臥室門上的門把。我關上了門，然後回想在客廳時有沒有碰過什麼東西。我只碰了自己的杯子，還有她說「再給我多倒點酒」時，我碰到了白蘭地的瓶子和夾冰塊的夾子。我進門時，都是她開門和關門，在聊天時，我決定殺了她，所以可能沒碰現場的東西。我用手帕擦了自己摸過的地方，拿了原木桌子上的菸灰缸，把那個愚蠢的中年醫生笹原的菸蒂和她的菸蒂混在一起，把自己的菸蒂用紙包好，放進皮包裡，然後，把自己剛才用的菸灰缸去廚房的流理檯前仔細洗好，放回碗櫃。

茶几上只留下一個杯子，那個杯子只有醫生和她的指紋而已。把醫生用過的杯子和她的杯子交換時，我用了手帕。另一個杯子，就是她站在臥室門前，在死前掉在地上摔破的那個杯子上，也沒有我的指紋。

我從茶几上拿起一個信封，也一起放進皮包裡。這麼一來，別人會以為那天晚上就只有被她拋棄後由愛生恨的中年醫生去過她家。我離開了她家，立刻打開旁邊的門，衝下了逃生梯。我用絲巾和墨鏡遮住了臉，但也許可以從腳步聲聽出是我。走下樓梯時，我的腳會不由自主地踩著答答答、答答答的節奏。我不知道身體深處為什麼會湧現這個節奏，我老是把這個節奏和走秀時背景音樂的節奏混在一起，常因此差一點跌倒……。

沒錯，也許可以從腳步聲聽出是我。但是，我用絲巾和墨鏡遮住了臉，在那個昏暗的逃生梯上，別人真的能夠看出是我嗎？

「我曾經在雜誌上多次看過妳，所以認識妳——」

剛才電話中的男人明確地對我這麼說。

「別開玩笑了。」

我用冷漠的聲音回答他。說什麼看到了我的臉，絕對是騙人的。

「你不知道嗎？世界紡織的社長自殺前留下的遺書上說，是他殺了玲子——」

「將死之人寫的遺書未必句句都是實話，我很清楚，妳才是真兇。」

「你不要半夜三更打電話來胡說八道，況且，我為什麼要殺她？我們是好朋友。」

「總之，我想和妳做一筆生意，明天晚上九點，我會再打電話，請妳好好想清楚。」

「好，那就請你明晚九點再打電話來這裡，我會用錄音帶把你的聲音錄下來，然後交給警方的。」

說完之後，我重重地掛上電話。我真的要準備錄音帶，那個人一定是打電話來惡作劇，所以應該不會再打來了，如果他再打來，我就把他的聲音錄下來，真的去報警。

電話中的聲音說：「妳才是真兇。」沒錯，那天晚上，的確是我殺了她。正如電話中的那個聲音說的，澤森英二郎會在遺書中說是他殺了她，是他在死前亂寫一通。也許澤森和我一樣，因為太愛她了，所以希望是自己親手殺了她。

但是，我的的確確殺了她，並不是作夢。那天晚上，我親手把加了毒藥的杯子和她的杯子調了包，十分鐘後，她在我的面前喝下毒酒，在床上斷了氣。她真的死了。當我把胸前的蝴蝶貼在她的蝴蝶上時，她左胸前的黑色蝴蝶已經感受不到下方心臟的跳動。

小時候，我有一個膚色很白，眼睛很大的洋娃娃。因為我沒有母親，也沒有姊妹，所以很孤單，總是和那個洋娃娃玩。洋娃娃的睫毛很長，每次睜眼閉眼時，長睫毛也跟著上下擺動。閉上眼睛時，感覺就像睡著了一樣；張開眼睛時，深黑色的眼眸帶著寂寞。我對洋娃娃說了很多話，洋娃娃也對我說了很多話。但因為只有我聽得到洋娃娃的聲音，有一天，父親說很可怕，搶過我的洋娃娃，從國宅的六樓窗戶丟了下去。父親總是脾氣火爆，我怕挨父親打，所以一整晚都沒有下樓，直到第二天清晨，我才去找洋娃娃。洋娃娃沒有摔壞，但張開的雙眼帶著恨意看著我，之後，無論我問什麼，洋娃娃都不理我。洋娃娃一定很生氣我沒有馬上去救她。她之前就很任性，即使我和她說話，她也裝作沒聽到，有時候甚至提出一些無理要求，讓我無所適從。

我讓洋娃娃穿上她最喜歡的黃色蕾絲衣服，溫柔地抱在胸前，撫摸著她的每一根長髮，流著眼淚拜託她：「求求妳跟我說話。」但洋娃娃還是不理我。

有一天，在遊樂園的時候，我突然對整天不說話的洋娃娃很生氣，扯下她的頭髮，撕開她的衣服，一次又一次地摔向鞦韆的鎖鏈，最後，她的脖子斷了，一隻眼睛打爛了。我把面目全非的洋娃娃丟到垃圾堆，回到家裡，卻一整晚都聽到她啜泣的聲音。我覺得她很可憐，第二天早上去找她，但垃圾堆裡已經不見她的蹤影——。

五年前，我在間垣老師的服裝秀上第一次遇見她時，立刻想起了小時候的那個洋娃娃。無論是長長的睫毛，還是張開時帶著寂寞的黑色眼眸，以及除了偶爾微笑以外，白皙的臉上總是面無表情，封閉內心所有的情感，都和洋娃娃一模一樣。

她很快就紅了起來，大家都說我遇到競爭對手，但對我來說，這根本不是問題。半年後，我終於忍不住在走秀之後問她：「可不可以和我做朋友？」「好啊——」她點點頭，默默地跟我回了家。「可不可以讓我睡在妳家？我昨天一整晚都沒睡。」

說完，她躺在我的腿上，閉上了眼睛。在她睡著的時候，我一直撫摸著她的長髮。當她閉著眼睛坐起來時，轉頭面對我，然後才緩緩張開眼睛。睫毛下出現的黑色眼眸仍然染著沉睡中的夢境色彩，我又對她說了一次：「我們來當好朋友。」然後，又輕聲地說：「妳是我的洋娃娃。」她默默點了點頭。我敞開胸前，秀出那個紅色蝴蝶的刺青。「妳要不要也去刺一個蝴蝶？做為我們當好朋友的紀念？」她又點了點頭，說：「我要黑色的蝴蝶。」她每次點頭，就會閉上眼睛，也讓我想起那個洋娃娃。

我們經常在我家的臥室或是她家的臥室床上，脫下衣服，讓兩隻蝴蝶的翅膀廝磨嬉戲。我的身體發燙，蝴蝶像火焰般燃燒，她的蝴蝶總是灰暗冰冷。兩隻蝴蝶在完全不同的世界飛舞，時而飛進對方的世界，翅膀和翅膀相碰、接吻。有時候，我的火焰翅膀融化她的冰雪翅膀，有時候她的冰冷熄滅我的火焰。

別人不知道我們經常在家中床上嬉戲，謠言四起，說我們為了爭奪首席模特兒的地位互別苗頭，仇視對方。我愛她愛到無法自拔，她去參加瑞內．馬丁的秀，成為舉世聞名的模特兒，比我更受歡迎時，我也發自內心地向她道賀：「恭喜妳。」我把她的臉抱在胸前，盡情地撫摸她的長髮。

她的確任性嬌縱、情緒不穩定。當我們喝了酒嬉戲時，她會突然起身離開；當我要出門工作時，她會緊緊抱著我不肯放手，用撒嬌的聲音說：「不要，妳不要走，我一個人很孤單。」有一次，在間垣老師的時裝秀上，老師安排我穿婚紗，她突然很生氣地說：「我也要穿，我也很適合穿婚紗。」當她發現別人不理會她的任性要求時，就含著淚衝出了後台。這種個性和我小時候的那個洋娃娃一模一樣，所以，我反而更喜歡她。我拜託老師說：「我沒有關係，就讓玲子穿吧。」老師回答說：「不行，玲子這陣子太任性了，我要讓她稍微反省一下。」但是，週刊雜誌的記者得知後，居然在週刊上說「兩個人都抓著婚紗不放，差一點把價值百萬的婚紗扯破了。池島理沙對美織玲子的任性氣得火冒三丈，表示再也不想和她一起走秀了」。玲子這種程度的任性，對我來說根本不痛不癢。第二天晚上，當她來我家時，我還安慰她說：「妳也很適合穿婚紗，下次我會拜託老師安排妳穿的。」——小時候，那個洋娃娃的要求甚至更離譜，說什麼「帶我去月亮」，或是「我討厭妳爸爸，妳下次要打他」。

當我們在床上嬉戲時，因為我最喜歡她左胸的蝴蝶吸收了加速的心跳聲，彷彿離開肌膚，真的飛起來的剎那；因為我喜歡她躺在我腿上睡覺時，我用手指梳理她的每一根頭髮，所以，我一直告訴她：「妳可以更加任性。」她總是眨著長長的睫毛點頭，繼續向我提出各種無理要求。

「我可以把這篇報導公諸於世嗎？」

今年二月底，她突然把一份舊報紙的剪報遞到我面前時，我還以為她又在耍任性，但並沒有當真。

那篇報導內容是我小時候住的國宅所發生的縱火事件，我父親被認為是縱火犯，遭到了逮捕。在那起縱火案中，整棟房子有一半燒了起來，一個小孩子和一個正值壯年的上班族葬身火窟。父親失業，找不到理想的工作，整天脾氣火爆，喜歡找別人的碴，左鄰右舍都很討厭他。這件事激怒了父親，他每次喝醉酒，就揚言說要「殺了他們」。父親那天也喝醉了，但因為造成了兩個人死亡，被判處三十年的有期徒刑，至今仍然在仙台的監獄服刑。我被送進了孤兒院，之後，從來沒有見過父親。

「妳怎麼找到這篇報導的？」

我面帶微笑問她。

「要找十七年前的新聞，根本是小事一樁。」

說完，她呵呵地輕聲笑了起來。

「池島理沙的父親是兇殘的縱火犯，目前還在監獄服刑。這件事太有爆點了，要賣給哪一家週刊呢？還是妳希望我不要說出去？」

「對，那當然。」

「那妳把身上的現金統統拿出來。」

我按照她的要求，拿出將近二十萬的紙鈔，她把錢撕破，從窗戶丟出去時，臉上也帶著微笑。我像平時一樣，把我的胸部貼向她的，試圖安撫她的情緒，她好像觸電般跳了起來，用力甩了我一巴掌。

「不要用妳骯髒的身體來碰我！我之前之所以讓妳為所欲為，是因為我以為，假如妳的髒手把我也一起弄髒，我或許就可以好好地在這個世界生存下去。但是，我已經受夠了這個世界。妳在笑什麼？我痛恨妳，妳也是毀了我的人之一，從今天開始，我要報復，我也要讓妳身敗名裂。」

當臉頰的疼痛終於傳達到腦神經時，我知道她是認真的。

「光憑這篇報導，沒辦法斷定是我父親。」

聽到我這麼說，她從皮包裡拿出其他的資料。「我已經請徵信社調查了妳去的那家孤兒院，還有照片呢。」說著，她把資料連同一張照片一起丟了過來。那是在孤兒院時，和其他被父母遺棄的小孩一起拍的照片。自從我離開孤兒院後，就從我的記憶中抹去了這段往事。我和其他孤兒站在一起，臉上的表情最陰森。照片背後寫上了所有孤兒的名字。「早川雅子」這個我已經遺忘的本名也在其中。

「原來妳的本名也是假的。聽說妳十六歲離開之後，從來沒有回去過學校，孤兒院的老師中有人在雜誌上看到妳成為知名模特兒，很想和妳見面呢。」

調查報告上無情的文字，記錄了我不曾告訴任何人的過去。不，我曾經告訴過一個人，就是她。當她去我介紹的刺青師那裡刺了黑色蝴蝶的幾天後，我們第一次讓兩隻蝴蝶接吻時，她告訴我，她的家人在一場火災中喪生。當我得知她和我一樣，也有關於火的悲傷回憶後，就無法不把自己的過去告訴她。「是嗎？原來妳比我更可憐。」她很同情我的遭遇，「真有意思，兩個頂尖模特兒都有不為人知的往事。」她自言自語般輕聲說完笑了笑。經過這件事，我覺得我們真的可以成為好朋友，更用力地把胸口貼在她的胸口上。我當然無法想像，當時深表同情的她，居然在四年後來恐嚇我。

上月中旬的最後一夜，我對她說：「如果妳真的把這篇報導和徵信社的調查報告寄給那個記者，那我也要把妳八個月以來持續恐嚇我的事公諸於世。」聽到我這麼說，她若無其事地回答：「我從來沒有向妳要過錢。」事實上，她的確沒有向我要過錢。最初的時候，她說：「把妳身上所有的錢都拿出來。」當我把錢拿出來後，她笑著問我：「可以嗎？」她都是在我點頭之後，才撕碎丟掉，在春天即將結束時，我每次見到她，都會交出十萬、二十萬給她。

「我要把妳的錢統統丟掉。」

她雖然這麼說，但我看到她怒不可遏地撕碎那些錢時，都覺得她不是在報復我，而是在向錢報復。

「妳也有不願意被別人知道的事吧？」

我記得是四月的時候，我曾經這麼反駁她。前年年底的時候，她躺在我的腿上睡著了，我用手指為她梳理頭髮時，電話響了。我躡手躡腳地站起來，以免把她吵醒。當我接起電話時，話筒裡傳來的是一個年輕女孩的聲音。「妳在明天之前準備一百萬。為什麼不說話？妳別以為可以拒絕我，如果妳不給錢，我馬上去週刊爆料。」說完之後，又問：「妳怎麼了？旁邊有人嗎？好吧，算了。我明天再打電話給妳。」然後，才掛上了電話。那個女孩的聲音低沉而神祕，我沒有向她提起電話的事，但我隱約覺得，有人在恐嚇她，而且對方知道她某些不為人知的祕密。

「不光是那通電話的事，妳不是曾經說，兩個頂尖模特兒都有不為人知的過去，太有意思了嗎？如果是妳全家被火燒死的事，根本沒必要隱瞞，反而可以博取眾人的同情，讓妳更受歡迎。妳一定有什麼更重大的祕密，妳有比我更不堪的過去。」

「對啊，我遭人恐嚇，但是，她這種人只想要錢，根本無法對我構成威脅。」

她冷笑著回答了我的話，然後，一如往常地問我：「可以嗎？」再一如往常地拿起我給她的錢。

「我想要的不是錢。——而是要妳身敗名裂。」

說著，她比平時更粗暴地把二十萬撕成了碎片。

「我要讓妳身敗名裂。我已經失去了一切，所以，也要奪走妳的一切。」

上個月中旬的那天晚上，她把報紙剪報和徵信社的調查報告裝進信封，揚言要寄給那個惡名昭彰的週刊記者時，這麼對我說。

「妳會失去很多，但我已經沒有任何東西可以失去了！」

看到她瘋狂大喊的樣子，我臉色蒼白坐在那裡，覺得那個洋娃娃突然開始憎恨我。「我討厭妳，我最最討厭妳，妳不是也討厭我嗎？那就殺了我……」以前，我在遊樂園盪鞦韆時，洋娃娃突然生氣地這麼對我說。「妳為什麼說這種話？我很喜歡妳，真的很喜歡妳。」我抱著洋娃娃，一次又一次大喊，但洋娃娃還是說：「妳殺了我，妳殺了我……」一動也不動的雙眼充滿對我的憎恨，一次又一次重複相同的話。

她也露出相同的眼神看著我。

「妳殺了我……」

我把兩個杯子調包時，耳邊只聽到洋娃娃的聲音。當我回過神時，洋娃娃的頭髮被扯亂，一隻眼睛被摔爛，整張臉都扭曲著，被丟在床上。不，那不是洋娃娃，而是她。我在小時候已經把洋娃娃摔爛，丟到了垃圾堆。我並不是因為她說要把我的往事公諸於世才動手，而是我這麼珍惜、這麼疼愛她，她居然突然開始憎恨我，完全感受不到我的心意。我彎腰看著屍體的臉，再度輕聲對她說：「我愛妳，我真的很愛妳……」然後，解開自己胸前的鈕釦，然後，把屍體的胸部也露了出來，讓紅色蝴蝶最後一次親吻黑色蝴蝶……。

門鈴突然響了，她回到了現實，按下了床邊的對講機按鈕。

「我們是警察，不好意思，這麼晚上門打擾。有事想要請教……」

警察？難道，剛才打電話來的人已經向警方密告了嗎？……不用怕，他根本是在說謊……。

我穿上可以見客的粉紅色和黑色條紋的漂亮睡袍，打開門，兩個男人站在深夜安靜的走廊上。他們豎著看來廉價的大衣領子，縮著肩膀的樣子，和電影電視上看到的刑警一模一樣。

「妳是池島理沙小姐嗎？」

刑警問，我點了點頭，兩個人走進玄關，關上了門。刑警先打了一聲招呼說：「警方在傍晚時收到了一封奇怪的信。」然後，向她解釋說，這封沒有寫寄件人的信上寫著殺害美織玲子的是池島理沙，如果只是惡作劇的話當然不必加以理會，但寄信人故意用左手寫字，似乎想要掩飾自己的筆跡，再加上似乎很瞭解有關美織玲子的情況，警方不敢貿然斷定是惡作劇，為了謹慎起見，所以展開調查。

「這絕對是惡作劇，莫名其妙──」

「但是，這封信上提到美織玲子恐嚇妳……」

「雜誌上還寫我和玲子在吵架，其實我們關係很好，搞不懂為什麼有人說她恐嚇我。」

她在說話時小心謹慎，努力不讓內心的想法表現在臉上。

「況且，今天傍晚，世界紡織的社長自殺，留下的遺書上不是提到是他殺的嗎？還有昨天警方逮捕的那個我忘了叫什麼名字，就是玲子解除婚約的那個醫生呢？」

年輕刑警正想開口，中年刑警打斷了他。

「警方在這件事上還沒有明確的結論，是否可以冒昧請教一下，上個月十四日前後幾天，妳在哪裡、做了什麼？我們只是想確認一下。」

「要調查我的不在場證明嗎？」

她不耐煩地反問後，從房間裡拿了記事本後走了回來。

「呃，十二日到十四日我沒有工作，所以都在家裡。十五日和十六日我去九州旅行，十五日中午搭機離開東京，十六日晚上很晚才回到家。我和攝影師北川淳老師一起去的，你們問他就知道了。」

其實，不用看記事本，她也能夠清楚記得那天晚上前後的行動，但她覺得如果當場回答，只會讓刑警起疑。

「目前我們認為美織玲子是在十三日或十四日的其中一天，所以，比起十五日以後的行蹤，可不可以請妳更詳細說明一下這兩天的情況？尤其是晚上的行蹤——妳說在家裡休息，請問有沒有第三者可以作證？」

她搖了搖頭，告訴刑警說，自己在休息時，即使有人按門鈴也不會開門，電話也會切換到答錄機，不接電話，十二日和十三日也一樣。「但為什麼是這兩天？報紙上不是說，無法判斷正確的死亡時間嗎？所以，也可能是十五日或十六日晚上。」

「妳說的沒錯，但美織玲子原本計畫十五日早晨出發去巴黎……」

「玲子很喜歡臨時改變計畫，她經常說要出國，結果到了當天又臨時取消。這次也可能臨時改變主意，十五日也留在東京……」

不知道是否說話的態度太執著了，兩名刑警露出納悶的表情，她就閉口不再說話。現在什麼都別說，要把不在場證明的事當作最後的王牌……。

兩名刑警上門調查似乎真的只是為了確認，在記事本上記下北川淳的名字後，就親切地道別離開了。她在關門的時候，忍不住思考到底是誰寫了那封告密信。是剛才電話中的男子嗎……寫信的人為什麼知道玲子恐嚇自己的事？二月底之後，她每次和玲子見面，都很小心謹慎，沒有讓任何人察覺……。

她搖了搖頭。兩件事都是惡作劇，即使自己想破頭也沒用。

但是，刑警上門造訪這件事，還是在她內心投下了不安的陰影。

「不用擔心。」

她出聲嘀咕著，努力想要甩開這個陰影。真的不用擔心，警方說，他們已經斷定自殺的澤森英二郎是殺人兇手。警方根本不可能知道她殺了玲子，週刊雜誌也永遠不會知道一把火燒了她少女時代的往事。

她打開了放在客廳的音響開關，脫下睡袍，走進浴室。隔著玻璃門，傳來了像是催眠曲般的歌聲。她隨著樂曲哼著歌，洗完澡後，在更衣間稍微擦拭了身體，光著身體直接穿上睡袍後，走出浴室。她打算走到桌旁拿香菸，但才走了幾步，就停下了腳步。因為她發現自己走的這幾步，竟然和走下逃生梯時的節奏相同。她回頭看著音響，收音機內仍然播放著像是催眠曲般的樂曲，優美的弦樂聲滲入房間內夜晚的空氣。她試著舞動身體，身體內湧現出答答答的節奏，完全融入了這首樂曲，她很自然地舞動身體。就是這首曲子……我以前在哪裡聽過這首樂曲……。

在樂曲結束，音樂聲變成了男性ＤＪ的聲音後，她的雙腳仍繼續踩著節奏。樂曲仍在她的腦海中持續響著。那不是演奏，不知不覺中，那變成了口哨聲。有人用口哨吹著這首催眠曲。

她雙腳繼續踩著節奏，閉上眼睛，黑暗中看到了夕陽的顏色。紅色的黑暗中，一張陰沉的臉探頭望著仰躺在榻榻米上的她，隨著口哨聲，帶著酒臭味的呼吸像煙一樣吹向她的臉。男人的手隨著口哨的節奏，撫摸著她的腿，彷彿要把這個節奏永遠塗在她的腿上……那雙手漸漸想要掰開她的腿……年幼的她不知道父親的手為什麼要做那種事，而她只擔心剛才被那雙手丟出窗外的洋娃娃到底怎麼樣了……。

她停下腳步，坐在梳妝台前，敞開睡袍的胸口。剛洗完澡的皮膚發紅，右胸的蝴蝶比平時染成更鮮豔的紅色，宛如一小團火在燃燒。進入這個世界後不久，她就去刺了這個蝴蝶，但連她自己也不知道為什麼要去刺青。如今，她似乎終於瞭解了其中的理由。原來自己想要刺的不是蝴蝶，而是要把火焰的圖案做為一輩子的烙印留在胸前——。

因為愛玲子，所以殺了她。這一點不容質疑，但是，被玲子恐嚇時心生畏懼也是事實。每次玲子說「我要讓全世界的人都知道妳父親是縱火犯」，她就被恐懼勒緊胸口。她完全不擔心父親是罪犯這件事被世人知道，但是，她覺得玲子的聲音總是在說：「其實不是妳父親幹的，妳父親只是袒護了真正的縱火犯。」

鏡子中，右胸前蝴蝶形狀的火焰越燒越旺，似乎要吞噬她的身體。

但是，那不是我的過錯——。

她搖了搖頭。那天，我只是在遊樂園的沙坑把洋娃娃埋進沙子裡玩耍，只有臉從沙子裡露出來的洋娃娃又說一些刁難話，讓我為難——妳爸爸喝醉酒睡著了，他對妳做那麼丟臉的事，我討厭他。昨天傍晚，他把我丟出窗外，我在草叢裡一直哭，我是為妳哭。現在很簡單，只要放火燒了國宅就好。妳爸爸醉成那樣，根本不可能醒過來。妳去殺了他……殺了那個可怕的男人……。

第十一章——警察

十二月二日的夜晚，從澤森英二郎自殺現場回來的三個小時後，淺井發現辦公桌上放了一封信，信封上寫著警察署的抬頭，以及「刑事課長親啟」幾個字。這封信似乎很早之前就放在桌上了，但他從成城的自殺現場回來後，又重新偵訊了笹原，打發了得知澤森遺書內容後趕來打聽消息的記者，還接了檢察官的電話，去向高層報告了情況，在署內忙碌了好一陣子。

笹原終於交代了案發當晚的行動，和澤森在遺書上所寫的內容連細節都完全一致。由此確定了兩件事，首先笹原不是兇手，其次，澤森利用了笹原案發當天晚上留在現場的氰化鉀，下定決心殺了玲子。

淺井對報社記者說：「澤森英二郎在遺書中所提到的內容有相當的可信度，警方打算重新研究這起案件。」以此逃避記者的追問，但在高層面前，不得不承認逮捕笹原信雄是錯誤的決定。「你要做好接受懲戒處分的心理準備。」他的耳邊不斷響起這句話，邁著沉重的步伐沿著感覺比平時更暗、更長的走廊，回到了刑事辦公室。好不容易在自己的座位上喘了一口氣，才發現桌上放著一封信。

信封背後和裡面的信紙上，也沒有寫寄件人的名字。

看起來像是用左手寫的凌亂文字寫著——

「笹原並不是兇手，真兇是以下六個人之一，玲子掌握了這六個人的祕密，持續恐嚇他們。」

然後，信紙上寫著六個人的名字——池島理沙、澤森英二郎、間垣貴美子、北川淳、稻木陽平、高木史子。

淺井無法只將這封信當成惡作劇，對它視而不見。事實上，這六個人之一的年輕社長澤森英二郎留下的遺書中提到，美織玲子恐嚇他的事。淺井不認為寫信的人只是瞎貓抓到死老鼠。

問題在於今天早晨打電話給澤森的人，和寄這封信的人是否為同一人，目前還無法判斷。從郵戳來看，這封信是在昨天十二月一日寄出的。那個人向警方寄出這封信後，今天早晨直接打電話給當事人的可能性並不是完全不存在。

「既然根據遺書上的內容，打電話給澤森的人案發當晚剛好在現場附近，寫這封信的人和這起命案的關係更密切。照理說，被害人恐嚇澤森的事只有當事人才知道，寫這封信的人居然知道。所以，我認為應該是不同的人。」

大西一邊咳嗽，一邊發表意見。年輕的岡部也表達了自己的意見。

「這封信會不會是笹原寄的？他昨天下午才遭到逮捕，我想，他有足夠的時間寄這封信。」

淺井也有同感。笹原可能猜到自己早晚會遭到逮捕，所以事先將可能成為兇手的人物通知警方，這種舉動也是合情合理。他曾經和被害人訂婚，雖然才短短三個月而已。也許他最瞭解美織玲子這個女人的罩門。

「不，不是我寫的。」

笹原再度被叫到偵訊室，但他看到那封信後搖了搖頭。

「但我知道這六個人，訂婚當時，玲子曾經告訴我，有七個人恨不得殺了她，其中六個人的確就是這上面寫的這些名字。」

「第七個人呢？」

「提到第七個人時，玲子閉了嘴……我猜想是男人……也許寫這封信的就是第七個男人。」

淺井在腦袋中對笹原的話頻頻點頭。美織玲子沒有說出的第七個人感覺格外神祕，在他腦海中浮現一個黑影。那封信中斬釘截鐵地斷言「兇手就是這六個人之一」，而且，上面只寫了六個人的名字。如果有第七個人，這個人為了保護自己向警方告密的可能性也相當大。但是——。

「但是，你在傍晚時告訴我，這六個人之一的澤森英二郎承認是他殺的，而且也自殺了。既然這樣，這封信不是根本沒有意義嗎？」

笹原說出了淺井在腦袋裡自言自語的話。沒錯，淺井也對這一點無法釋懷。

不，笹原是否真的認同眼前發生的情況，才會這麼說——？

出人意料的是，得知澤森自殺並坦承殺了玲子時，笹原有一瞬間露出了難以置信的表情，似乎想搖頭否認這件事。澤森坦承自己殺人後自殺這件事，原來是出乎笹原意料之外的。淺井問他為什麼這麼驚訝，笹原說：「不是啦，我之前在雜誌上看過關於澤森英二郎的報導，玲子也曾經在我面前提起過他，所以對他稍微有一點瞭解，我不覺得他是會自殺的人。」但是，淺井覺得這只是笹原的狡辯。最好的證明，就是他把澤森遺書的詳細內容告訴笹原後，笹原脫口說：「他是不是隨便亂寫一通？」還說：「會不會是真兇硬逼著他寫下這份遺書，然後把他殺了？」他似乎怎麼也不願意相信澤森是兇手。

「但是，你的看法和澤森在遺書中的內容完全一致，既然你否定澤森的遺書，不就等於否定你自己的主張嗎？」

淺井用比之前更客氣的措詞問。

「不，我並不是否定……只是因為太突然了……沒想到設圈套陷害我的狡猾兇手，這麼輕而易舉地說出一切，然後舉槍自殺了。」

笹原的回答前言不搭後語，淺井覺得他的語氣有問題，便問：

「你該不會掌握了什麼確切的證據，可以證明澤森不是兇手？」

笹原有點慌張，吞吞吐吐地回答：「不，沒這回事……」然後，又肯定了遺書的內容，「兇手應該就是澤森。玲子在生前也曾經說，那個人為了自己的事業，可以殺人不眨眼。」看到笹原慌張的樣子，淺井覺得也許剛才問對了問題。笹原是否有什麼根據，讓他不相信澤森是兇手。難道他知道真兇另有其人？難道真的是他自己殺了玲子──？

經過三個小時後，這個疑問仍然盤旋在他的腦海角落。想到笹原得知澤森自殺時的慌亂，淺井內心有一個疑問，也覺得這起命案比原本想像的更加錯綜複雜。笹原雖然現在表現出相信澤森是兇手的態度，但只是在演戲，其中必有隱情。打那通成為澤森自殺導火線的電話的人，和寄這封密告信的人，這兩個神祕人物還躲在這起命案的背後──。

「警方會釋放我嗎？」

笹原的視線從密告信移向淺井的臉。

「明天早上再次偵訊後會考慮這個問題。即使認定澤森是兇手，澤森使用的毒藥還是你帶去現場的。雖然你聲稱帶毒藥去美織玲子家，是為了在那裡自殺，如果這是謊言，你想要殺玲子，即使實際動手的是澤森，你在法律上的立場也很曖昧。」

「美織玲子的遺體會怎麼處理？」

「目前已經解剖完畢，還沒有人領回遺體，警方會暫時保管，等到有人來認屍。」

「不，不會有人出現。玲子經常說，自己無依無靠，死的時候也會孤零零的。雖然玲子背叛了我，但她死得太悽慘了，我想為她送葬，如果我不能立即獲得釋放，我有一個名叫濱野康彥的下屬，可不可以請你轉告他，說是我拜託他領回玲子的遺體，至少在形式上為她送葬。我以前很照顧他，相信他會答應的。」

淺井點了點頭，走出了偵訊室。他決定請其他刑警去找密告信上的六個人，確認他們是否遭到美織玲子的恐嚇。

當所有刑警都外出調查後，淺井坐在窗邊，眺望著黑暗的冬夜繼續思考著。比起自己會遭懲戒處分的事，他更在意命案本身還有很多不解之謎。

其中之一，就是美織玲子的身分。目前對她五年前出道之前的事一無所知，只知道她整形變了臉，她的過去和她的真面目一樣充滿神祕感。在以美織玲子這個名字出道之前，她曾經短暫使用過山下晴美這個名字，卻無法確知這是否為真名。雖然看她的護照，就知道她的本名，但在命案現場找不到她的護照。去外務省調查一下，應該就可以查到明確的情況。只是在十一月三十日發現屍體後到今天為止，案情瞬息萬變，還沒有時間派人去外務省。

案發的正確時間是另一件令人不解的事。澤森英二郎的遺書上只提到「十一月的那天晚上」，笹原也曾經說，他想不起到底是十三日還是十四日晚上。

但是，淺井在意的並非只有這兩件事而已，當刑警多年的直覺讓他感覺事有蹊蹺。逮捕嫌犯後，真兇舉槍自盡，顛覆了警方原本的推論。澤森英二郎親自扣下扳機的獵槍聲音還沒解決這起命案，一定還會有其他事發生。淺井沒有任何根據，只是有這種預感。這種預感如同貼在窗戶上的黑暗般在他腦海中留下陰影，揮之不去。

深夜一點後，外出調查的刑警全部回到了警署。在五個人中，當晚只找到其中四個人，名叫間垣貴美子的女設計師不在家。

不出所料，那四個人異口同聲地否認了遭到美織玲子恐嚇的事實。

這些人都是在虛偽的世界中戴著假面具過日子，即使他們面不改色地否認，他們的話也無法相信，但是，高木史子在聽到「恐嚇」這兩個字時垂下了眼睛。

警署中沒有人知道密告信裡六人之中的高木史子是誰。打電話到娛樂週刊打聽後，才知道是旗下擁有大量當紅歌手的日本頂尖唱片公司的專輯製作人，她在前年邀請紅極一時的玲子踏入唱片界，讓玲子站在麥克風前一展歌喉。

美織玲子並沒有天生的好嗓音，也完全沒有唱歌的功力，但憑著她的走紅，以及語尾音調宛如蜜汁的聲音，錄製的〈遙遠的眼神〉和〈愛的餘韻〉這兩首歌也成為暢銷歌曲。

「雖然她拜託美織玲子繼續唱第三首歌，但玲子說以後再也不想唱歌了。之後，高木史子和玲子仍然有親密的私人交情，她們是好朋友，所以她不可能殺玲子……但是，當她聽到恐嚇這兩個字時，突然臉色大變。她否認說，不記得有這種事，但她說話時嘴唇發抖，很明顯的，她曾經遭到恐嚇。」

負責調查高木史子的刑警說道。高木史子，三十六歲，因夢想成為歌手進入了唱片業，但最後沒有成功，開始轉入幕後，只是成績平平，和美織玲子搭檔合作是她十年的工作經歷中第一次推出暢銷歌曲。她外形微胖，但說話的態度和抽菸的動作，以及太陽穴不時抽動的習慣，都透露出這個女人有點神經質。

「也許正如密告信上所寫的，美織玲子恐嚇了這六個人。」

聽到大西的意見，笹原所說的第七個男人的暗影浮現在淺井的腦海中。這時，一直默默聽其他人報告的岡部突然自言自語地說：

「為什麼四個人都沒有關鍵的十三日或十四日晚上的不在場證明，十五日晚上卻有明確的不在場證明？」

其他人都回頭看著岡部，他嚇了一跳，慌忙辯解說：「不，也許這個問題並不重要。」

然後，又告訴其他人說：

「我去找了攝影師北川淳，他說十三日晚上，在新宿後巷的一家店喝酒，他以前從來沒去過那家店，所以，等於沒有明確的不在場證明。十四日晚上也完全沒有，因為他一個人在暗房工作，沒有證人。但是，十五日晚上，他和池島理沙一起去九州，在長崎的飯店酒吧喝到天亮，有很明確的不在場證明。」

聽了岡部的話，負責調查池島理沙的大西也點點頭。十五日早晨，池島理沙突然打電話給北川，邀請他一起去九州旅行，聽到她在電話中說：「我想從雲仙一路去長崎，好久沒去了。」北川二話不說地答應了。七年前，他在以雲仙那片帶著紫色的峽谷和長崎的外國情調為背景，為剛出道的池島理沙拍的照片讓她迅速走紅。當時，北川也沒沒無聞，他當時為池島理沙拍的照片，以及兩年後為美織玲子拍的照片，讓他成為當紅攝影師。接到理沙的邀請時，他的行程剛好有空，況且，理沙在一年前就曾經提出：「希望你再次以雲仙為背景，拍下我的新面貌。」北川自己也躍躍欲試。

一個小時後，他們在羽田見面，搭機前往九州，包了一輛計程車，花了半天時間，從雲仙到了長崎。傍晚的時候，住進了長崎異人館附近的飯店。

「雖然提到十三日和十四日晚上的事，他很不願意談，但說到十五日晚上在長崎的飯店這件事，他的態度馬上不一樣，詳細地告訴我當時的情況。他說，飯店的員工和酒保認識他和理沙，只要去問他們就知道了——當我告訴他，警方掌握了玲子計畫在十五日早晨去巴黎，所以認為命案發生在更早之前，也就是十三日或是十四日的晚上時，之前始終冷靜的北川突然激動地說，這種事很難說，玲子情緒不穩定，至今為止，有好幾次在出國當天臨時取消。這一次也可能突然改變主意，十五日晚上也在東京。」

「池島理沙也說了同樣的話——」

大西再度點頭。

負責去向另外兩個人打聽的刑警也說，稻木陽平和高木史子的反應也一樣。稻木在十三日晚上出席了一場派對，九點以前有不在場證明，但九點以後，以及十四日一整天，都欠缺有第三者在場的不在場證明。十五日的傍晚到翌日上午十點為止，他和三個模特兒和五名助理熬夜工作，有明確的不在場證明。高木史子也一樣，十三、十四日兩天的不在場證明不清不楚，但在十五日晚上，她五點離開公司後，去找了住在田町的高中同學，徹夜聊天到天亮。高木史子聽到恐嚇這兩個字時臉色發白，但說到十五日晚上的不在場證明時，好像找回了自信，滔滔不絕地說了起來。

「如果只是巧合，未免太詭異了……」

淺井自言自語地說，其他人分別帶著不同的表情點頭，卻不知道那四個人為什麼強調十五日晚上的不在場證明，他們猜不透其中的意義。不，在現階段，他們甚至不知道十五日晚上的不在場證明是否真的有意義。

所有人都沒有說話，只聽到夜風拍打窗戶的聲音。不一會兒，大家解散回家了，最後才離開的岡部在走出房間之前突然說：

「課長，不好意思。我媽得了癌症，明天要動手術切除，可不可以請假一天？……呃，我知道應該提前請假。」

翌日，笹原信雄就獲得釋放了。

澤村英二郎的遺書不容質疑，警方只能認定澤森是兇手。雖然不知道笹原帶氰化鉀去玲子家是想要殺她，還是想要自殺，但既然當事人堅稱是為了自殺，警方也不得不採納他的主張。由於真兇已經舉槍自盡，媒體大肆報導警方抓錯了人，輿論都對笹原表示同情，於是，署長直接下令立刻釋放笹原。

署長在下達這個命令的同時，也要求淺井在家閉門思過半個月。命案當晚，太多巧合湊在一起，使真兇成功地嫁禍給笹原。雖然這不是偵辦小組單方面的責任，但在警察組織中，這種辯解完全行不通。

淺井在回家閉關前最後的工作，就是在那天四點的時候，避開擠在大門口的媒體，悄悄把笹原信雄從後門送上了車。笹原經過這兩天的拘留，臉頰似乎凹了下去，車子離開之前，他面無表情地對淺井行了一禮。

笹原信雄沒有回家，而是前往淺井為他預約的銀座後巷內的一家小型商務飯店，住進其中一個房間。他首先請櫃檯幫他張羅這三天的報紙，當櫃檯人員把報紙送到他房間後，他從頭到尾仔細看遍每一個角落的文章，然後，在這個四方都被牆壁隔開的房間內，就像在拘留所時一樣，閉上眼睛，抱著雙臂持續思考著。

必須思考的是報紙也大篇幅報導的澤森英二郎自殺這件事。據說昨天早晨接到的那通神祕電話，成為他自殺的關鍵，但那通電話是他要求濱野康彥打的。所以，這等於是他和濱野把一個人逼上了絕路。即使澤森英二郎是殺了一個女人後，試圖把嫌疑嫁禍給自己的卑劣小人，但是，把人逼上絕路的罪惡感還是像一根黑暗的針，刺進他的心裡。完全沒有預料到會發生這樣的事——他忍不住在心裡重複嘀咕這句話。真的沒想到他拜託濱野打的電話這麼快就出現了結果，而且，自己這麼快就獲得了釋放。

七點時，他打電話到濱野位在代代木的公寓，但濱野還沒有回家。他又用假聲打電話到醫院確認，總機小姐說，濱野從昨天開始請假三天。

接下來的三個小時，他不停地繼續打電話，十點的時候，令人感到空虛的鈴聲終於變成了通話中的聲音，濱野似乎一回到家就立刻打電話。他等了十分鐘後，又打了一次電話，這次終於接通了。雖然才短短兩天，但這兩天期間，只聽到刑警聲音的他，覺得濱野的聲音格外親切。他在電話中問濱野：「這家飯店的地下一樓有一家餐廳營業到深夜兩點，你可不可以現在過來？」濱野回答：「我馬上過去。」

一個小時後，他在地下一樓的餐廳見到了濱野。濱野和兩天前相同的老實臉上露出不自然的微笑說：「真是太好了。」他也微笑以對，但隨即露出嚴肅的表情小聲地說：「沒想到會變成這樣的結果。」濱野嘆了一口氣算是回答，笹原很清楚這聲嘆息代表什麼意思。他們是共犯，把一個膽小怕事的人逼上了絕路。他們沉默片刻，不知道該說什麼，只能避開對方的視線。

同一時間，淺井正在阿佐之谷的家中泡澡，思考著今後的事。這時，他妻子隔著玻璃門叫他：「岡部先生來了，我請他在客廳等你。」

淺井急忙擦乾身體，穿著居家服走到客廳，坐在沙發上的岡部站了起來，難得恭敬地鞠了一躬。岡部首先為這麼晚上門打擾，和昨天謊稱母親動手術的事道歉。

「因為我擔心澤森自殺後，這起命案的偵查工作恐怕就結束了，所以，我想花今天一整天一個人去調查一些事。」

說完，岡部用和在警察署時相同的口吻，報告了今天早上見到稻木陽平和高木史子的情況。

「因為我覺得十五日晚上的不在場證明這件事似乎有蹊蹺。池島理沙在那一天突然想去長崎，攝影師北川淳也答應同行，這兩件事都太突然了。但是，並不是只有他們兩個人而已，稻木陽平的春季時裝展才剛結束，照理說是最空閒的時期，他臨時提議下個月要再舉辦一次時裝展，並在十五日早晨突然提出當晚要熬夜工作，緊急召集了模特兒，據說之前完全沒有這樣的計畫……不，我沒有直接見到稻木，剛才這些話是從他的助理，一個年輕的男生那裡打聽到的……」

「高木史子也是嗎？」

「對，我去了她那個住在田町的朋友家，打聽之後才發現，她們差不多已經一年沒有聯絡了，但高木史子那天早晨突然打電話給她朋友，問晚上可不可以去她朋友家。然後，六點到了對方家，她朋友以為她十二點之前就會回家，沒想到她說：『妳陪我到早上。』雖然她朋友很想睡覺，但她硬拉著朋友說話，一個人滔滔不絕地聊到天亮。那天晚上到第二天早晨，她朋友只有出去買酒的時候離開她十分鐘左右。而且，史子難得用強勢的態度對她朋友說：『妳去買酒。』她朋友覺得史子那天晚上有點不太對勁——怎麼樣？課長，你有沒有覺得很奇怪？我覺得四個人都是刻意在十五日晚上和別人在一起。」

「也許剩下的間垣貴美子也一樣——難道命案是在十五日晚上發生的？」

「我也想到了這個問題，但即使命案是在十五日晚上發生的，為什麼四個人都要在那天晚上準備不在場證明？我想不透其中的理由，到了這個地步，我認為四個人昨天晚上都向我們強調十五日晚上的不在場證明並非偶然。」

看到淺井點頭後，岡部又說：

「所以，今天下午，我去找了為玲子刺青的師傅。」

說著，他出示了一張照片。照片中用特寫拍攝了被害人左胸的黑色蝴蝶刺青，這是在解剖時拍攝的資料照片，目前保管在警署內。

「我想瞭解美織玲子的過去。目前，我們對她的過去一無所知，我認為刺青是她的過去之一。」

他去找了幾個認識玲子的模特兒後得知，「池島理沙身上也刺有相同圖案，是不同顏色的刺青，只要去問她，就可以知道是誰幫玲子刺的。」當時，理沙正在飯店走秀，他立刻去後台找她。理沙走秀結束後，若無其事地在岡部面前脫下了身上的婚紗，不耐煩地說：「昨天晚上已經有其他刑警來找過我了，這次又有什麼事嗎？」聽到岡部的問題後，就用長長的指甲指著裸露在胸前的紅色蝴蝶說：「你是問這個刺青嗎？玲子看到我的刺青，說很漂亮，她也想刺，所以我就介紹她去了。」說著，她用指尖晃動著乳房。雖說是乳房，但她瘦得肋骨浮現，胸前只有微微的隆起而已，但乳房晃動時，紅色的蝴蝶宛如拍著翅膀，隨時會飛離她白皙的肌膚。

原來只是因為這樣的理由刺青。岡部有點失望，但還是打聽了位在新宿車站後方的公寓，打算去見為兩位超級名模刺青的男人。理沙告訴他：「雖然刺青師是美國人，但日文很流利，不必擔心。」理沙說的沒錯，當岡部按了門鈴後，出來應門的金髮男子用流利的日文回答了他的問題。刺青師說他已經四十歲，但不知道是因為他的打扮像以前的嬉皮，還是因為有一雙藍眼睛的關係，他看起來很年輕。他用機器刺青已經有二十年的經驗，只要看玲子胸前的蝴蝶，就知道他的手藝確實精湛。他將住處的一個房間當作工作室，牆上掛滿了他的刺青作品照片。和日本的刺青不同，他的作品色彩種類豐富，也很明亮，但一輩子烙在人類肌膚上的繪畫還是散發出妖豔的頹廢色彩。

刺青師清楚記得美織玲子，只可惜無法從他口中打聽到任何和命案相關的線索。因為玲子幾乎都不說話。

刺青師對她說：「妳的皮膚很漂亮，很想為妳在胸部以外的地方刺青。」她回答說：「如果我的臉不是商品，很想讓你在我臉上刺青。」刺青師問她為什麼，玲子回答說：「我喜歡在臉上塗鴉。」他聽不懂這句話的意思，露出納悶的表情，玲子對他露出微笑，從皮包裡拿出口紅說：「就像這樣。」然後，用口紅在臉頰上畫了不知道是花還是昆蟲的圖案。線條凌亂，整張臉好像打破的瓷器。因為工作的關係，刺青師看過很多人在臉上刺青，但因為玲子容貌出眾，那些破壞畫面的紅線讓他感到不寒而慄。

「雖然刺青師不瞭解被害人的情況，但我得知了一件有趣的事——九月底的時候，有一個年輕女孩和我一樣，拿著玲子胸部的照片，說要在相同的位置刺一個相同的刺青。那個女孩說，她是美織玲子的忠實粉絲。」

「年輕女孩？」

「對，只可惜刺青師不記得女孩長什麼樣子……他來日本多年，日語說得比我還好，但至今仍然分不清日本人的臉，尤其是平凡的長相。對方絕對是年輕的女孩，這一點錯不了……

我對這個女孩很有興趣，幫傭太田道子曾經說，二月底的時候，曾經發生玲子用水果刀刺傷一個年輕女孩的流血事件，由於沒有報警，所以認為這件事並不重要……」

「你是說，被刀子刺傷的女孩和那個女孩是同一個人嗎？」

「我認為有這個可能。」

那個女孩和玲子不同，在刺青的時候很健談。她告訴刺青師，她下個月也要去美國，還問了他很多關於美國的事，也告訴他玲子是怎樣的人。因為她是玲子的忠實粉絲，所以似乎很瞭解玲子的情況。

「不過，連玲子小時候家裡很窮，至今仍然會吃沒有味道的麵包，也不用任何沾醬這些別人不知道的事，她也都很瞭解，實在有點奇怪。我猜想她和玲子是否有什麼特殊的關係……」

除了打電話恐嚇的人和告密者以外，如今，命案背後又出現了一個覆蓋著神祕面紗的年輕女孩。淺井和岡部一樣，也很在意這個女孩在玲子遇害前半個月刺了和玲子相同的刺青這件事，但不瞭解這件事到底有沒有意義。

「除此以外，還有一件事，只是這件事可能和命案沒有任何關係，玲子在刺青後，一臉落寞地說：『沒有生命的蝴蝶出現在沒有生命的皮膚上。』那個美國人也曾經聽說過有關玲子的各種傳聞，覺得她和傳聞不同，內心隱藏了悲傷，也從她身上感受到不幸的影子。也許這個和玲子毫無瓜葛的外國人比任何人看得更清楚。」

　岡部用平靜的聲音說話，以免破壞冬天的寂靜。淺井看著他的臉，覺得他的長相和聲音很不相稱，但此刻這種不協調卻並沒有滑稽的感覺。

「沒有生命的蝴蝶出現在沒有生命的皮膚上。」玲子的這句話令淺井想起案發當時，岡部曾經說「難道不可能是自殺嗎？」這句話。

第十二章——某人

「希望沒有因此給你添麻煩……」

等服務生離開後，笹原終於開口說了這句話。

「沒想到請你打了那通電話，會讓澤森自殺……」

「不用擔心，即使我沒有打電話，澤森也會選擇走上死路。而且，警方也不可能發現那通電話是我打的……只是警方真的相信澤森殺了美織玲子嗎？」

「今天的早報不是刊登了遺書上，有關殺害玲子部分的全文嗎？只要看了那些內容，警方就不得不斷定澤森是兇手。而且，他遺書上提到的細節，也和我的記憶一致，難道你不相信嗎？」

「不……」

他不置可否地應了一聲。今天早晨，他從報上看到遺書時那種反胃的感覺再度湧向喉嚨，他慌忙喝了一口葡萄酒，終於將那感覺連同酒一起吞回胃中。澤森在遺書中交代案發當晚的每一個行動，正是他在那天晚上一舉一動的翻版。在下手之前，決定嫁禍給笹原；當玲子走進臥室找毛毯，立刻拿出手帕將加了毒藥的酒杯和玲子喝的酒杯交換，避免留下指紋；確認玲子死後，從臥室回到客廳，將原木桌上有笹原菸蒂的陶製菸灰缸放到玻璃茶几上。所有這些行為，都是他那天晚上在玲子家裡所做的事。澤森在遺書上所寫的其他處理細節，以及離開玲子家的情況，都和他一模一樣。

澤森在遺書中寫著「於是，我成了殺人兇手離開了玲子家，這是我在進門時完全沒有預料到的事。」這也正是他的寫照。他在離開玲子家時成了殺人兇手，這是他踏進玲子家門時萬萬沒有想到的。澤森在遺書中說，走向臥室的玲子站在門口喝酒，數秒後，發出可怕的慘叫聲，扭著全身，跌跌撞撞地衝進臥室倒了下來。但是，在不遠處看到這一幕的不是澤森，而是他。

唯一的可能，就是澤森那天晚上躲在房裡某個地方，從頭到尾看到了玲子和他的對話過程，以及所有行動，為了袒護他，當作是自己所做的事，全部寫在遺書上，然後舉槍自盡。

澤森說，他在玲子的手腕把脈後，確認玲子已經死亡。他也為玲子把了脈，他和眼前的笹原一樣，兩個人都是醫生，對死亡的判斷絕對不可能發生錯誤。

難道是澤森搞錯了？那時候，玲子還活著？不，不可能。玲子喝下不少氰化鉀，不可能僥倖活命。玲子在他換了杯子後，喝下了杯子中的毒酒，絕對不可能存活。

眼前的情況簡直就像他和從來沒有見過的企業家澤森英二郎一起潛入了玲子家，兩個人聯手殺了她。不，還是他潛入了澤森的身體中……？

兩個男人怎麼可能在同一時間，在同一個房間內殺死同一個女人……？

他感到極度反胃，對著早報彎著腰。就在這時，他發現了一件事，忍不住抬起了頭。反胃的感覺消失，思緒在他的腦海中翻騰。澤森的確是兇手，我也是兇手，只是其中存在一個很大的錯覺。

他想起昨天早晨打電話給間垣貴美子時，間垣貴美子的奇怪反應。「你後天再打電話給我，任何事都好談。」如今，他終於瞭解其中的理由。間垣貴美子也是兇手。因為一個重大錯覺，他、澤森和間垣貴美子都變成了殺人兇手——。

他不知道為什麼會產生這種錯覺，也不知道是如何發生的。因為不知道，他決定著手調查美織玲子的過去。玲子想要拋棄車禍發生前的所有過去。

也許是擔心整形手術曝光，才會極力隱瞞過去，但他總覺得背後的理由應該沒那麼簡單，玲子是不是有其他祕密？——他覺得應該可以查出一點眉目，在那天下午去了川口市。

五年前，為了去紐約接受手術，他代替玲子，不，她的本名叫石上美子，他代替美子去申請護照時，得知了她的戶籍地址。居住地址是川口市的清榮寮，他勉強記住了市名和宿舍的名字。當時，石上美子說：「我以前住在那個宿舍，現在搬到其他地方。」現在回想起來，美子顯然在說謊，在車禍發生之前，她應該一直住在清榮寮，但因為不想讓他知道自己的真實生活，所以才會說謊。

他在車站前的派出所打聽後，得知那個宿舍是在東京都內有多家分店的知名烘焙店的員工宿舍，位在荒川附近。來到宿舍一看，發現和烘焙店的感覺相去甚遠，用鐵板圍起的老舊房子和旁邊的鐵工廠感覺沒什麼兩樣。

走進大門，右側有另外一棟小房子，一個六十歲左右的肥胖女人正在小房子前掃地。那個女人走了過來，自我介紹說是這個宿舍的管理員，問他有什麼事，她說話的態度很粗魯。他說：「我是以前住在這裡的石上美子的親戚，因為差不多有五年都沒有接到美子的聯絡，有點擔心，所以來這裡看看。」聽了這話，她的態度和措詞突然變得親切起來。

「因為這裡是女子宿舍，所以經常有一些莫名其妙的男人在這裡晃來晃去。」

管理員低頭道歉，卻不記得石上美子的名字。

「因為這裡的女孩子進進出出很頻繁，大部分都是集體來報到，一、兩年後，大部分人都去了東京，找到更好的工作後就辭職了。」

說著，管理員邀他進屋，找出厚厚的名簿和相冊，說她最近眼力不好，要他自己找。翻開名簿，上面的女孩名字不計其數，翻到差不多一半時，他輕而易舉地找到了石上美子的名字。名字旁寫著日期，可以得知她是在九年前的四月搬進這個宿舍，但並沒有寫她搬離的日子。

「雖然有的人會辦理手續後才離開，但如果是去酒店上班，就會悄悄地搬走，還有不少人連行李都沒有帶走……」

名簿的姓名旁寫著數字和英文字母。石上美子的名字旁寫著「4—B」。他問了管理員數字和英文字母代表的意義，原來是房間號碼，由於兩個人同住一個房間，所以，應該還有另一個女孩也是相同的號碼。

他在同一頁隔開幾行的地方，找到了另一個「4—B」。那個女孩叫川田清子，和石上美子同時搬進宿舍，但她的名字旁也沒有記錄搬離宿舍的日期。

「雖然我不記得名字，但可能還記得她的長相。如果有和她一起拍過的照片就好了。」

聽到管理員的話，他翻開相冊。有幾個女孩滿面笑容地圍在管理員身旁，整本相冊都是類似的照片。前面的照片已經快要褪色了，可以猜想已經有相當的歷史。

在相冊中間的部分，他找到了那張臉。和五年前在紐約的醫院時，那個女孩交給醫生的肖像畫一模一樣。雖然那是一張沒有明顯特徵的普通的臉，但他一眼就認出來了，可見她畫得很好。她穿了一件普通的白色襯衫，其他女孩都笑得很開心，只有她一臉無趣的表情。

「啊，我記得這個女孩，她旁邊的女孩不是比較漂亮嗎？她和那個有點嬌貴的女孩住同一個房間。嗯，我記得她個性有點陰沉，好像在這裡住了三年。不過，她交了男朋友，每逢假日，都穿得漂漂亮亮，開開心心地出門約會。」

可惜管理員只記得這些事。她的確住了三年後就突然消失了，但管理員無法回想起她消失的正確日期。但是，他很清楚石上美子什麼時候離開了宿舍。就是五年前，當他得意洋洋地踩下油門引發悲劇的那個悶熱夏夜。

石上美子旁邊的川田清子的確在這群女孩中特別漂亮，雖然她張著嘴笑得很開心，卻有一種陰險的感覺，不太討人喜歡。也許川田清子比管理員更瞭解石上美子的過去，想到這裡，他問了管理員是否知道川田清子的下落，但管理員搖了搖頭。

「她長得這麼漂亮，應該被找去酒店上班了……這個女孩就是石上美子嗎？你要找的這個女孩恐怕也踏進了那一行。」

他在心裡搖了搖頭，再度瀏覽了相冊中無數女孩的照片，向管理員道謝後離開了。夕陽就像是血一樣，衝破遮蔽了工廠街道遠方天空的灰色厚實雲層，畫出一條紅線。他走向通往車站的路上，照片中的女孩臉孔，一個接著一個掠過他的腦海。美織玲子以前也是這無數張臉的其中之一。從管理員口中得知她交了男朋友，每逢假日就歡天喜地出門約會，不由地想起某一天晚上，玲子把沙漏裡的沙子倒在他的背上，他嚇了一跳，回頭看著她，她難過地嘀咕說：「一樣的表情。」也許她原本可以和那個露出相同驚訝表情的男朋友，共度平凡卻幸福的一生，然而，他卻在短短一個月的時間內，先是把她平凡的臉變成了令人無法正視的醜陋扭曲面孔，然後又變成了吸引全日本年輕人目光的美麗臉龐。但是，最重要的是，他改變了她的命運。他又想起她三年前，第一次來到他的公寓時，曾經自言自語：「因為我很寂寞，想要一死了之。」從今年三月開始，她對他露出宛如被惡魔迷惑般的美麗微笑和殘忍的恐嚇，在她那張邪惡之花盛開的臉蛋背後，她也許其實像三年前一樣，寂寞得想死。那天晚上，她終於撕下了微笑的假面具，對他大發雷霆。但是，在那份怒氣背後，她一定寂寞得想死——沒錯，她寂寞得想死。

回到東京，他在常去的那家咖啡店的電視上，得知了笹原獲釋的消息。笹原一旦獲釋，一定會和自己聯絡，但他想要拖延和笹原談話的時間。於是，他在咖啡店內坐了很久，晚上十點時，才終於離開。

回到家裡，他先打電話給池島理沙，但沒有人接電話。不，也許她在家，但猜到是和前一天晚上一樣的惡作劇電話，所以故意不接電話。而且，池島理沙也和他一樣，在今天的早報上看到了澤森的遺書，大受打擊，感到害怕不已——也許池島理沙也是殺害美織玲子的兇手之一……。

池島理沙昨晚接到他的電話時很生氣，仔細想想，那種生氣的方式很不尋常。不光是池島理沙，當北川淳、稻木陽平、高木史了聽到他說「那天晚上，我剛好躲在美織玲子公寓後方，看到你臉色大變地從逃生梯衝下來」，都表現出特別的反應。北川最後陷入了沉默；稻木驚愕地問：「你說什麼！」高木史子一邊顫抖一邊大聲地說：「我不知道你在說什麼……。」

今天早晨看到報紙後，他才驚覺因為某個重大的錯覺，他認為澤森和自己，也許還有間垣貴美子，都是殺害美織玲子的兇手。但是，也許會因為更大的錯覺，導致有更多殺害玲子的兇手——間垣貴美子、北川淳、池島理沙看了今天的早報，煩惱著不知道該怎麼解讀澤森的遺書，感受到和今天早晨的他感受過的相同戰慄。即使是這樣，他們應該想不到今天早上他想到的事。因為，他們幾個人都不知道美織玲子的臉是人工打造的。除了自己以外，還有殺害美織玲子的兇手——只有從命案發生當初，就知道被害人的臉動過整形手術的他，才能夠如此推理，掌握解開這個重大錯覺的關鍵。

但是，他仍然無法清楚知道十一月中旬的那個晚上，美織玲子的家裡到底發生了什麼事。在那個臥室的柔和燈光中，只有從照片上看過的澤森的臉、間垣貴美子的臉、稻木陽平的臉和自己的臉，都因為充滿殺機而扭曲著，不斷浮現在他的腦海。昨天晚上，他還覺得兇手越多越好，才對他這個真兇越有利，但是，一旦這種願望變成了現實，好幾個人用相同的方法虐殺了一個女人這件事，讓他覺得毛骨悚然，忍不住感到反胃——。

「我有一件事想要問你。」

正在吃東西的笹原抬起頭，在桌子對面注視著他的眼睛。

「昨天，有人寄了一封告密的信給警方，說兇手不是我，而是那六個人中的其中一個。上面寫的六個人的名字和我告訴你的名字完全相同，該不會是你寫的吧？」

他搖了搖頭。他並沒有寄這種告密信給警方。

「不，我以為只有你和我知道那六個人的名字……現在看來，玲子也曾經把痛恨自己的六個人名字告訴其他人。」

「主任，你曾經說有第七個男人，告密信中沒有提到他的名字嗎……？」

他儘可能假裝平靜地問道。

「不，只有六個人。玲子似乎也沒有告訴那個人第七個男人的名字。刑警認為，可能是第七個男人寫了那封告密信……其實，我也不知道那第七個人到底是不是男的。」

這一次，他在內心搖了搖頭。笹原還沒有發現，痛恨玲子到恨不得殺了她的第七個男人就是他，他當然沒有寄任何告密信。

「你怎麼了？臉色好像不太好。」

「不，菜的味道有點……」

他含糊其詞地敷衍著，很擔心再度想要嘔吐。

「主任，我等一下還要回醫院，有一個病人快死了……我們改天再聊聊日後的安排。」

說著，他拿出笹原在遭到逮捕前給他的五十萬，如數還給了笹原，「這個已經不需要了。」除了五十萬以外，他還遞上十包高盧菸說：「這是剛才在路上買的。」「不，我在拘留所的時候已經決定，以後儘可能不再抽這種菸了。」笹原這麼回答，但可能覺得盛情難卻，收下了一包，放在胸前的口袋裡。

他站了起來，笹原似乎也沒有什麼食欲，點的菜還剩下一大半，也說要先回房間。他在收銀台前結完帳後，對笹原說：「主任，你也該考慮一下今後的事了，錢的事我多少可以幫一點忙，有需要時，請你隨時吩咐。」當他把找零的錢塞進上衣口袋時，笹原遞給他一張紙片。

「這是你剛才掉的。」

剛才在拿錢時，似乎不小心掉在地上。那是今天早上出門前準備的便條紙，上面寫著「川口市、清榮寮、石上美子」。笹原應該有看到紙上的字，但似乎並沒有察覺什麼。也許玲子在笹原面前也絕口不提自己的本名和過去。

他在鬆了一口氣的同時，慌忙把紙片放回了口袋。

「主任，我明天會打電話給你。」

說完，他獨自在一樓下了電梯，走出了飯店。今天晚上已經有了冬日的寒冷，銀座的後巷仍然燈火輝煌，但這些色彩宛如凍結成冬天的顏色，感覺格外寂寞。他走向地鐵的方向時，看見一個電話亭，立刻走了進去。

雖然他並不擔心被別人看到，但還是情不自禁地豎起了大衣領子，剛好遮住了臉。他撥了早就已經記熟的池島理沙的電話，但不知道她是否還沒有回家，或是故意不接電話，還是根本無心接電話，總之，他只聽到電話的鈴聲響個不停。

昨天晚上，他打電話給理沙是希望警方知道自己在協助笹原尋找真兇，排除自己的嫌疑，但今天晚上打電話給理沙的目的已經不同。在看到早報上刊登澤森留下的遺書之前，他認為遺書上亂寫一通，警方應該不會相信，也會無視遺書的存在，然而，遺書上寫下了完整的殺人告白，警方也斷定澤森就是兇手，打算偵結這起命案。雖然這是對他有利的發展，但他也同時產生了一個令他反胃的疑問。為什麼澤森和自己都是兇手——？不，不光是自己和澤森而已，也許有更多兇手——。

這起命案中，有著連身為真兇的他也搞不懂的玄機。因此，他決定親手解開這個命案中的所有謎團。

為此，首先必須聯絡池島理沙，確認她是否也殺了美織玲子。

但是，他打了幾次電話，對方都沒有接。他終於放棄，改撥了高木史子的電話。昨天晚上，他在池島理沙之後打電話給史子，史子也表現出特別的反應。也許高木史子這個唱片製作人也是殺害美織玲子的兇手之一……史子在昨晚的電話中聲音發抖，想必她是一個膽小怕事的女人。也許可以從她身上找到接近真相的線索。從設計師間垣貴美子身上應該也可以得到重要的線索，但她明天才會回東京。

十一次、十二次、十三次……。

鈴聲比夜晚的空氣更加冰冷地傳入他的耳中。

史子可能不在家——在鈴聲響了二十次，他打算掛上電話時，對方終於接了電話，慌亂的沉默持續了幾秒之後，傳來一個女人膽戰心驚的聲音，「你是誰啊？」

他躲在電話亭三公尺外的街角看著濱野康彥對著話筒說話，他銳利的視線目不轉睛地注視著。濱野隱瞞了什麼重要的事。——剛才在餐廳的收銀台前，看到濱野口袋裡掉出那張紙時，他發現到這件事。那張便條紙上寫著美織玲子在今年五月時告訴他的本名，和以前工作的那家烘焙店的宿舍名字。為什麼濱野會知道這些？而且，當他撿起來交還後，濱野吃了一驚，窺視了他的表情，慌忙把紙藏進了口袋。濱野剛才在餐廳的舉動也很奇怪，不僅臉色很差，還經常無視他的發問，獨自思考著什麼，似乎有什麼煩惱。

濱野的確有事隱瞞。

原本以為自己完全瞭解這個比自己年輕十歲的下屬，發現這個事實後，才驚覺自己根本不瞭解眼前這個男人。他告訴自己，必須對濱野提高警惕。

濱野到底打電話給誰？也許是嫌犯名單上的其中一人。果真如此的話，究竟為什麼……？

他注視著玻璃電話亭中用領子遮住臉的濱野，雙眼的焦點越來越集中，眼神也越來越銳利。電話始終沒有結束，他心浮氣躁，很想抽菸，但沒有火柴。他抽出一支剛收到的高盧牌香菸叼在嘴上，口水變得苦澀，夾雜著褐色的味道。「褐色的味道，很適合你。」今年五月，在他們沉浸在幸福中時，玲子從他嘴上拿下香菸，抽了一口後，小聲這麼對他說。然後，又把菸放回他的嘴上，接著，又拿去自己抽了一口，他們兩個人分享同一支菸。也許那兩分鐘是自己和玲子之間最幸福的時光。玲子像貓一樣情緒不穩定，也很任性，但在這些個性的背後，總是比任何人更怕寂寞，更渴望別人的溫柔。「只有你瞭解我的寂寞……只有你對我最好，我也只愛你一個人。」兩個人一起抽完那支菸時，玲子在菸灰缸裡捺熄時對他這麼說。三個月後，在夏日的某一天，相同的嘴唇竟然說：

「我其實根本不愛你。」

四個月前，玲子聲音中的冰冷感覺再度甦醒，當那種感覺隨著夜風傳入他的耳朵時，他終於看到濱野掛上了電話。然後，濱野又再度拿起電話，開始繼續撥號，但中途改變了心意，掛上了電話。

目送濱野帶著稜角、很符合其性格的背影走遠後，他才轉出街角，跟了上去。他猜想濱野既不是去醫院，也不是回家，而是去其他的地方。濱野剛才說要回醫院是在說謊，濱野不知道他在傍晚時，已經打電話去醫院確認過了——。

第十三章——某人

她掛上電話，癱坐在地毯上，把頭靠在電話旁，閉上了眼睛。但是，睫毛微微顫動，她無法連續幾秒閉上眼睛。黑暗彷彿要吞噬她的身體，她的生命，令她害怕不已。

可是，即使張開眼睛，眼前也只是比黑暗更暗更冷的單調房間。四周都是牆壁，彷彿已經被囚禁在牢籠中，她無法在這裡向任何人求助。十一月中旬的那個晚上，在美織玲子家裡調換兩個杯子的瞬間，她立刻開始後悔。

不行，一旦做了這種事，自己日後會因為罪惡感而痛苦，深受折磨，甚至被撕裂，最終失去生命。但是，當她打算把杯子換回來時，玲子已經從臥室走了出來，坐在茶几旁，拿起了杯子。「不行，杯子裡有毒藥。」這個聲音在內心翻騰，但她最終還是無法說出口。在她的沉默中，十分鐘過去了，玲子站在臥室門前，把毒酒一口氣喝了下去。她拚命搖著頭，看著玲子的身體好像浪濤般搖晃，終於脫口大叫：「不行，酒裡面有毒藥，不可以喝。」但這句話已經失去了意義。

她的身體比玲子的身體更加激烈地震動，好幾次差一點跌倒。她踉踉蹌蹌地走進臥室，發現了已經斷氣的玲子。她用顫抖的視線看著玲子因為劇痛而突出的眼睛，總算確認玲子的確已經斷了氣，那一剎那，她已經開始因為罪惡感而痛苦。宛如剃刀刀刃般冰冷銳利的某種東西不斷刺向她的心臟，但她還是用痙攣般顫抖的手，擦去自己留在玲子家的痕跡，衝出了玲子家，趁著夜色，走小路回到了自己位在澀谷的家。當時，她一回到家，就癱坐在地毯上，把頭靠在床邊。她從原宿一路跑回來，快要破裂的心臟悸動終於慢慢平息，但平靜之後，罪惡感和後悔變成了更加銳利的刀子，刺向她的心臟。為什麼要殺玲子？為什麼要做那種事？這些話語在血液中溶化，流向全身。

她知道自己動手殺人的理由。今年三月初，玲子突然向她出示了幾張照片，開始威脅恐嚇她。可能是玲子找徵信社拍了那些照片，照片拍到了她和競爭對手公司的高級主管密會的樣子，昏暗的燈光似乎特別強調了其中的曖昧私情。接下來的八個月，她對玲子唯命是從。

「那個當紅歌手太驕傲了，妳下次去散播一下負面傳聞。對，就說她很淫蕩，已經和四、五十個男人上過床了。」

「我也討厭那個歌手，妳去告訴週刊雜誌，說她已經好幾次無故推掉工作。沒問題吧？如果我沒有在這個月看到報導，就要公布這張照片。」

她知道玲子為什麼會嫉妒不同領域的歌手走紅，接二連三地要求她散播那些歌手的不實消息。玲子被這種負面傳聞所困，所以試圖用這種方式報復其他人。因為自己這些負面傳聞深受傷害，所以也要用這種方式傷害其他當紅的明星。每次接到玲子的電話，她就編織出煞有其事的謊話，不經意地散播謠言或是爆料給週刊雜誌，讓別人無法察覺是出自她之口。雖然兩個月後，她就對此感到疲累，但玲子持續恐嚇她長達半年。

那不是針對當紅歌手，而是玲子對她的復仇。去年，她軟硬兼施地說服玲子站在麥克風前唱歌，所以，玲子才會報復她。玲子不喜歡把自己的聲音當作商品，但得知玲子不喜歡的理由後，她努力說服玲子說：「不用擔心，歌聲和說話的聲音不一樣，別人無法輕易聽出來。我會幫妳增加回音，改變聲音的感覺。」「那我就唱一首。」玲子當時也躍躍欲試，「我不想讓以前的朋友知道我在當模特兒。臉蛋的話，可以用化妝掩飾，應該認不出來，但我的聲音不是很有特徵嗎？我不希望以前認識我的人知道美織玲子就是他以前認識的人。也許妳不瞭解，但我覺得當名模是一件很丟臉的事。」玲子如此向她說明她不喜歡把聲音當作商品的理由。

在〈遙遠的眼神〉後，再度讓玲子站在麥克風前錄的〈愛的餘韻〉也成為暢銷單曲，玲子因此賺了不少錢，所以，她搞不懂玲子為什麼要報復她。雖然搞不懂，但因為不希望那些照片曝光，所以只能像奴隸一樣任由玲子恐嚇威脅。一旦和競爭對手公司的高層主管在飯店密會的事曝光，她將同時失去在公司的地位，和那個男人這兩樣東西——這幾年來，她持續將自家公司的機密透露給對手公司的那個男人，那個男人有妻兒家室，一旦他們密會的事曝光，他會像丟廢紙一樣把她拋棄，回到妻兒的身邊。一旦失去這兩樣東西，等於失去了自己人生的全部。

那天晚上，玲子揚言要把那張照片寄給她也認識的一個惡名昭彰的週刊記者，她無法忍受自己失去人生，便痛下決心要殺了玲子。

她知道自己為什麼殺了玲子，但那天晚上，她在家裡坐了一整晚，抱著頭喃喃自語：「為什麼……？」

將近半個月過去了，三天前，她得知屍體被人發現，命案曝光，也得知笹原信雄不出所料地在前天下午遭到逮捕。即使如此，她仍然無法安心。一定會有事情發生。自己犯下了殺人這麼可怕的罪行，一定會有什麼事發生，懲罰自己……。

罪惡感隨著心跳，醞釀出這種不祥的預感。昨天晚上，一個陌生男人打電話來說：「那天晚上，我剛好躲在美織玲子公寓後方，看到妳臉色大變地從逃生梯衝下來。」不到一個小時後，刑警也上門，說有人向警方告密，真正的兇手不是笹原信雄，而是她。保持鎮定。雖然她這麼告訴自己，但嘴唇和太陽穴忍不住顫抖。她覺得一切都完蛋了，但還是像明知道失敗已經逼近眼前，卻仍然死守著最後城堡的士兵，回答刑警說：「十五日晚上，我去了位在田町的高中同學家，我們聊了一整晚。」

只要有十五日晚上的不在場證明，警方應該就不會逮捕自己。

「只要妳今天晚上殺了我，可以用一種有趣的方式製造不在場證明——想不想知道？」

那天晚上，玲子這麼對她說，然後讓她聽了那盒錄音帶。錄音機內立刻傳來她熟悉的、宛如甘蜜般的甜美聲音。

「是我……呵呵，有沒有嚇一跳？今天是十五日，我還在東京。我突然想在東京多留一天……明天早上，我一定會出發去巴黎，只是心血來潮啦。現在是晚上九點，今天晚上可能有人想要殺我，如果你時間來得及，趕快來救我。」

她不瞭解這盒錄音帶有什麼用意，也不知道為什麼可以成為不在場證明。但是，玲子那天晚上沉醉在把一個人徹底推向毀滅深淵的快感中，心情愉快地向她說明了方法。

「妳認識最近很紅的男模大下亮吧？他最近很迷我。所以，有時候我會惡作劇，在他的答錄機裡留這種莫名其妙的話惡整他。明天，我在出發去巴黎之前，會把這盒錄音帶交給別人，在晚上九點時，打電話去他家，讓他的答錄機錄下這段話。原本想要拜託妳，但是不行，妳可能會殺了我，然後用來當作妳的不在場證明。」

「為什麼這盒錄音帶可以成為不在場證明？」

她問。她的聲音有點發抖，但喝醉的玲子似乎沒有察覺。

「妳真傻，如果妳今天晚上殺了我，明天晚上九點的時候打電話給大下亮，並且在他的答錄機裡錄下這段話，不是就可以了嗎？然後，妳只要去製造明天晚上的不在場證明就好。警方聽到答錄機裡的話，一定會認定我是十五日晚上被殺的。」

「但是，如果大下亮在家呢？」

「他從來不會在半夜十二點之前回家。等他回家聽到錄音後，絕對會嚇一跳，但他會以為我在和他開玩笑。當他得知我真的被人殺了之後，答錄機裡的錄音內容就具有重要的意義。而且，每次我在他的答錄機裡留話，他都會保留下來，所以一定可以成為有效的證據。」

她離開殺人現場時，當然也把那盒錄音帶放在皮包裡帶走了。然後，她查到了大下亮家裡的電話，翌日晚上，她去找了老同學，為自己製造不在場證明。因為擔心那個時間前後會有其他人留言，為了準時在九點打電話，快到九點時，她硬逼著同學去買酒。

命案在月底曝光後，她每天期待警方得知答錄機的事，判斷行兇日期是在十五日的晚上，但始終沒有在報紙上看到相關的新聞，就這樣過了三天。她很擔心大下亮在十五日晚上漏聽了答錄機，或是聽過之後就忘了，於是，用假聲打電話到大下亮的經紀公司，得知他月底去了斐濟，十二月六日才會回國。

大下亮去了那麼遙遠的南方島嶼，恐怕還不知道玲子在日本被人殺害的事。六日回到日本，聽到這個消息時，應該會嚇一大跳。在驚訝之餘，想起十五日晚上答錄機上的留言，應該會立刻報警。就像玲子說的，大下亮原本以為是開玩笑，所以沒有放在心上，但是，當命案發生時，答錄機的內容就有了重要的意義。

既然是被害人協助提供了不在場證明，根本沒什麼好擔心的。

雖然她這麼告訴自己，但在刑警離開後，她仍然忐忑不安。她已經從新聞報導中得知，名叫澤森英二郎的企業家坦承殺害了玲子後舉槍自盡的消息，但昨晚她還不知道這個消息有多少可信度，覺得別人一定很快就會知道那份遺書是胡說八道。因為根本不是那個企業家殺了美織玲子。

有人在那天晚上看到她衝下了逃生梯，而且那個人還打電話來恐嚇。還有人知道玲子恐嚇她，那個人還寫信向警方告密。刑警很快就會折回來給自己戴上手銬——她惴惴不安，結果，昨夜一整晚都沒有闔眼。這半個月來始終揮之不去的後悔和罪惡感，宛如夜晚的黑暗般黏在這份不安的背後。她害怕夜晚的黑暗，但是，當黑夜結束後，隨之而來的是更可怕的早晨，會將一切攤在陽光下。

冬天的陽光冷冰冰地照在她攤開的早報上。澤森英二郎的遺書刊登在第三版，她每看一個字，頭就搖得越激烈。她完全沒有察覺凌亂的頭髮宛如鞭子般打在臉上，不停地喃喃說著：「為什麼……？」那天晚上，是她換了杯子，是她聽到玲子在臥室的門前突然發出慘叫，是她確認倒在床上的玲子已經死了。那天晚上，她在玲子家裡做的、看到的和聽到的事，卻透過她從未見過面的企業家的眼睛、耳朵記錄了下來。她明明醒著，卻好像在作噩夢，彷彿早晨的陽光太刺眼，使她看到了虛幻的文字——。

她從下午的電視節目中得知警方已經承認遺書的有效性，斷定澤森英二郎是殺害美織玲子的兇手。即使如此，她仍然放不下心。這一定是陷阱，這是警方為了逮捕真兇所設下的陷阱，否則，怎麼可能發生這種事……？

傍晚的時候，她才終於想起自己今天無故曠職的事，立刻編了一個理由打電話到公司請假，這是她從下午到晚上唯一做的事。她不吃不喝，坐在地毯上，不停地搖著頭，喃喃自語地問：「為什麼……？」她可以清楚感受到好幾個肉眼看不到的魔爪伸向她，想要抓住她的身體。

不知道過了多久，電話鈴聲終於讓她回到了現實。不知不覺中，室內已經漆黑一片，沒有燈光。她茫然地聽著電話鈴聲。是那個男人，昨晚在她耳邊留下恐嚇話語的那個男人又打電話來了。不能接，一旦接了電話，那個男人會說出比昨晚更可怕的話。雖然她這麼想，但還是不由自主地站了起來，打開電燈開關，伸手接起電話。她接起電話後，發現電話中沒有任何聲音。「你是誰啊？」她用顫抖的聲音問。這時，電話中才終於傳來了聲音。是昨天晚上的男人嗎？因為對方的聲音沒有特徵，也沒有感情，所以她一時聽不出來。那個聲音問：「妳有沒有看今天的早報？報上刊登了澤森英二郎的告白，那也是妳的內心告白吧？妳是不是殺了美織玲子？我全都知道……」電話中的聲音滔滔不絕地說了很久，但聽在她的耳朵裡，已經無法理解這些話語的意思。當說話聲終於停下來時，她對著電話叫著：「別說了……別再說了。」

「我馬上去找妳。」

最後，那個男人說了這句話。在掛上電話的同時，她情不自禁地問：「為什麼……？」

掛上電話後，她癱坐在地毯上，把頭靠在電話機上，閉上了眼睛。她不知道該思考什麼，也不知道該如何思考。她想要大叫求救，但是，該向誰求救呢？她愛了數年的男人一旦得知她犯了罪，一定會唾棄她，好像從來不曾認識她。他就是這麼卑劣的男人，他和根本沒有感情的她上床，只是為了得到商業情報。即使如此，她仍然不想失去這個卑劣的男人，為此犯下了永遠都無法挽回的罪行。如今，她得到了懲罰，被關在搞不清楚狀況的混亂牢籠中。

淚水從她的眼中滑落，她忍不住哭了起來。不，她並沒有哭，雖然眼中流著淚水，但嘴裡發出了笑聲。她不相信那是自己的笑聲，也不知道自己為什麼笑。即使喉嚨發痛，她的笑聲仍然停不下來。

在響徹房間的笑聲中，她聽到了玄關的門鈴聲。門鈴響個不停，然後中斷了一會兒，又再度響了起來。她的身體已經在不知不覺中平靜下來，張開的嘴已經不再發出笑聲。她慢慢站了起來，走向玄關，開了門。

一個男人站在走廊上。

那個男人的臉在她眼淚流盡、已經乾裂的雙眼中，浮現出模糊的輪廓。

「你是剛才打電話的人嗎？」

她只問了這句話，等對方點頭後，讓他進了屋。她讓那個男人坐在沙發上，問：

「你想要幹什麼？叫我做任何事都可以。」

「那天晚上，妳去玲子家殺了她。目前只有妳和我知道這件事，不，我可以保護妳，只要妳按我說的去做，妳就絕對安全——不過，妳每個月要給我十萬圓。」

「你也要恐嚇我？沒關係，反正這幾個月來，我已經習慣被人恐嚇了。……不過，可不可以請你告訴我，為什麼那個叫澤森英二郎的男人會留下那樣的遺書？你是不是知道其中的原因？」

當男人點頭時，她覺得終於有人向自己伸出了援手。她不怕恐嚇，只要對方願意為她打破令她無法動彈，充滿謎團和混亂的厚實盔甲——。

「在此之前，先來簽約。妳要寫下自己殺了玲子這件事，放在我手上。不必擔心，當妳不再每個月付我十萬圓時，我才會把它交給警方——」

她點了點頭，從屋內拿來了信紙和筆。她覺得聽從這個男人指示的身體好像已經不屬於自己。

「要怎麼寫？」

「嗯，那妳就這樣寫——殺害美織玲子的真兇不是澤森英二郎，而是我。上個月的那天晚上，玲子找我去她家，說要把我隱藏多年的祕密公諸於世。玲子從今年三月開始，就持續恐嚇我。我聽玲子說，那天晚上，笹原信雄在我上門前不久也去了她家，想要毒死她，卻不慎失手。玲子半開玩笑地把笹原留下的毒藥倒進笹原喝剩的酒中，那時候，我決心要殺了玲子。幾分鐘後……」

她覺得聽從男人指示寫下這些內容的手也不屬於自己，她好像被催眠師操控般，用自己的文字記錄下男人說的話，她甚至覺得這個男人不是凡人。那天晚上，不可能有人看到自己做的事，但他居然全都知道——他可能是上帝派來的使者。自己犯下了殺人的滔天大罪，上帝讓自己這幾天處在後悔、罪惡感和不安的煉獄中，但最後向自己伸出了慈愛的手，派了這個男人上門——只要聽從這個男人的命令，自己就絕對安全。她心裡這麼想著，等到男人說完話，才放下筆。

「這樣就好了嗎？那你告訴我，為什麼澤森留下那樣的遺書自殺了？」

「在此之前，我們先來乾杯慶祝我們的合約成立，妳家裡有酒嗎？」

她又聽從了男人的指示，在廚房準備了兌水酒後走了回來。男人舉起自己的杯子時說：「好像有風吹進來，是不是門沒關好？」她走去玄關，但門關好了。「可能我有點感冒了，感覺特別冷。」男人說著，舉起杯子和她手上的杯子碰了一下。金色的液體隨著清脆的聲音晃動著。

男人一口氣喝完了，吐了一口氣說：「那我就告訴妳。那天晚上，妳和澤森都殺了玲子，玲子死了兩次。不，不止兩次，三次、四次、五次、六次、七次……」

她不加思索地把杯子送到嘴邊，金色的液體經由她的嘴唇流入嘴裡。男人的聲音停頓了，五秒鐘，一切都寂靜無聲。突然，憤怒從她腹底深處湧現。對這八個月來，把自己當成奴隸般使喚的玲子的憤怒，和這幾年來，把自己當成重要情報來源的男人的憤怒，以及對持續愛著那樣的男人，浪費了青春的自己的憤怒。當她發現那不是憤怒，而是宛如火團般的疼痛時，已經來不及了。灼熱的熔岩衝向喉嚨，從她嘴裡噴了出來。她的全身好像浪濤般搖晃，那天晚上，她跳著那天玲子在臥室門口跳的地獄之舞，然後，她好像跳累了，筋疲力盡地把頭撞在桌上。不，她突然張開嘴，墜入了無盡的黑暗深淵。她墜入了無盡的深淵，嘴裡卻仍然喃喃問著：「為什麼？」

「為什麼——？」

直到最後，她都不知道自己送命的理由，如同她不知道自己活著的理由。

第十四章——警察

十二月四日，從清晨就開始下雨。上次下雨是在發現命案的那一天，當時的雨已經帶著冬天的味道。

那天早上的雨灰色、冰冷而無情，彷彿遺忘了季節這個字眼。看著不停帶走周圍的聲音和顏色，持續下個不停的雨，不禁覺得冬天似乎不是季節，只是秋天到春天之間的空虛間隔。

一大清早，淺井打著雨傘，來到家裡的小院子，餵食養在不到半塊榻榻米的小魚池內的那尾鯉魚。已經好幾個月沒有時間親自餵魚了——他一邊想著這件事，丟魚飼料的手突然停了下來。因為他想起了在命案發生的第一天，令他感覺不對勁的小疑問。

現場除了美織玲子的屍體以外，還有另一個小屍體。就是沉在水族箱底的熱帶魚。熱帶魚的藍白條紋圖案和死者身上的毛衣一樣，當時，在水族箱的水中也檢驗出氰化鉀的成分。

比起水族箱裡為什麼會有氰化鉀，淺井更納悶為什麼只有一尾熱帶魚。幫傭太田道子說，玲子以前經常一次買好幾尾熱帶魚，看著牠們一尾又一尾死去，樂在其中。而且，這兩年水族箱都是空的，十一月十日，太田道子最後離開玲子家時，水族箱裡仍然沒有養魚，現場也沒有看到其他熱帶魚的屍體。

從現場的情況研判，從十日到玲子遭人殺害的十四日前後，她只買了一尾熱帶魚回家。但是，玲子只買一尾魚這件事似乎不太合理。

這三天東奔西跑，淡忘了之前聽到太田道子的證詞時內心的疑問。此刻看到池中的鯉魚，疑問再度浮現在腦海。夾雜黑色和銀色的魚鱗在雨滴和飼料形成的漣漪下發出妖豔的光澤。

淺井回到客廳，立刻打電話去了太田道子家，問她是否知道玲子以前在哪裡買熱帶魚。太田道子說，是原宿十字路口附近的一家名叫「天使」的熱帶魚專賣店。他查了電話簿，立刻打電話去了那家店。老闆娘告訴他，上個月十日左右，玲子去店裡，說要買和她身上的毛衣相同的藍白條紋熱帶魚。

老闆娘對玲子說，目前店裡剛好沒有，銀座總店應該有，問她要不要幫她調貨，玲子回答說：「我馬上就要，那我現在就去銀座看看。」問了總店的地址後就走了出去。老闆娘看到她在店門口叫了計程車，猜想她應該去了總店。

淺井又問了總店的電話號碼，立刻打過去瞭解情況。這次接電話的是一個男人，對方說，玲子上個月的確來過店裡，買了七尾藍白相間的熱帶魚。「七尾嗎？」淺井反問，「對，七尾。店裡剛好有八尾，我說要送給她，她生氣地說，七尾就夠了——」男人在電話中回答。淺井請他查了紀錄，時間是十一月十三日。「差不多是下午兩點左右，她看起來很匆忙……」

淺井聽完之後，掛上了電話。

果然不止一尾而已，但七尾魚中，另外那六尾到底去了哪裡？想得簡單一點，就是從十三日開始，直到她死的時候為止，其他六尾魚都死了，玲子自己處理了魚的屍體。但淺井認為事情沒有這麼單純。「我馬上就要」那句話，和七尾這個數字，似乎都可以令人感受到玲子或許事先有計畫。

七尾——。

他覺得最近好像在哪裡聽過「七」這個數字。他想了一下，很快就想起來。前天晚上在偵訊室給笹原看告密信時，笹原說了那句話。「玲子之前曾經說，有七個人恨不得殺了她。」

雖然目前不知道第七個人是誰，但有七個人想要殺玲子，以及玲子在命案之前買了七尾熱帶魚似乎並不是巧合。

但是，他不知道其中到底有什麼意義。半天過去了，下午四點左右，夜色漸近，他眺望著變成暗色的雨，在簷廊上剪腳趾甲，電話鈴聲響了，妻子告訴他：「是岡部先生打來的。」

他一接起電話，岡部熟悉的聲音急匆匆地問：「課長，你有沒有看新聞？」

「沒有，發生什麼事了？」

「昨天深夜高木史子死了。目前沒發現有誰去找過她，她也留下遺書，應該是自殺。」

「自殺嗎——？」

高木史子獨自住在離澀谷鬧區有一小段距離的一棟獨門獨院房子，但房子並不是很大。今天正午過後，住在隔壁的一位家庭主婦發現她家的大門敞開著，感到很奇怪，走進屋一看，發現史子趴在臥室兼客廳的桌子上死了。鄰居立刻報了警，岡部剛從現場瞭解情況回來。

「遺書是她親筆寫的，但內容……和澤森遺書上的告白如出一轍。她在遺書中說，殺害美織玲子的不是澤森，而是她——而且，就連殺害的方式也一模一樣，簡直就像是抄襲澤森的遺書。自殺現場有昨天的早報，早報上刊登了澤森的遺書。大家都認為史子是看了早報後產生了妄想，把澤森的遺書和自己的事混為一談了。」

「自殺方法呢？」

「威士忌裡摻了氰化鉀，和美織玲子的死因相同……課長，如果你時間方便，想請你調查一件事。原本我打算明天請假，自己去調查，但發生了這件事，我恐怕暫時脫不開身。」

「什麼事？」

「之前曾經聽你提過，你有一個好朋友在N航空工作。我想起太田道子說，玲子十月初曾去過紐約，我打電話問了正確的日期，得知是在十月二日出發。玲子出國向來都搭N航空，我想請你查一下，玲子十月二日前往紐約時，有沒有一位和她年紀、身材都相仿的女孩同行。法醫不是說，玲子的整形手術是一個大工程，也許是在外國做的嗎？我猜想玲子會不會曾在紐約的醫院動了手術，而且，是不是在十月初的時候，和那個年輕女孩一起去了那家醫院。」

「就是九月底的時候，和她刺了相同刺青的那個女孩嗎？」
「對，因為那個女孩也提到，她十月初的時候要去紐約。」
「……你有什麼想法？」
沉默片刻後，岡部明確地說出了自己的意見。
「我認為上個月十四日左右，在命案發生時，有兩個美織玲子。我應該更早注意到這件事，玲子的臉是人工的，所以，完全有可能把另一個人也變成和玲子一模一樣的臉。只要兩個人的骨骼在某種程度上相似，完全有可能用整形的方式做出兩張相同的臉。」
「你可不可以說得具體點？」
「不，我目前還無法完全說清楚，剛才的事就拜託課長了，大概多久可以查出眉目？」
「我正閒得發慌，馬上就打電話。」
「好，那我晚上會再打電話聯絡。」
岡部想掛電話時，淺井叫住了他，把今天早上開始思考的關於熱帶魚的疑問告訴了他。
「七尾魚和七個人……」
岡部自言自語著。
「這絕對不是偶然的巧合。」
他明確地這麼回答。

第十五章——某人

用毛筆寫著「清榮寮」三個字的木牌子已經腐爛，他走進掛著木牌子的門，敲了敲旁邊那棟小房子的門。一個看起來像是管理員的年邁女人穿著圍裙衣出來，他向管理員謊稱：「我是警察，想向妳打聽一些事。」管理員一聽到是警察，便皺起眉頭，露出訝異的表情，但立刻請他進了屋，看到他沒有撐傘，淋得渾身濕透，還遞了毛巾給他。

「我想請教一下，最近是否有人來打聽過五年前住在這裡的石上美子？」

聽到他的問題，管理員點點頭，告訴他昨天白天的時候，石上美子的親戚曾經來過。

「是不是三十五、六歲，戴著眼鏡，四方臉的男人？」

管理員又點點頭。濱野果然是打算要調查玲子的過去，但是，他到底有什麼目的？而且，為什麼要瞞著我？——他在內心自問，又問管理員：「妳對他說了石上美子的哪些事？」

「不瞞你說，我不太記得那個女孩的事。」

管理員說著，拿來了相冊。不知道是否老花眼，她遠遠地看著相冊，翻了幾頁，然後指著一張照片說：「啊，就是這張。」她滿是皺紋的手指指著其中一個女孩的臉，把昨天和濱野談到關於那個女孩的事統統說了出來，但其中並沒有任何重要的線索。

「這個女孩就是石上美子嗎？」

「對——我不記得名字了，是昨天那個人告訴我的。」

「誰和這個女孩住在同一間宿舍？」

玲子曾經告訴他很多關於這裡宿舍的事。「有一個女孩比我漂亮多了，每逢假日，就穿上花卉圖案的洋裝，噴著據說她男朋友很喜歡的昂貴茉莉花香水出門，我每次都很羨慕她。但是，不久之後，我也交到了男朋友。」他至今仍然清楚記得玲子當時說的話。

「就是旁邊那個女孩，是不是很漂亮？」

比較之下，旁邊的女孩的確漂亮多了。他比較了兩個女孩的臉，說了聲：「好，我瞭解了。」站了起來，鞠了一躬，正打算離開。

「請問，昨天那個人是不是做了什麼壞事——？」

管理員擔心地問。

「不，只是調查一下。」

「那就好……因為那個人今天早上也打電話來，我昨天說，和石上美子同住的川田清子之後可能去酒店上班了，他問我知不知道是哪一家酒店。他說，打算去向清子打聽美子的事。」

「妳知道她在哪一家酒店上班嗎？」

「不。我告訴他，我不是很清楚，聽說新宿有一家名叫愛莉絲的大型酒店經常來這裡挖角，從這裡挖走了不少女孩子，有可能是在那裡——」

「是嗎？太感謝了。」

他恭敬地道了謝，臨走時，管理員對他說：「這裡有已經壞掉的雨傘。」他還是恭敬地婉拒了，沒有撐雨傘，走在通往車站的泥濘路上。鑄鐵工廠的鐵鏽味飄落在他的身上，感覺比雨滴在身上更不舒服。他豎起大衣領子，遮住了半邊的臉，擋住了鐵鏽味，情不自禁地在內心嘀咕，濱野果然對我有所隱瞞。

他有所隱瞞，他隱瞞了重要的事……。

在酒店少爺帶位的座位坐下後，他從口袋裡拿出一萬圓說：「我想打聽一個四、五年前在這裡上班的小姐，可不可以請當時在這裡上班的小姐來坐檯？叫幾個小姐來都沒有關係。」少爺恭敬地接過小費後離開了，不到五分鐘，就有三個小姐來坐檯。年紀大約都是三十五到四十歲左右，舉手投足都很沉穩冷靜，一看就知道在這裡打滾多年。

他告訴小姐不必擔心錢，儘管點酒。酒來之前，他和她們一起聊著低俗的話題。不知是因為下雨，還是才五點半的關係，這家占據整個樓層的寬敞酒店內看不到幾個客人和坐檯小姐。

倒了酒，乾杯後，他開了口。

「我想要打聽一個人，請問從四、五年前開始，有沒有一個叫川田清子的女孩在這裡上班？她現在可能已經辭職了……」

他之所以找有資歷的小姐來坐檯，就是猜想到川田清子可能已經辭職了。「川田清子？」幾個小姐重複著這個名字，偏著頭相互看著，隨後一起搖頭。

「你為什麼要找這個人？」

「因為這個名叫清子的人以前住在一家烘焙店的宿舍，我想向她打聽一下當時是她室友的另一個女孩。」

他當然不可能說清子和美織玲子曾經是室友，他猜想清子可能知道玲子的事。這些酒店小姐應該也很熟悉美織玲子的名字。

「你說的那個女子宿舍該不會在川口吧？」

穿著黑色洋裝的小姐問。他點了點頭，「是嗎？那時候有幾個女孩是從那裡挖角來的……」然後，又不經意地繼續告訴他：「如果你很想找那個叫清子的女孩，下次美子來我家玩的時候，我幫你打聽一下。美子以前也住在那裡，然後被挖角到這裡來上班。」

「美子……請問她姓什麼？」

「她姓石上，美麗的美。她在這裡上了一年左右的班就辭職了，之後也常來我家玩。」

「石上美子……」

他一個字一個字地說出玲子的本名，好像第一次聽到這個名字。玲子在這裡上了一年的班？而且經常去這個黑色洋裝的女人家玩？

「那個叫石上美子的人目前在哪裡高就？」

「我也不清楚，每次問到她目前的生活，她總是笑而不答，但是她辭職之後，好像日子突然好過起來，一下子穿毛皮大衣，一下子又戴很大顆的鑽戒——好像有人在包養她。雖然她長相很普通，但財力很驚人，辭職之後變漂亮了。」

「她是什麼時候辭職的？」

「我想想，前年……不對，三年前，是三年前的夏天。」

不對。石上美子和美織玲子不是同一個人，不，美織玲子的本名並不是石上美子……。

他滿腦子思考著玲子的事，沒想到那個黑色洋裝的女人主動提起了這個名字。

「沒錯，她辭職後變漂亮了，還自誇說自己長得很像前不久被殺的美織玲子。當然，她和美織玲子沒辦法比……」

「妳最後一次見到石上美子是什麼時候？」

黑色洋裝的女人笑了笑說，簡直就像刑警在問案，然後告訴他，她在九月底的時候最後一次見到美子，美子說她十月要去紐約。

「她從紐約回來了嗎？」

「她當初說去一個月左右，照理說應該早就回來了——你倒是提醒了我，她最近都沒來。」

黏稠的漩渦開始在他腦袋裡逆流。昨天在清榮寮看到的照片中，那兩個女孩的臉疊在一起又分開，同時，繃帶下出現的黏土勞作般毀損的臉、在紐約街頭面無表情的假面具的臉，說著「眼淚也是假的」，流下一顆宛如寶石般水滴的臉，以及八個月以來的微笑，還有那天晚上發出可怕慘叫聲的扭曲的臉。美織玲子的各種表情都時浮現在他腦海中，隨即又一同消失不見。

「你怎麼了？」

聽到問話聲，他才回過神，發現店裡已經多了不少客人，舞台上開始表演節目。三個坐檯小姐中，有兩個已經轉檯了，只有黑色洋裝的女人仍然坐在那裡，滿臉納悶地看著冒著冷汗的他。他向女人道了謝，走出了酒店。

新宿的夜晚，雨水打在霓虹燈上，街頭人影稀疏。落在雨傘上的雨聲宛如碎石的聲音，但他沒有前往車站，而是經過高架鐵軌下方，來到了新宿西口，沿著小路，繼續走向代代木的方向。

腦海中的逆流仍然沒有停息。強風吹著雨，打在他的肩上，雨傘根本發揮不了作用，但他無暇顧及這些事。

因為某個重大的錯覺，那天晚上，在一個房間內，在同一時間，好幾個人，包括他在內的七個男女殺害了同一個女人——昨天早上，在報紙上看到澤森的遺書後，他漸漸發現了那個錯覺到底是怎麼一回事。「在一個房間內」的說法應該沒有問題，但是，正因為認為是「同一時間」殺害「一個女人」，所以才會導致混亂。是否可以推測為七個男人或女人在七個不同的時間，殺死了七個女人？

但是，儘管玲子的臉是人工的，讓七個人擁有相同的臉似乎是不可能的任務。想到這裡，他覺得這一點也是錯覺。根本沒必要做七張相同的臉。只要有兩張相同的臉就足夠了。也就是說，只要除了玲子以外，還有另一個和她長得一樣的女人，玲子就可以在那天晚上，變成七個玲子……。

他猜想玲子會不會有一個和她長得很像的姊妹。為了調查玲子的過去，昨天去了清榮寮，今天去了和玲子住在同一個房間的女孩可能工作過的酒店，但是，這個探索讓他發現了一個驚人的事實。

玲子在五年前申請護照時，告訴他的是假名字。原來她的本名叫川田清子，當時告訴他的卻是室友的另一個女孩石上美子的名字。當然，戶籍地也是石上美子的老家。不光是名字，在紐約把肖像畫出示給醫生時，玲子甚至假冒了別人的臉。那張肖像畫是她在清榮寮內，和她住同一個房間的女孩的臉。所以，昨天宿舍管理員給他看照片時，他以為和肖像畫長得一模一樣的那張平凡臉是玲子之前的長相，是玲子的前身。那個平凡長相的女孩的確叫石上美子，但那張臉和名字都不屬於現在的玲子。他從取景器中看到的那張黏土勞作的臉，以及他多年來看到美織玲子各種不同表情的臉——微笑的臉、生氣的臉，這些臉的原型都是昨天照片中，他覺得五官長得漂亮，但感覺驕傲而陰險、不討人喜歡的那張臉。

川田清子才是美織玲子的前身。

他不知道原本就很漂亮的川田清子為什麼向紐約的醫生出示肖像畫時，畫的是長相平凡的石上美子的臉。但是，川田清子這個女孩利用車禍失去原本的臉的機會，讓自己變成了石上美子。

他想起玲子在兩年前的某一天對他說：「有一個人發現了我整形的事，還因此恐嚇我。」而且她還說：「那個人會發現，也是無可奈何的事。」

那個人是不是就是石上美子？美織玲子的臉是根據石上美子的肖像畫為原型，請那個名醫加工出來的，新面孔並沒有完全消除肖像畫中原本的線條。石上美子的親戚朋友或許會覺得玲子的長相和他們認識的美子很像，但美織玲子太漂亮了，再加上只要有機會聽到玲子的聲音，就會知道不是同一人。

但是，一旦石上美子有機會聽到玲子的聲音，立刻會知道那個聲音就是以前室友的聲音，而且發現美織玲子的長相和自己長相的基本線條很相似，開始懷疑是不是根據自己的長相整形出來的。

石上美子說，她十月初要去紐約，這個推理應該不會錯。因為在命案當晚，澤森殺害了美織玲子，在他殺害之後，間垣貴美子、高木史子、稻木陽平、池島理沙和北川淳也相繼殺了她，他終於瞭解了其中的玄機。

他不知不覺中已回到了公寓，走上水泥樓梯。樓梯上留著濕腳印，可能剛才有人上樓，但他沒有發現腳印通往他的房間，看到房間門沒鎖，也以為是出門時忘了。

打開牆上的電燈開關，單調的廚房出現在眼前，彷彿隨時會被激烈的雨聲摧毀。他看了一眼手錶，確認七點剛過五、六分鐘，伸手拿起了電話。

今天早晨，他打電話給間垣貴美子時，對方請他晚上七點再打一次。不知道對方是否正在等電話，他剛撥完號碼，就有人接起了電話。

「請問是間垣小姐……？」

那個顫抖的聲音回答：「對。」

「我不想在電話中說，還是直接見面再談。」

聽到這個提議，間垣貴美子像走投無路的老鼠般，氣若游絲地回答：「好。」

約定十點去她家後，他掛上了電話。手放開電話的同時，他發現滴著雨滴的窗戶上，反射了房間深處的人影，忍不住回頭一看。

「主任——」

他忍不住叫了一聲。

笹原信雄從裡面的房間走到廚房，坐在桌旁的一張椅子上說：

「我向管理員借了鑰匙，差不多十分鐘前才進來。」

聽到笹原的聲音和平時無異，他鬆了一口氣，但笹原立刻看著電話追問：

「你為什麼打電話給間垣貴美子，我不是說不用再打了嗎？」

「不，因為有些細節有點蹊蹺……」

他辯解道，但笹原緊追不放，又問了下一個問題。

「另外，你為什麼去調查美織玲子的過去？」

笹原果然看到了昨天晚上寫著「川口市、清榮寮、石上美子」的那張便條紙。

兩個人沉默了數秒鐘，室內只聽得到雨聲。

「沒什麼……」

他好不容易才擠出這句辯解。

「你不用瞞我。」

笹原說著，轉過頭，直視著他的雙眼。

「玲子把和你之前真正的關係告訴了我……」

他的嘴唇露出微笑，但他的眼睛沒有笑。

「你以為你騙過了我，但其實是我騙了你。我全都知道，唯一不瞭解的，就是你這兩天為什麼要調查玲子的過去，打電話給高木史子。不過，我現在終於知道了，你身為兇手之一，想瞭解殺害玲子的真相……沒錯，我全都知道。」

然後，笹原緩緩地補充說：

「我還知道你就是恨不得殺了玲子的第七個人……也知道你和其他六個人一樣，在那天晚上殺了她。」

第十六章——某人

十點已經過了二十分鐘，仍沒聽見門鈴聲，她越等越焦急。那個男人不是說「十點一定會到」嗎？

她想要趕快見到那個人。前天早晨，第一次接到那個男人的電話時，得知他那天晚上看到了自己，是危險的目擊證人，所以心生畏懼。如今，她覺得那個男人是她唯一的救贖。

昨天早晨，她在札幌的飯店，看到報上刊登的澤森英二郎遺書時，她差點叫了起來。那時候剛好在餐廳吃早餐，在眾目睽睽之下，她好不容易才把叫聲吞回喉嚨，隨便吃了幾口早餐，獨自回到房間後，就不停地搖頭。她必須交代的所有事，全都被名叫澤森的男人以遺書的方式寫了出來。「服裝秀開始了。」山上明來通知時，她站在窗邊，看著飯店樓下一片銀色的世界，宛如想要雪的潔白，燒掉她的雙眼，燒掉那天晚上令人詛咒的記憶，燒掉不像現實的現實。

她恍恍惚惚回到了東京，電視新聞中報導，曾經幫玲子出唱片的製作人高木史子模仿澤森英二郎的遺書，坦承自己殺害了玲子後，也服毒自殺了。殺了玲子的兇手是我，但為什麼毫無瓜葛的人紛紛出來承認自己是兇手後，選擇走上了死路？

完全搞不懂是怎麼一回事。照理說，別人坦承犯罪後自殺，當了替死鬼，身為真兇的自己應該高興才對，但是，面臨這種奇妙的狀況，她高興不起來，也無法感到安心。這起命案背後隱藏了令人匪夷所思的玄機，但是，她不瞭解到底是怎樣的玄機。在無法看到整體全貌的機器中，自己只是其中一個小齒輪，摩擦產生的吱吱聲，令她感到浮躁不安。

她試圖像往常一樣，用謊言欺騙自己的感情。全都是假的，那天晚上，我沒有殺玲子，也沒有去她家。報紙上的遺書才是真的，報紙上怎麼可能亂寫……。

然而，札幌的雪和東京的雨讓她無法繼續自我欺騙下去。正如這二十年來，在這個浮華的世界只追求金錢和地位，內心因而孤獨不已一樣，自己殺死了玲子，這是不爭的事實。但是，報紙上刊登的澤森遺書，也是不容質疑，更是現實，到底該怎麼解釋這情況……？

今天早晨，她剛到家不久，那個男人就如約打電話來。

「妳看了昨天的早報吧？是不是很驚訝？澤森英二郎的確殺了美織玲子，但是，妳也殺了玲子。我全都知道……」

聽著男人的聲音，她確信對方知道一切。他可以把自己從迷霧中拯救出去——想到這裡，她正想開口問「我們可不可以見面」時，門鈴響了。「你等一下。」她沒有掛斷電話，打開門，一個中年男子和一個年輕男人站在門口。在他們亮出警察證之前，她就知道他們是警察。

中年刑警一邊咳嗽，一邊告訴她：「前天晚上，警方收到一封告密信，說妳才是殺害美織玲子的真兇。」她覺得好像有一把鐵錐刺進了胸口，但她不動聲色，完全沒有表現出絲毫的慌亂。她戴上了無表情的假面具，這二十年來，這個面具數度協助她度過危機。她走到電話旁，對著電話說：「不好意思，你晚上七點再打給我。」

兩名刑警在二十分鐘後離開了。雖然警察上門時，她嚇了一大跳，但兩名刑警的談話內容空洞無力。一定只是惡作劇。她原本以為可能是打電話給她的男子寫了告密信，但好像並不是這樣。電話中的男人想和她談交易，應該是為了錢，他不可能傻到把重大的證據交給警方。唯一擔心的是，警方確認了她的不在場證明，她在強調十五日晚上的不在場證明時，兩名刑警互看了一眼，意味深長地交換了眼神。她十三日和十四日晚上沒有不在場證明，其實，其中有一晚她的行蹤很明確。因為那天晚上，她去了玲子家，殺了玲子。但是，十五日晚上的不在場證明無懈可擊。她邀山上明和一個模特兒來家裡喝酒到天亮，只有在九點的時候，她對那兩個人說「不好意思，可不可以幫我去買點東西」時，那兩個人才短暫離開一下子。

她告訴刑警「但他們兩個人二十分鐘左右就回來了」時，為什麼那兩個刑警露出狐疑的表情？不——她搖了搖頭。刑警相信命案發生在十三日或十四日晚上，覺得十五日晚上的不在場證明根本沒有意義。但是，當目前正在斐濟的模特兒大下亮在六日回國，刑警就會知道她剛才的話代表了什麼意義。沒錯，沒什麼好擔心的。只要大下亮六日回國，得知美織玲子遇害的消息，把答錄機的錄音帶交給警方，警方就會知道一切——。

下午過後，山上明開了保時捷來接她，前往走路只要十五分鐘的店裡，在傍晚之前，都在店裡協助法國大使夫人挑選衣服。大使夫人有的是錢，但每次來買衣服，就連絲巾相差一千圓，也張大那雙好像老鷹般的眼睛，讓她覺得煩不勝煩，不時在意時鐘的聲音。大使夫人五點一離開，她立刻叫山上再度開車送她回到公寓，山上說要陪她到晚上，她冷冷地拒絕說：「不好意思，我想睡覺，你先走吧。」然後，就獨自在家裡等電話。

電話在七點零六分響起，電話中的男人明確告訴她，十點會來家裡。

但是，十點已經過了三十分鐘、四十分鐘，仍然不見任何人上門。她猜想那個男人是不是發生了什麼狀況，但她對那個男人一無所知，也無法想像他會發生什麼狀況。不用擔心，他一定會來的，今天早上和傍晚，他都如約打電話來了。他一定會來這裡告訴自己真相，只要能夠瞭解真相，即使支付一千萬，不，支付兩千萬都沒有問題——她這麼告訴自己，努力平息夾著香菸的手指的顫抖，以及內心湧起的不安，一次又一次站在窗邊。厚實的玻璃窗戶完全隔絕了外界的聲音，她每次站起身時，都以為外面的雨已經停了，但窗外的雨越下越大，就連東京街頭像夜光蟲般亮著的燈光也幾乎快看不清了。

將近十一點的時候響起的不是門鈴聲，而是電話鈴聲。她衝過去接了電話。

「不好意思，我無法去妳那裡，請妳來我家。」

男人用比之前更灰暗的聲音說完這句話，告訴她位在代代木的公寓名字、地址和自己的姓名。她從來沒有聽過那個名字。

她挑了一件素色大衣穿上，用絲巾包著頭，戴上墨鏡後，立刻衝出家門，攔了一輛計程車。她來到馬路上攔計程車的數秒之內，全身已淋得濕透，但她毫不在意。她要求司機「儘可能開快點」，但司機似乎故意刁難，回答：「雨下得太大了。」雨這麼大，車速的確快不起來。沿途不斷看到紅燈，她曾經搭機去過北歐和南美，卻從來沒有覺得二十分鐘的車程這麼遙遠。無奈之下，她從皮包裡拿出一萬圓交給司機。司機從照後鏡中瞥了她一眼，立刻踩下了油門。

車子撕開黑夜和豪雨往前邁進，彷彿要把她帶往一個無盡的陌生世界——事實上，在那個公寓等待著她的是比之前謎團黑暗更深沉的黑暗世界，但是，終於抵達那棟公寓，走下計程車的她當然不可能察覺這件事。

那棟公寓比她想像中更大、更乾淨。樓梯在公寓的角落，她緩緩走上樓梯，就像那天晚上，她沿著逃生梯走去玲子家一樣放慢了腳步——沒錯，一旦見到那個男人，一定要先問他那件事。為什麼在第一通電話時，謊稱在那天晚上看到我衝下逃生梯——？

她按照男人在電話中的指示來到三樓，在綠色的鐵門旁看到了男人告訴她的名字。濱野康彥——她真的沒有聽過這個名字。不知道他幾歲？職業是什麼？為什麼知道命案的真相？

她遲疑了一下，按了門旁的門鈴。兩次、三次……但是，屋內沒有人應答，門也完全沒有動靜。她又遲疑了一下，握住了門把。她只轉動了半圈，門就向內打開了。她把身體從門縫裡擠了進去，想要開口叫人，但室內的黑暗讓她住了嘴。她站在黑暗中一動也不動，當她的眼睛適應黑暗後，發現黑暗角落有一個人影，好像有人坐在椅子上。她正打算開口問「你在那裡嗎」的時候，聽到一個男人的聲音。

「妳來了……」

似乎可以擊破黑暗的激烈雨聲進一步消除男人的聲音特徵，聽起來不像是活人的說話聲。人影似乎站了起來，緩緩走向她，但聽不到腳步聲。影子在離她一公尺的地方停下來，說：「妳有絲巾嗎？給我。」她順從地解開絲巾遞過去，兩、三滴雨滴順著頭髮流到了額頭。

影子接過絲巾後，緩緩走遠了。接著，突然聽到了叫聲。

「不要——不要殺我！請你不要殺我！」

影子在叫喊的同時，開始跳奇怪的舞。不，那不是在跳舞，而是在叫喊的同時奮力掙扎。她一動也不動，用幾乎可以剝下黑暗的銳利雙眼盯著影子像波濤般的動作。室內沒有其他影子，但那個影子好像受到他人的攻擊。她的心跳在不知不覺中加速，但她仍然站在原地不動。激烈的雨聲中傳來椅子倒地的聲音，然後門打開了，那個影子從那道門走進裡面的房間，隨即傳來重物倒地的聲音，之後，一切都無聲無息了。

「怎麼了？發生了什麼事？」

她試圖對著裡面的房間發問，但嘴唇凍結，只發出一聲嘆息。她仍然站在原地，面對眼前的黑暗，用彷彿變成空洞般的身體聽著雨聲，過了一會兒，終於回過神，開始在牆上尋找電燈開關。好不容易找到了開關，她按了開關，過度明亮的燈光照亮了單身男人住家的單調廚房。她獨自站在廚房內，通往裡面房間的門關著。不，微微打開了一條縫。她脫下鞋子，躡手躡腳地走了進去。

「怎麼了？有人在嗎？」

她顫抖的聲音勉強擠出這句話，但門內沒有任何反應。她握住門把，深深吸了一口氣，用力推開門。裡面的房間很暗，從廚房照進來的燈光照到了房間中央的床上。有一雙腳從床上垂到地上。和那時候一樣，和打開玲子家臥室門時一樣……。

她緩緩走向床，無力地垂在地上的兩條腿穿著灰色長褲，感覺好像停止的鐘擺。廚房的燈只能照到床上的男人腰部以下的部位，他的上半身模糊地隱藏在黑暗中。床邊有一盞檯燈，她摸索著，打開了檯燈，柔和的燈光撕開了黑暗，照亮了男人的上半身。

她不認識那張臉。碎裂的眼鏡從他痛苦扭曲的臉上滑了下來，她只知道那男人已經死了。我還在那天晚上的那個房間裡——她忍不住這麼想，覺得自己這輩子都無法逃離那個臥室。

當她發現繞在男人脖子上的正是自己剛才用來包頭的絲巾時，她尖叫起來。絲巾被扭成一條粗繩，絲巾上的雨水順著屍體的脖子滴了下來。

不是我，不是我殺的。她在內心吶喊。但是，這個房間內只有屍體和她。那天晚上，她也在心裡這麼吶喊。不是我殺的，是那個叫笹原的男人殺的。他被玲子拋棄，由愛生恨殺了她。我沒有來過這裡——那天晚上，她用這種謊言欺騙了自己的心，如今，要為這個謊言付出代價了。她進屋後，真的什麼都沒做，但是，眼前有一具只能認為是被她殺害的屍體。就像那天晚上，自己把殺人的罪行嫁禍給笹原一樣，這一次，有人想要嫁禍給自己——也許是這個男人自己。剛才他痛苦掙扎時，黑暗中只有他一個人而已。他可能自己勒死自己，把殺人的罪行嫁禍給我。但是……。

這時，她看到房間角落的衣櫃的門發出刺耳的聲音，慢慢打開了。她忍不住向房門的方向後退了幾步。男人先伸出了腿。當男人的臉最後出現時，她盯著那張臉，在心裡說，我認識這個人，那天晚上，我想把殺人的罪行嫁禍給他。

笹原信雄瞥了屍體一眼，立刻轉頭看向因為恐懼而發抖的她。

「妳還搞不清楚嗎？」

笹原說：

「剛才，我只是在房門前演了一齣戲。進門之後，我把絲巾繞在屍體的脖子上，躲進了衣櫃。屍體原本就在床上了。」

笹原似乎看懂了她眼中的疑問，點了點頭，又補充說：

「沒錯，那天晚上，玲子也是這樣死的……」

第十七章——警察

「對不起，這麼晚才打電話，我剛回到家。」

岡部在淩晨一點打電話時，一開口，就先道歉。

「不會，我原本想打電話給你，但猜想你應該還在警署。我很快就查到了結果，美織玲子在十月二日飛往紐約，空姐記得這件事。同行的還有另一個和玲子年紀相仿的女孩子，因為長得很像，空姐以為是她的妹妹或是姊姊——可惜查不到她什麼時候回國的——」

「那個女孩應該去紐約找了之前幫玲子整形的同一位醫生，整成和玲子一樣的臉後才回國——果然在十一月之後，有兩個美織玲子。」

岡部推測玲子和另外那個女孩一起去紐約這件事得到了證實。

有兩個美織玲子聽起來很荒唐，但眼前似乎也不得不相信。

「但是，你為什麼會這麼想？」

「最關鍵的一件事，就是高木史子留下了和澤森完全一樣的遺書。不可能有兩個兇手殺死同一個女人，所以我原本以為有人說謊，但轉念一想，既然有兩個兇手，只要有兩個被害人就解決問題了。如果有兩個美織玲子，那兩份遺書所寫的都是事實。」

「所以說，澤森和高木史子分別殺了美織玲子和另一個女孩嗎？」

「不，我想應該不是。如果是這樣，就代表美織玲子和另一個女孩分別在澤森和高木史子面前演了相同的戲，而且，玲子的聲音很有特徵，我猜想另一個女孩應該無法學得那麼像。——不妨換一個角度想。美織玲子事先毒死了另一個女孩，讓那個女孩穿上和自己相同的衣服，放在臥室的床上。我看了澤森的遺書好幾次，發現了一件有趣的事。玲子在門前痛苦地掙扎，然後跌跌撞撞地衝進了臥室。幾秒鐘後，他衝進臥室，看到玲子死在床上。雖然前後只有短短幾秒的時間，但那時候，玲子不在他的視線範圍內。」

「所以——」

「沒錯。玲子在臥室門口掙扎後到他進臥室之間有數秒的間隔，讓他以為衝進臥室的玲子和倒在床上的玲子是同一個人，但事實上，玲子只是假裝痛苦，衝進了臥室，可能躲進了衣櫃。只要有幾秒鐘，她就有足夠的時間藏身。澤森看到屍體的臉是玲子，就以為自己殺的是玲子。」

「玲子也對高木史子使用了相同的方法嗎？」

「八成是——」

「所以，真正的美織玲子還活著嗎？」

「不，應該死了。——課長，我總覺得這起命案的兇手並非只有澤森和高木史子而已。只要使用這種方法，玲子可以讓很多人殺死自己。你曾經提到，笹原看到告密信後，說玲子曾經說，有七個人恨不得殺了她。」

「七個人和七尾魚——」

「對，我猜想玲子在七個人面前演了七次相同的戲碼，熱帶魚只是她演戲時用的小道具而已，在水族箱裡死了七次——所以需要七尾魚。但她演完第六次後，清理了假玲子的屍體，在第七次演戲時，真的喝下毒藥死了。所以，這七個人中，只有一個人真正殺死玲子。」

「你是說，美織玲子也是自殺嗎？」

「對——既是自殺，又是他殺。澤森在遺書上提到，玲子經常說『你毀了我』。我想，玲子用虛假的臉活在充滿虛假的世界，內心是很寂寞的。課長，你剛才說『真正的玲子』，但是，因為整形失去了原有的容貌，在這個世界中，連身體也飽受摧殘的她，也已經失去了真正的自己。」

岡部沒有繼續往下說，淺井也不發一語地聽著電話中的沉默，過一陣子後才開口，自言自語地說：

「但是，能夠在一天晚上演七次相同的戲嗎？」

「問題就在這裡，我認為應該是分兩天晚上進行的。」

「十三日和十四日的晚上吧？」

「對，課長，笹原模稜兩可地回答，忘了自己是哪一天，也忘了是幾點去玲子家，我猜想就是這個原因。澤森他們下決心殺玲子的理由之一，就是想要把殺人的罪行嫁禍給剛離開的笹原，但是，澤森和高木史子去玲子家的時間不一樣，笹原不可能兩次都剛離開不久。」

「你是說，笹原信雄在玲子的這齣戲中扮演了重要的角色嗎？」

「對——比起兇手，他更加成功地欺騙了我們。」

岡部停頓了一下，又繼續說。

「如果說，美織玲子給那七個人設下的陷阱是犯罪，那麼，笹原信雄就是共犯。」

第十八章——共犯

「其實，我並不愛你。」

訂婚後三個月，八月的時候，當玲子突然說這句話時，我並沒有驚訝。玲子只是一個怕寂寞的女孩，她渴望溫柔和愛。

我說「即使妳的臉是人工的也沒關係」，她認為我溫柔體貼；我說「我可以為妳做盡一切」，她認為那是愛，只要能夠在我的臂彎中暫時忘記寂寞就好。因為我溫柔體貼，所以玲子凡事都找我商量；因為我愛她，所以玲子向我坦承了她的過去。她告訴我，她的本名叫川田清子，全家人在她小時候葬身火窟，我的下屬酒駕肇事，撞毀了她的臉，之後帶她去紐約的醫院動了整形手術。當時，她假冒了和她一起住在烘焙店宿舍的女孩的長相，還用那個女孩的名字申請護照，進入時尚界後，有哪些人摧殘了她——她以前就試圖找機會報復他們，分別掌握了他們的祕密。從今年二月底之後，她終於採取了報復行為，目的也只是為了恐嚇。她要趁這一年的時間盡情報復，打算給他們一輩子留下難以消除的烙印——。

「二月底」和「一年內」這兩個字眼有特殊的意義。二月初，她大量吐血，去了一家小醫院檢查，醫生告訴她，如果不及時治療，最多只能活一、兩年。醫生要求她去大醫院做進一步的精密檢查，但就像所有二十三歲的女孩子一樣，她諱疾忌醫，害怕死亡變成現實，但同時也做好了死亡的心理準備，著手執行報復計畫，向那七個摧毀自己的人復仇，在四月之前，她沒有勇氣走進大醫院。但是，她之後持續吐血，四月之後，連續兩天都大量吐血，讓她不得不正視身體的問題。她身邊又剛好有一名醫生。濱野康彥在五年前改變了她的命運，他是她復仇計畫中最重要的犧牲者之一，所以，她沒有向濱野透露任何有關病情的問題。她之前曾經請徵信社調查過濱野，得知了我的姓名、和濱野的關係，也很瞭解我的為人，有一天，她直接打電話給我說：「我想和你談談關於你疼愛的濱野康彥。」當時，我對美織玲子這個名模幾乎一無所知，雖然知道她的名字和長相，但是，她無人不知的名氣、太過年輕的年紀和過度美麗的容貌都屬於和我無緣的世界。我不知道美織玲子和濱野之間有什麼交集，就去了她約我見面的餐廳，得知了濱野和玲子之間五年來的所有的事。但是，玲子找我的真正目的，並不是要告訴我濱野對她的人生造成了多大的打擊。

「不瞞你說——」她吞吞吐吐地告訴我生病的事，需要在大醫院做詳細檢查，她希望由我為她做檢查。而且，她提出一個條件，必須由我一個人為她做檢查，對醫院的人和外界只說是因為過勞住院。以我在醫院的地位，要做到這一點並不困難。我點頭答應後，她遞給我一百萬，但我沒有接受，問她：「妳為什麼選擇我？」

「因為徵信社的報告中說，你是溫柔體貼的優秀醫生。」說著，她露出微笑。我第一次看到她笑得那麼開心，笑得那麼哀愁。她的笑容太迷人，我看呆了，她再度對我露出微笑。

按照事先所討論的，她四月中旬住了院，由我偷偷為她做了檢查。在她住院期間，我察覺到濱野的行為舉止不太對勁，但我沒有直接問他。那時候，我已經和玲子有了祕密，背叛了濱野。八月的時候，玲子對我說「其實，我並不愛你」之後，又向我坦承，她四月去住院，以及接近我，都是為了折磨濱野。玲子曾經有一段時間真心相信濱野，但因為濱野的某一個行為背叛了她，令她深受傷害。

得知玲子是為了這個目的接近我，我並沒有生氣，也沒有後悔。玲子又說：「我覺得你真的很溫柔體貼，我五年來第一次遇到這麼有人性的人。」溫柔體貼、有人性——得知這是玲子對我真正的看法，我很痛苦，但並沒有後悔。既然遇到了玲子，我別無選擇，只能這麼做。

住院期間的檢查結果顯示，玲子只剩下幾個月的生命，最多不會超過今年。我比任何人，甚至比玲子更為此感到難過。和自殺的澤森英二郎一樣，我第一次見到玲子，就立刻愛上了她。澤森在遺書中對我表示同情，其實，玲子在八月的時候告訴我，那七個恨不得殺了她的仇人的事時，我只對澤森產生了同情。因為我很清楚四十多歲的男人愛上就像自己女兒般的年輕女孩時，會是怎樣的心情。會對自己的年紀感到害怕，好像對方的那份年輕隨時對我們產生威脅，整天都只能思考如何才能把這個年輕女孩留在自己身旁。玲子因為澤森花了鉅款買了她的身體而痛恨他，甚至說：「如果他只給我一千圓，我或許不會那麼受傷。」面對玲子幾乎可以稱為稚嫩的年輕活力所產生的無言威脅，澤森只好不斷支付金錢。同樣地，我只能不斷地回答玲子「好」。我接受玲子的任性，滿足她的要求，用我的溫柔體貼支持她，這是我這種年齡的男人愛的方式。我和澤森一樣，都愛上了一個年輕女孩。唯一的不同，就是澤森不知道玲子是人工美女，我第一次見到玲子時，就知道了這件事。我知道那是人類的手創造的一件作品，而不是一張臉，在玲子露出寂寞的微笑時，為了得到她的微笑，我願意赴湯蹈火。

在春陽映照的病房內，我告訴她「沒什麼大病，但要動手術」時，玲子露出相同的微笑，輕聲對我說：「原來這個世界上還有溫柔的謊言。」又對我說：「如果你真的溫柔，就請你對我說實話。」當她用眼睛深處的光芒，她臉上唯一不是人工的光芒向我訴說時，我只能回答：「好。」玲子得知了真相，雖然我告訴她：「只要動手術，可以活四年，不，有可能活上十年。」但她不願聽從我的建議，用看起來十分冷漠，躲進自己保護殼的表情對我說：「你不要告訴任何人這件事，我有想要做的事，比起四年的生活，我寧願選擇做自己想做的事。你只要用藥物或注射讓我多活幾天就好。如果你愛我，就要為我這麼做。」我只能回答：「好。」玲子在出院的半個月後對我說：「如果你愛我，就拋棄你的妻兒。我愛你，我目前想要的不是生命，而是你的愛，我需要一個願意放棄一切，只愛我的人。」我只能回答：「好。」三個月後，在盛夏的某個夜晚，玲子說要為我慶生，找我去她家，當我吹熄代表四十五歲年紀的蠟燭後，她告訴我：「其實，我並不愛你。」又對我說：「但你很溫柔體貼，我覺得你是好人。」然後，突然把她的計畫告訴我，問我：「你願不願意幫我？」時，我也只能回答：「好。」

即使現在，只要閉上眼睛，黑暗中仍然可以看到當時的燭光。當時的燭光，讓我痛切地意識到自己四十五歲的年紀。現在回想起來，這個年紀或許是我愛玲子，發誓要協助她完成那個愚蠢計畫的理由。我因為一個比我小二十二歲的年輕女孩，因為她的年輕而愛上她，為了占有這份年輕，我甘願赴湯蹈火。

最後總是必須面對時間這個問題。

如今，我在寫這封遺書的同時，只考慮這個問題。還要多少時間，我才能寫完這封遺書——寫完這封遺書後，我還有多少時間可以殺掉剩下的三個人。

我已經殺了高木史子、濱野康彥和間垣貴美子。殺高木史子的時候，我因為太著急、太緊張，一時想不到讓她看起來像自殺的方法，所以就用了剩下的氰化鉀。那是我十一月十二日從醫院偷出來的。其中的三分之二，分別用在十三日和十四日兩天晚上的七場殺人戲中，剩下的三分之一縫在褲管的褶邊內，萬一計畫失敗，我打算用來自殺，所以，關在拘留所時也一直藏在褲管內。警方知道我為了這次命案從醫院偷了氰化鉀，雖然我讓高木史子寫下遺書，偽裝成自殺，但警方一旦知道死因是氰化鉀，就會猜想她的死和我有關——不，更重要的是，一旦明天發現濱野家裡有兩具被勒斃的屍體，濱野公寓的管理員就會作證，說有人在今天傍晚向他借了濱野房間的鑰匙，警方馬上就知道是我。這一次，警方真的會逮捕我。距離警方逮捕我不知道還有沒有二十四小時？寫完這封遺書，我必須立刻展開獵殺行動，獵殺剩下的三個人——北川淳、稻木陽平和池島理沙。幹掉他們三個人後，我打算用剩下不多的氰化鉀自我了斷。

我的死並不是向被我殺害的那些人謝罪，更不是向世人或警方懺悔，我必須用自己的死向已經在半個月前去世，籠罩在深沉黑暗中的玲子致歉。因為，在我八月生日的那天晚上，玲子告訴我的復仇計畫中，並不包含將這七個人殺害。玲子直到最後都再三叮嚀我這個共犯，她並不想要用死亡的方式向那七個人復仇。但是，我背叛了她的希望，只能把他們推向死路。

還有另一件事必須向玲子道歉，就是我留下了記錄真相的遺書。玲子一定認為，如果我最後只能用殺人的方式完成她的復仇，至少應該讓這次的事件成為永遠的謎。但是，當我勒死濱野，再用相同的絲巾勒死間垣貴美子後，我在雨中回到這家飯店，仍然麻木的手卻不顧一切地拿起了筆，開始寫這封遺書。我也不知道為什麼，只知道將死之際，很想要對別人說出這起事件的真相。我在這一點上也和澤森很相似。也許是因為人生在世四十幾年，曾經說過不計其數的謊言，至少希望在生命的終點之前，想要向別人說出真相。

我在寫遺書的此刻，仍然聽到秒針的聲音。

我到底還剩下多少時間——？

八月的時候，玲子告訴了我她的復仇計畫。當我們推敲計畫中的每一個細節時，我滿腦子思考的還是時間的問題。玲子的生命到底還剩下多少時間——？

玲子對這個計畫很投入。雖然我暗中持續為她治療，但無論如何都要完美地執行這個復仇計畫的決心，她整個人都充滿活力，比以前更漂亮，更容光煥發。但是，即使這種狀態可以持續，今年年底之前，玲子就會倒下。她決定無論如何，都要在此之前執行計畫。

歸根究柢，玲子的計畫就是自殺計畫。她用自己的死，讓這五年來摧毀她的七個人變成「殺人兇手」，製造出一場乍看之下是由七個人同時殺死她的離奇命案，讓他們徹底身敗名裂，但她的最終目的還是要結束自己的生命。她常說：「生病只是導火線，我在生病之前就已經死了，被那些人摧毀了。我隨時都可以死，根本不怕死，對我來說，活在世上反而更可怕。」但我還是希望她能活久一點，也希望她能在倒下的前一天才執行計畫。可是，沒有人能夠正確預測玲子哪一天倒下，為此，我從八月開始，就隨時注意秒針，為時間的問題傷神。

玲子說，她是在有一個年輕女孩自言自語般對她說「我也想去整形，整成和妳一模一樣的臉」時，想到了這個計畫。五年前，和玲子住在同一個宿舍的室友很久以前，就發現了玲子的臉動過整形手術，不斷向玲子恐嚇勒贖珠寶和金錢。我曾經見過那個女孩兩次，以那個女孩的長相，的確可以經過整形手術，變得和玲子一模一樣。這也是理所當然的，因為玲子去紐約接受整形手術時，就是以那個女孩的臉為基礎，重新打造了自己的臉。玲子住在烘焙店的宿舍時，總是很羨慕那個女孩，希望可以擁有那個女孩的臉。所以，當她去紐約整形時，她沒有讓醫生看照片，而是畫了肖像畫。當她握著鉛筆時，平日的羨慕和夢想讓她畫出來的不是自己的臉，而是那個女孩的臉。

那個女孩，也就是石上美子，當然沒有立刻識破名模美織玲子就是以前的室友川田清子，但是，有一次，美子在飯店的餐廳聽到玲子和別人說話的聲音，那正是室友以前用羨慕的語氣對她說「我真希望可以長得像妳一樣」的聲音。當時，美子有點得意，半開玩笑地說：「我們的骨骼很像，妳可以去整形啊。」室友很嚴肅地問她：「但是，整形不是很貴嗎？」

石上美子的長相很平凡，我以為玲子以前長得沒有比美子漂亮，沒想到今天下午，我去玲子以前住的宿舍，看到她們兩個人的照片時嚇了一跳。玲子以前比那個女孩漂亮多了。玲子，不，當時玲子叫川田清子，和清子相比，那個女孩甚至可以說是像醜八怪。當時，我完全無法理解川田清子為什麼羨慕那種女孩。但是，從玲子的性格來思考，似乎就不難理解了。玲子向來厭惡自己，我甚至覺得她憎恨自己。我認為玲子憎恨自己，才會想到同時被七個人殺害的計畫。玲子說，那七個人摧毀了她，但是，也許她比任何人都更憎恨自己，憎恨那個聽從他們的話，把自己交到他們手上的自己。

這起命案起源於這樣一個漂亮的女孩，羨慕和嫉妒另一個完全不比自己漂亮的女孩。當紐約的醫生問她，想不想變得比那張肖像畫中的臉更漂亮時，玲子，不，川田清子用包著綳帶的臉默默點頭。

從玲子口中得知這項計畫時，我應該嘆著氣，露出難以置信的表情對她說：「妳真的打算做這麼荒唐的事嗎？」或是發揮像她父親年紀的男人應有的判斷能力對她說：「妳不應該想這麼荒唐的事。」但是，當我閉上眼睛時，我親自吹熄的燭火卻再度鮮明地在黑暗中亮了起來，我對她說：「好。」正因為玲子的計畫極其荒謬，只要我成為這個計畫的共犯，就可以徹底占有玲子，占有她的微笑，她的年輕，她的生命，和她的死亡。我以為玲子覺得被病魔折磨至死太痛苦，不如親手了斷自我更輕鬆。這個計畫也滿足了中年男人這種自私的欲望。我在玲子的死亡大戲中扮演了重要的角色。從四月開始，當我得知玲子即將死去的事實就悲傷不已，當我們共同擁有一起命案，也許可以稍稍撫慰我內心的悲傷。

而且，當玲子在八月告訴我整個計畫，要求我提供協助時，她已經著手執行了計畫，向七個人恐嚇勒贖的戲碼已經演到無路可退的地步了。

「即使你不願意幫忙，我也會一個人完成。但是，如果你真的愛我，我希望你幫我。」當玲子再度向我確認時，我只能再次回答：「好。」

一旦我願意提供協助，計畫的內容可以稍微複雜一點，讓警方和被塑造成兇手的七個人更加遠離真相。我們重新研擬了計畫，仔細推敲。玲子在八月中旬時，突然宣布解除婚約，引起一場轟動，讓周圍的人和世人大吃一驚。我成為被玲子拋棄而由愛生恨的可憐中年男人，玲子成為對這種狀況樂在其中的可怕壞女人。這並不完全是演技。玲子雖然信任我，但並不愛我，我渴望這個二十三歲、有著傾國傾城笑容的美麗女孩的愛也是事實。我在接下來的兩個半月，到十一月七日傍晚為止，持續扮演這個被玲子玩弄，失去了地位、家庭和所有一切的愚蠢中年男子角色。

玲子則繼續扮演著殘忍的壞女人角色，不為人知地持續威脅恐嚇那七個人，同時，讓威脅自己的女孩去刺了蝴蝶的刺青，接著，又問那個女孩：「怎麼樣？妳想不想擁有和我一樣的臉？我可以幫妳介紹紐約一個醫術很好的醫生。」那個女孩對玲子很像自己，卻又比自己漂亮得多這件事心生嫉妒，玲子讓她下定決心要整容。「不如由妳來當美織玲子，我對走紅、喝采和金錢已經厭倦了。別擔心，如果只是偶爾代替我，即使我們的身材稍微有一點不同，別人也不會看出來。只要不說話，別人就不知道我們的聲音不一樣。妳可以體會一下男人投向美織玲子的熱切眼神和眾人的掌聲。」玲子用這些騙小孩子的話騙那個女孩上了鉤，並用自己的名字為女孩申請了護照，在十月初時，帶著女孩一起去了紐約。

玲子在出發前曾少量吐血，在回國參加十月底的服裝秀後就大量吐血，比之前任何一次更嚴重。於是她知道，四月以來的服藥和治療都無法發揮作用。或許是因為大量出血讓她察覺死期已近，十一月初，她的眼中散發出下定決心的黑暗光芒說：「我沒時間拖拖拉拉了，就決定在十三日和十四日動手，這兩天剛好七個人全都在東京。」我垂下眼，露出愁容，她對我說：「沒關係，我早就死了，你應該很清楚這一點。」然後，對我露出微笑，彷彿在安慰我。

我們必須在十三日之前做好準備工作。我們要在太田道子這個未來會成為確實的證人面前吵架，讓那個幫傭清楚記得我曾經對她說：「我要殺了妳。」

這是這起命案的前奏曲。完美地演奏完前奏曲後，十二日還要演奏另一首前奏曲。我要去醫院，故意行為詭異地走進藥品室偷氰化鉀，引起醫局人員的注意。玲子也要先打電話給四個人，要求他們：「明天晚上來我家。」當然，通知他們每個人上門的時間有一個半小時的間隔，並且命令他們一定要嚴格遵守時間。因為一天晚上不可能演七次相同的殺人劇，只能在十三日找四個人來，剩下的三個人安排在十四日那天晚上。不過，命案分成兩天發生會產生一個棘手的問題，按照我們的計畫，被挑選為殺人兇手的訪客上門之前，我必須去玲子家，想要殺死玲子，但不慎失手，把氰化鉀留在現場，這都是為了讓所有訪客心生殺機所編織的謊言。然而，按照我的計畫，當我被警方逮捕時，刑警一定會問我，是在哪一天晚上去玲子家殺她，如果我回答是其中的某一天，另一天造訪的殺人兇手就會產生疑問。

我在十一月之後有憂鬱傾向，搞不清楚日期，只記得不是十三日就是十四日，但正確的日期想不起來了。我決定用這番說詞解決這個問題。至於我去玲子家的時間也一樣，當我明確告訴警方某個時間，其他時間上門的訪客就會被懷疑，我決定到時候假裝忘記時間。

準備就緒後，在十三日晚上七點，第一個訪客按門鈴之前，只要再演奏另一首前奏曲就大功告成了。那天晚上六點的時候，我們把乍看之下，和玲子長得一模一樣的女孩找來家裡。那個女孩發現除了玲子以外，週刊雜誌上曾經報導和玲子鬧翻的我也在場，忍不住有點驚訝，但我找藉口敷衍過去了，玲子又用其他藉口請那個女孩換上了藍白條紋的毛衣，又用了最後的藉口，讓女孩喝下了加了氰化鉀的酒。那個女孩從紐約回來後，在那天晚上之前，我都沒有見過她，我看到她臉上沒有留下任何人工的痕跡，很自然地擁有和玲子相同的臉，不由地感到驚訝。我的驚訝還沒有完全消失，喝下酒的她身上藍白色條紋就開始扭動、起伏，跳起了驚人的舞蹈。我至今仍然清楚地記得玲子當時的眼神。

玲子將視線拉遠，好像在眺望遙遠的風景般，茫然地看著第二天晚上，自己也將跳起的地獄之舞。數秒之後，那個女孩的新面孔好像發生了故障，她斜著眼睛，張大了嘴倒在地上，玲子緩緩走了過去，端詳著她的臉片刻，彷彿凝視著自己明天的死亡。隨後，用極其冰冷的聲音說：「結束了，搬去臥室吧。」我和她一起把屍體搬進臥室，讓屍體以仰躺的姿勢倒在床上。玲子用冷靜的手指把屍體的頭髮撥得更亂，又用同樣冷靜的雙眼確認了嘴角流出的嘔吐物的情況，最後，再度低頭確認了那張極度扭曲的臉，輕聲地說：「被濱野的車子撞毀的臉比這個更慘不忍睹。」玲子問我：「即使明天晚上，我死狀這麼悽慘，你仍然會愛我，對嗎？」這一次，我沒有回答「好」，而是對她點點頭，甚至露出了微笑。十一月之後，玲子的氣色越來越差，臉頰也越來越削瘦，不知道是不是迴光返照，在我的眼中，她那天晚上的微笑比之前任何時候更加美麗動人。玲子穿上和屍體相同的藍白條紋毛衣，梳了和死者相同的髮型，對我說：「你要記住，八點之後，每隔一個半小時就要打電話給我。」我也叮嚀玲子，每一幕結束後，都要打電話到我家報告，然後，我離開臥室，經過客廳。客廳的茶几上放了酒杯、紅色藥包，和另一張桌上放了菸灰缸，以及水族箱裡有一尾熱帶魚等舞台裝置齊全。我走出門外，沿著逃生梯下了樓。走出臥室時，我看到在微暗的燈光中，兩個臉蛋相同的女孩，一個面目全非地慘死，另一個人綻放出生命最後的光彩，格外閃耀動人，好像發生了難以置信的奇蹟。當我走下逃生梯，攔計程車的時候，已經把那兩張臉拋到腦後。從離開玲子家那一刻開始，對我來說，只剩下最重要的時間問題。

六點五十五分回到家。之後，我一直盯著手錶。當秒針經過七點後，我知道那天晚上的第一個客人正按響玲子家的門鈴。

今年二月底開始的八個月期間，從我在八月承諾會提供協助至今也已經過了三個月——經過了這麼長的準備期間，門鈴聲拉開了七首死亡變奏曲的序幕。

後天，十二月六日，名叫大下亮的男模會從斐濟回國，得知玲子被人殺害的消息後，就會瞭解答錄機留言的意義，把錄音帶交給警方。玲子為了讓殺人劇碼順利進行，準備了七盒錄音帶，並向七個客人傳授了製造不在場證明的方法。錄音帶中有玲子說話的聲音，證明自己在十五日還活著。七個人都從命案現場帶走了錄音帶，其中應該有幾個人會讓大下亮的答錄機錄下錄音帶的內容，在緊要關頭，主張十五日晚上有不在場證明。警方聽到大下答錄機的錄音內容後，一開始或許會認為玲子在十五日還活著，但很快就會發現，錄音帶根本沒有意義。因為答錄機錄下了好幾次相同的聲音說相同的話，很明顯不是玲子親自打電話，而是錄音帶的內容。玲子用這個方法惡整了這些殺人兇手。

從澤森留下的遺書，就知道那兩天晚上是用什麼方法演奏了這七首變奏曲。澤森在遺書上所寫的行為和心理並非只屬於澤森一個人，而是那兩天晚上七個人共同的行為和心理。前面的六個人以為自己換了酒杯，其實玲子在此之前，已經偷偷換了杯子，所以，他們只是把杯子換回來而已。玲子假裝在臥室前喝了毒酒，痛苦地衝進臥室，趁著短短數秒的時間，躲進牆上的大衣櫃內。客人走進臥室後，以為床上的屍體就是玲子，就會認為是自己殺了玲子。

這七首變奏曲以「被殺」這個最終目標做為主題，只是客人的長相各不相同。這七個人都沒有察覺自己受到玲子的操控，正在演奏一首變奏曲，更不可能察覺到這首變奏曲背後，隱藏了一個可怕的主題。那是從八月開始，我和玲子一起用心推敲、譜出的變奏曲。

我在客人上門約一個小時後打電話到玲子家，在每一首變奏曲中參與一分鐘。一分鐘後，在玲子用客人也能聽到的聲音大吼「別再辯解了，我不想再聽到你的聲音」之前，我必須對著電話道歉：「對不起，都是我不好，請妳原諒我。」對著電話哀求：「我愛妳，希望妳也能至少愛我一點點。」這當然是演戲，雖然客人聽不到我在電話中說什麼，我沒必要演戲，但玲子命令我：「我一個人對著電話發脾氣太難了，你也要演得逼真一點。」

我不僅聽從了她的命令，在說「原諒我」或是「我只想要妳一點點的愛」時充滿熱情，我有時候會陷入錯亂，忘了這只是演戲而已。像我這樣一個平凡、沒有魅力的老男人愛上了她的年輕、她的美貌，總是令我心生愧疚，每次見到她，就會在心裡向她道歉。

第一天深夜，當第四個兇手離開後，玲子打電話到我家，「今天晚上一切順利。」這個計畫的進行意味著玲子走向死亡，我希望計畫的第一幕落幕之前都維持公事公辦的態度，所以，故意用強調自己是醫生的語氣問她：「妳的聲音聽起來很疲倦，身體沒問題嗎？」我問了三次：「妳沒問題嗎？」玲子每次都回答：「沒事。」然後，她問我：「屍體嘴裡流出來的東西乾了，該怎麼辦？我雖然把臥室的燈調暗了，但明天應該會更乾，可能會被人發現。」我回答說：「明天晚上，在第五個客人上門前，妳可以在屍體的嘴巴旁沾一點水。」我又叮嚀她，今天晚上要把臥室的窗戶稍微打開，以防臥室內有屍臭。說完之後，我搶先掛了電話。

輕微的金屬聲響消失後，夜晚的寂靜包圍了我。我從來沒有像此刻這樣意識到夜晚的寂靜宛如真空，耳邊仍響著玲子剛才在電話中說的話。她和我一樣，公式化的語氣不帶有感情，但仍然可以從她的聲音中感受到甜蜜。為了擺脫她的聲音，我把手錶貼在耳朵上。秒針的聲音從耳朵進入，流入幾乎要融入夜晚的黑暗身體中。這個聲音比心臟的跳動更能證明我還活著。

翌日晚上十點，我去了玲子家。那天晚上，她已經成功地讓兩個客人成為殺人兇手。

「那個人十分鐘前才衝出門。」玲子在換水族箱的水，把死魚換成活魚時告訴我。

「這是最後一尾……」

玲子輕聲說著，看著在前一刻才剛換過且不停晃動的水中無力游泳的小熱帶魚。最後一個，也就是第七個客人會在十二點上門。因為要把臥室內的屍體藏進衣櫃，還要確認月底幫傭上門發現命案後，我必須採取的行動，所以特地預留了兩個小時。玲子會喝下最後的客人調包後的毒酒，這一次，她真的會服毒身亡，但玲子死後才是她復仇計畫的重要部分。

「沒問題嗎？你一定要做得很巧妙。」

我們合力把已經死了六次的女孩屍體藏到衣櫃裡，玲子坐在三個小時後，自己即將長眠的床上對我說。

「不能讓警方太注意他們，但也不能完全不注意到他們。我已經說過多次，這才是最困難的部分。」

命案曝光後，我馬上會遭到逮捕，但這正是我們計畫中最巧妙的部分。只要有我這個重要嫌犯，警察就不會過度懷疑那七個人。如果警方徹底調查所有人，很可能會識破這起命案中的玄機。

玲子並不希望他們之中有人遭到警方逮捕。這七個人在心理上的確殺了人，但除了最後一個客人實際將玲子致於死地以外，其他六個人的行為恐怕很難在法律上定他們的罪。如果得知玲子有想死的意志，最後那個人的行為恐怕也無法構成犯罪。玲子並不希望那七個人負起法律上的刑責，而是希望他們為自己犯下的罪行感到害怕、痛苦。玲子看穿這七個人表裡不一，都是膽小鬼，一旦犯下殺人的滔天大罪，這種罪惡感一定會折磨他們，成為一輩子都無法消除的烙印。也許把這七個人統統殺光的復仇方式比較簡單，但玲子自己對死亡沒有恐懼，所以，比起讓他們在剎那間死亡，她選擇為他們蓋上殺人兇手的烙印後，讓他們繼續活下去。她認為這些人在往後漫長的歲月中，背負著殺人這個最令人詛咒的罪惡十字架繼續活下去，是比死亡更重的刑罰。玲子希望他們有朝一日被這個十字架壓垮，走上自我毀滅之路。這才是玲子心目中理想的復仇。

因此，不能讓警方過度接近他們，但如果警方只懷疑我，完全不懷疑他們之中的任何人也不行，必須讓警方在某種程度上也懷疑他們，讓他們心生害怕。他們每個人都以為自己是殺人兇手，只要警方稍有動靜，就可以成為不安和恐懼之針刺向他們，令他們感到害怕。

為此，我必須在被捕前把寫有六個人姓名的告密信寄出，也打算親口對警方說出這六個人的名字。一旦我們的計畫成功，大下亮把答錄機的內容交給警方，警方就會和他們接觸。

而且，除了警方以外，我們還打造出一個恐嚇者，讓他們心生害怕。

利用他們其中的一個人——。

不僅要對警方隱瞞真相，也不能讓那七個人察覺真相，必須讓他們覺得自己才是真兇。八月重新研擬計畫時，玲子曾經說：「只要對濱野提高警惕就好，其他六個人都沒有問題，他們腦筋都不靈光，也不瞭解真正的我，但濱野可能已經看穿了我。以前，我曾經在他面前流過淚。」玲子說的沒錯，只有我的下屬濱野康彥具備了智慧和冷靜，可能會識破玲子的死其實是自殺，我也助了玲子一臂之力。為了避免濱野查出真相，必須讓濱野相信我。為此，我首先必須假裝完全信任濱野，委託他扮演恐嚇者的角色。濱野基於自己是兇手的愧疚，一定會接受我的委託。同時，他將發現此舉有助於隱藏他的犯罪行為，所以一定會付諸行動。我們已經充分計算到這一步。

我遭到警方逮捕後，一旦恐嚇者採取行動，絕對可以讓其他六名兇手嚇破膽。那些兇手害怕我的存在，因為只有我知道真兇是我以外的人。但是，現在又冒出來另一個似乎知道真相的人。濱野打的電話會把他們逼向罪惡感的死胡同。

但是，決定由濱野去做這件事，並不光是為了這個目的。

最重要的目的，是把濱野逼入絕境，讓他痛苦。

濱野這個人精明狡猾，看到我完全相信他，一定會在心裡嘲笑我，但其實他很膽小、神經質。恐嚇者的奇妙角色會造成他的精神壓力，很可能會因此露出破綻。在七個兇手中，濱野受到罪惡感的折磨應該最深，同時，也最會藉由冷靜的算計，試圖逃避自己的罪責。這兩種矛盾的性格之間產生了龜裂，再讓他扮演恐嚇者這麼困難的角色，他很可能變得更加危險。

當然，我們並不是只期待這種可能性而已，我打算在某個時間點向警方出賣濱野。和其他六個人一樣，我並不會告訴警方他是兇手，而是認為他在某些方面有疑點。只要警方調查，很快就可以查出濱野在五年前開車撞毀了玲子的臉，帶她去紐約做了整形手術。警方一定會產生懷疑而盯住他，但是，不能讓警方輕易決定黑白，要和其他六個人一樣，讓警方對濱野的懷疑保持在灰色的狀態。一旦警方認為七個人中的某一個人是兇手，等於拯救了其他六個人，他們很可能發現除了自己以外，還有其他兇手，進而察覺到我們設下的陷阱。

為了讓他們的嫌疑維持在灰色狀態，首先要讓警方對我的懷疑也維持在灰色狀態。我必須合情合理地主張自己的清白，但在某件事上做出可疑的舉動，讓警方認為我的嫌疑最大。但是，也不能讓警方認定兇手就是我，要讓刑警產生我可能是無辜的想法，進而對那七個人產生懷疑。

這正是玲子最擔心會失敗的地方。

「我也毀了你。」

玲子在最後這麼對我說。

一旦警方認定我是兇手，很可能會起訴我。即使警方懷疑那七個人，也找不到證據可以證明他們是兇手。因為身為被害人的玲子向他們提供了協助，讓他們完成了完全犯罪。七個人上門時，玲子都親自開門、關門，立刻請他們在沙發入座，避免他們碰觸任何東西，在家裡留下指紋。如果他們在行兇後忘記清理現場，玲子還會親自清理。

然而，我掌握了有力的證據。雖然這些證據不夠充分，但只要有能幹的律師協助，我或許可以獲判無罪。一旦我重獲自由，就可以親自去找他們。即使被判有罪，只要繼續上訴，進行二審、三審，在最後定讞之前，還要經過很久的時間。警方可能會對這起命案不了了之，但我會持續主張自己的清白，讓律師去找這七個人，即使我身處牢獄，也要把身在自由世界的七個人趕進罪惡感的牢獄，關在裡面。我知道玲子和這七個人之間的關係，只要不經意地透露，律師就會代替警察去找他們。無論如何，我都需要一個能幹的律師，為此就需要大筆金錢。我和妻子離婚時，幾乎失去了所有的財產。玲子毀婚時支付我的兩千萬分手費，其實只是預先把日後僱用律師的費用匯到我帳戶上的藉口而已。

「這是我自找的，和妳的情況不一樣。」

我回答說。玲子抬起頭，看著站在原地的我。她的眼神中充滿憐憫，她應該同情我是醜陋的四十五歲老男人。玲子只用尊敬和同情這兩種眼神看我，玲子看我的時候並不是看我這個人，而是看我的年紀。半夜十二點，最後的殺人兇手會上門，我必須提早十分鐘離開。我們只剩下七分鐘。

「如果我還可以活一年，一定會愛上你。」

玲子輕聲地說。這是玲子至今為止所說的話中最無意義的一句話，我沒有答腔。玲子看起來有點寂寞，但並不是因為不幸，而是因為太幸福，必須用悲傷來平衡，否則，感情就會失衡。檯燈柔和的光線從她身後照過來，光線穿透了她頭髮的縫隙閃閃發亮。我伸手撫摸她的頭髮，多麼想再度把玲子的身體緊緊抱在懷裡。我知道玲子不會拒絕，但最後還是用指尖在她的頭髮上纏繞了一下，立刻把手縮了回來，用身為共犯的冷漠聲音說：「萬一失敗，就按照我們事先決定的處理，沒問題吧？」我們的計畫太冒險，必須考慮到萬一失敗的情況。萬一失敗時，我打算向警方說出真相。那七個人在心理上殺了人，只要將這件事和玲子恐嚇他們的祕密公諸於世，就會對他們的人生造成相當程度的打擊。當我恢復自由身之後，再找機會幹掉他們。「萬一有什麼狀況，我會為妳殺了他們，我不會害怕任何污名。」當玲子神情落寞，不發一語時，我好像在唱催眠曲般這麼告訴她，她每次都搖搖頭回答：「死了就輕鬆了，這是走投無路時的最後……」

「萬一有什麼意外，把他們統統殺了就好。」

我看了手錶確認時間，再度對她這麼說。在說話的時候，覺得好像是別人在說話。每次都這樣，我是個平凡、無趣的男人，「殺人」、「復仇」這些詞彙和高盧菸的味道一樣，並不適合我。玲子還是搖了搖頭，叮嚀我說，這只是最後的手段。

我再看了一次手錶，用眼神告訴她，我必須離開了。玲子點了點頭，然後開口想說什麼。我不想聽她說任何話，一口氣對她說：「我會在一個小時後打電話給妳。」轉身離開了，玲子想說的話留在嘴唇上，片刻靜止的臉有一種難以形容的美麗。最後，玲子什麼話都沒說。我只花兩秒鐘就走出了臥室，五秒鐘後離開了她家，一分鐘後，坐上了停在公寓後方的車子，發動車子離開。

在轉向大馬路的轉角處，我隔著車窗看到第七個客人走向玲子公寓的方向。那個人豎起衣領，看不清楚長相，但彷彿已經背負了罪惡的十字架般縮著肩膀，邁著沉重的步伐，所以，我立刻知道是玲子的第七個客人。影子不成人形，變成了奇怪的模樣，在街燈微亮的人行道角落匍匐著。一個半小時後，這個影子將吞噬我心愛的年輕女孩的生命。我看著那個影子，確信這個傢伙也會調換兩個杯子。我從照後鏡中看著那個背影漸漸遠去，才把車子開了出去，雙手不知道哪裡來的力氣，用力轉動方向盤，車子立刻轉向了夜晚昏暗的大馬路。

一個小時後，我從家裡打電話給玲子。演完最後一場戲，掛上電話後，立刻把手錶貼在耳朵上。秒針的聲音比之前更大聲，在似乎已經變成空洞的身體內迴響。在原宿公寓內連續演奏了兩個晚上的變奏曲也漸漸進入了高潮，我在數公里外的公寓內躺在沙發上，藉由持續不斷、無限單調的秒針聲音，聆聽著那首變奏曲。

凌晨一點半，我再度走出家門，兩點多的時候，到了玲子家。我小心翼翼地用鑰匙打開門，叫著玲子的名字，卻沒有人回答。寂靜宣告了玲子的死和變奏曲的結束，我在臥室發現她的屍體時，也沒有任何悲傷。我告訴自己：「沒有時間了。」立刻展開行動。我搬開玲子的屍體，從衣櫃裡搬出另一個女孩的屍體放在床上，把每次殺人劇碼結束後，玲子丟在廚房角落的玻璃碎片和熱帶魚屍體裝進了袋子。六個杯子的碎片和六尾熱帶魚的屍體是在這個房間上演了七次殺人劇的證據。我扛著這個袋子和成為最大證據的玲子屍體走下逃生梯，裝在車子上。

之所以讓太田道子發現冒牌玲子的屍體，是因為玲子屍體有胃潰瘍，一旦解剖之後，就會發現即使不殺玲子，她也活不了多久。如果這件事曝光，就會大大減輕七個兇手的罪惡感，外人就會知道，玲子的死也是一種自殺。從二月底，復仇計畫的輪廓大致成形的時候開始，玲子就極力避免別人發現她的身體每況愈下，死亡就在她的眼前。二月底，當她第二次吐血不小心被幫傭撞見時，她臨機一動，把水果刀丟在血泊中，假裝自己用刀刺了剛好去她家玩的石上美子。除了玲子和我以外，只有石上美子知道玲子生病了，但美子可以花錢打發她，讓她閉嘴，而且，本來就打算最後殺了她，根本不必擔心消息曝光。

除了胃以外，石上美子的屍體無論在臉部的整形痕跡，還是胸前的刺青都幾乎和玲子本尊一模一樣，警方不可能發現被調了包。

我開車行駛在深夜的高速公路上，把玲子的屍體埋在深山裡（我不能在這裡寫下地點。玲子希望靜靜沉睡冰冷的泥土底下，我必須遵守和她的約定）。我之前就去過那座山，預先挖好了坑，很快完成埋葬作業，在天色微亮時，我趕回東京。當我筋疲力盡地倒在床上時，秒針的聲音終於離開了耳朵。拉起的窗簾擋住了黎明微亮的光，房間內仍然是黑暗的夜。疲勞讓腦袋麻痺，我無法思考。心情很平靜，我覺得此刻是這輩子最幸福的瞬間。我在深山用泥土埋葬了玲子的身體，把玲子生前的回憶埋葬在內心深處。我想要閉上眼睛，回想起臨別時，玲子微微張開嘴唇，想要說話的樣子，思考著玲子到底想要說什麼。我猜她想要說：「謝謝。」正因為我猜到她想說什麼，所以才制止她。玲子沒必要向我道謝，一切都是我自願的。當我閉上眼睛，深沉的黑暗降臨。變奏曲的第一幕已經完美地演奏完畢，終於落幕了。在十一月三十日，幫傭太田道子在玲子家裡發出慘叫之前，我有半個月的時間可以休息。之所以讓幫傭在半個月後才發現屍體，是為了讓警方無法推斷出正確的死亡時間，而且，即使我記憶模糊，推說記不清到底是十三日還是十四日去玲子家，也不至於讓警方留下不自然的印象。我在第一幕已經用盡全力，需要這麼長的時間好好休息。在隨著太田道子的叫聲開始的第二幕中，我必須獨自扮演最重要的角色。我想要沉浸在黑暗的間奏曲中持續沉睡半個月。

我當然沒有想到，在第二幕開始的同時，就發生了出乎意料的事，破壞了我們長期準備的復仇計畫。

寫到這裡，各位應該已經瞭解到底發生了什麼事，破壞了我們的計畫。屍體被人發現後，我順利遭到逮捕。我在遭到逮捕之前，成功地讓濱野答應扮演恐嚇者的角色，濱野也成功地造成了其他殺人兇手的不安。一切都按計畫進行。我在警方收到我的告密信後，開口告訴警方我並不是兇手，帶毒藥去玲子家是為了自殺。如果沒有發生那件事，警方會因為那封告密信和我交代的內容，在某種程度上懷疑那六個人，絕對可以再度造成他們的不安。警方無法完全否定我帶毒藥去玲子家是為了自殺的自白，所以，對我的懷疑也不再那麼堅定。然而，在命案曝光，第二幕才開始的第三天，澤森英二郎就因為濱野打的那通電話舉槍自盡，留下詳細記錄殺害玲子過程的遺書——。

「澤森坦承殺了玲子後自殺了。」

當刑警這麼告訴我時，我真的手足無措。雖然我曾經多次預習，也記住了第二幕中的台詞，尤其是第二幕開始部分的台詞，但沒想到對方說了意想不到的台詞，我就像一個蹩腳的演員，完全忘記了之後該怎麼演，茫然地站在舞台上不知所措。玲子曾經說：「那幾個人不可能輕易自殺，他們很膽小怕事，所以會因為罪惡感而痛苦不已，但他們會千方百計活下去。即使他們選擇自殺，也不可能說出自己殺了人這種事。」所以，第二幕的劇本都是在玲子的這番話基礎上編寫的。

我當下否定了那封遺書的內容。但我的立場變得很微妙，如果有人在坦承殺人後自殺，照理說，我應該感到高興。而且，澤森在遺書中坦承的內容當然和我的主張完全一致。我發現自己的態度引起了警方的懷疑，立刻轉而同意遺書的內容，但內心仍然慌亂不已。意外的發展打亂了我們的復仇計畫，似乎完全沒有可能修正了。因為，其中一個兇手向死亡尋求救贖，也同時拯救了其他六個人。警方認定澤森就是兇手，就不會再追查下去。命案破案後，警方不會再調查，也無法再威脅其他兇手。澤森自我了斷固然大快人心，但一個人的自我毀滅拯救了另外六個人，讓他們感到安心，玲子的死就變得毫無價值。

還有一個更重大的問題。在我們的計畫中，必須讓他們每個人都認為只有他們自己一個人才是真兇。但是，當另一個真兇出現時，其他六個人很可能會在內心產生疑問。

唯一的希望，就是我獲得釋放。一旦我獲得釋放，就有時間慢慢思考該如何修正眼前的混亂。雖然我這麼想，但當天晚上仍然被關在拘留所。我在拘留所的黑暗中，失敗和破局之類不吉利的字眼不斷清楚地出現在腦海，揮之不去。玲子沒有發現澤森在事業上也面臨破產的邊緣固然情有可原，但她沒有看透澤森的性格成為致命的失敗。在我眼中，可以說是年幼的玲子並不瞭解那些平時看起來很強勢的人，在墜入谷底的時候會變得格外脆弱，她也不瞭解即使是大奸大惡的人，在臨死之前，就會像我現在一樣，產生說出自己所有罪行的衝動。復仇計畫是根據這七個人的性格研擬出來的，一旦根基出了差錯，整個計畫就會像是建造在沙子上的城堡。我似乎只能默默地看著這座沙堡倒塌，因為除了濱野康彥以外，我沒有見過其他六個人。關於他們的性格，我相信了玲子說的話，但他們真的如玲子所說，是膽小怕事、自私自利，只想到自我保護的人嗎？這就是澤森太早自殺為我們帶來的重大挫敗。我完全看不透他們的性格，甚至覺得計畫已經無法補救。我身處比拘留所的黑暗更深沉的混沌中，當時，我就在想，唯一的方法，也許就是在獲釋後，殺光他們所有人。

我只能隱約瞭解濱野康彥對澤森的自殺產生怎樣的反應。他很聰明，一定會在澤森自殺後發現，美織玲子的死亡背後隱藏著身為兇手的自己也不知道的陷阱。不，在澤森自殺之前，濱野也許就已經有所察覺了。在要求濱野康彥扮演恐嚇者角色這件事上，玲子曾經露出殘忍的笑容說：「不用擔心，他很擅長在對自己不利的事上裝糊塗。況且，他並沒有證據，其他人也不會輕易答應他的要求。只是當有人恐嚇時，他們表面上假裝根本不在意這種恐嚇，但內心一定會嚇得發抖。這就是我的目的。我要讓他們逐漸崩潰……不，比起別人，我更希望恐嚇別人的濱野崩潰……」我相信了玲子的話，但事實上，有人突然接到恐嚇電話，立刻心慌意亂、六神無主，就會露出馬腳。濱野一定很納悶，明明自己才是兇手，為什麼這些人會害怕？於是，濱野就會察覺到事有蹊蹺。

即使這樣，仍然有一線希望。如果濱野不瞭解澤森遺書的詳細內容，濱野會以為澤森因為精神失常，產生了自己殺死玲子的妄想。我仍然抱著希望，希望能夠在目前混亂的情況下，重新修正復仇計畫，思考有什麼方式可以讓澤森的遺書失效。只要澤森的告白失去意義，警方就會再度將焦點放在其他人身上。

但是，我還沒有想到好方法。翌日，也就是昨天，報紙上刊登了澤森的遺書內容，帶走了我最後一線希望。而且，我在獲釋後見到了濱野，發現他比我想像中更接近真相。雖然他在我面前表現得若無其事，也沒有察覺我想嫁禍他成為殺人兇手這件事，但臨別時，他掉的紙上寫著川口某女子宿舍的名字，顯示濱野已經站在真相的入口了。一旦他去女子宿舍調查，就會知道美織玲子以前並不是石上美子，原來的長相也不是在紐約醫院時，給醫生看的那張肖像畫中的樣子。不，也許他已經知道了。

昨天晚上，我跟蹤了濱野。當濱野站在高木史子家門口，按下門鈴時，我躲在隔壁鄰居家的石頭圍牆後面，內心充滿不安和焦躁。濱野去找高木史子，是不是想要確認她也是殺人兇手之一？濱野絕對已經發現那天晚上的命案只是精心安排的圈套——冬天的風宛如黑暗的刀子掠過我的胸口，我很想衝進那棟房子，殺了他們兩個人。但是，濱野只按了一次門鈴，就臨時改變主意，轉身離開了。我看著濱野籠罩著夜色和暗色外套雙重黑暗的背影完全走遠後，按下了門鈴。當時，我還沒有決定要動手殺人。我只想瞭解兇手之一對澤森的遺書會有怎樣的反應，確認之後，就打算離開。但是，當門打開，高木史子滿臉苦惱地出現時，我決定要殺了這個女人。雖然她聽過我的名字，也知道我長什麼樣子，但不知道她是否哭了很久，布滿血絲的雙眼眼神空洞，完全沒有察覺站在她面前的，正是那天晚上，她試圖轉嫁殺人罪行的那個人。

她嘴唇顫抖，不知道囁嚅著什麼，舌頭好像在痙攣，完全聽不清楚。好像在說：「救救我。」我對她點頭，心裡想到一個好主意。沒錯，有一個方法可以讓澤森的遺書失效，讓警方的焦點再度集中到這幾個兇手身上。只要這個女人和澤森一樣，留下坦承殺害玲子的遺書而死，警方就無法只相信澤森的遺書內容。前一天得知澤森自殺時的衝擊和混亂還餘波蕩漾，我滿腦子只想到要把警察的注意力再度拉回這起命案。看到高木史子時，發現絕望帶走了她所有人性的表情，她宛如一個滿是裂痕的陶器，隨時都會應聲破裂。我發現今天晚上正是絕佳機會。

脫鞋子的時候，我從長褲的褶邊裡拿出氰化鉀，三十分鐘後，當一切都變成寂靜，我又穿上鞋子離開了。關門的時候，我思考著自己到底殺了幾個人。石上美子、高木史子，澤森也算是我逼死的。我思考著這些事，走到離命案現場夠遠的地方攔了計程車。當警方發現高木史子也坦承自己殺了玲子後自殺，一定會再度注意這起命案，但這也會讓警方更接近真相。我再次下了危險的賭注。我事不關己地想，我應該會在這場賭博中落敗。坐上計程車時，我已經發現了使用氰化鉀的疏失。警方不但會再度注意這起事件，還會注意到我。我將會受到嚴密的監視，我的行動範圍會受到限制，已經變得荒腔走板的第二幕恐怕很難再修正了。不——

我殺高木史子，真的是為了修復殺人計畫嗎？當高木史子從門縫中探出那張充滿苦惱的臉時，突然像痛苦般襲來、令我渾身顫抖不已的殺意，才是我動手殺她的真正原因嗎？我不瞭解，我只知道當我坐上計程車時，感到極度安心。夜色在車窗外奔馳，整個城市在沉睡，我是殘酷的殺人兇手。我對此產生了一種自己也難以解釋的充實，當司機問我：「這位先生，有什麼好事讓你笑得這麼開心？」時，我自言自語般喃喃地說：「我也不知道……」聽到司機的問話，我才發現我居然出聲笑了起來。

雖然當時無法解釋，在我又殺了濱野康彥和間垣貴美子後，如今終於知道了。在研擬計畫時，我經常說：「我乾脆殺了那七個人。」玲子每次都說：「只要對石上美子一個人直接動手就夠了。」我只能回答：「好。」但在內心深處，我很希望玲子可以命令我殺了那七個人。

在我八月生日的那天晚上，玲子對著燭光說：「我早就毀滅了。」從她露出和「毀滅」兩個字相去甚遠的美麗微笑那一刻起，我就認為自我毀滅是我愛玲子的方式。從愛上像我女兒的年輕女孩那一刻開始，我這個四十五歲、沒有任何優點的男人就不得不成為奴隸。適合奴隸的愛的方式，那就是為女主人赴湯蹈火，不惜為她犯罪，讓自己走向毀滅，即使這種行為再愚蠢、即使女主人並不希望看到這樣的結果——。

我試圖藉由殺人、藉由犯罪、藉由成為極惡之人，讓自己比那七個人更加走向毀滅的深淵。如果說，玲子已經毀滅，那陪她一起走向毀滅就是我愛的方式。不，只有比玲子更徹底地走向毀滅，才能填補我和玲子之間永遠無法拉近的愛情落差。

回想起來，我殺了濱野康彥，殺了間垣貴美子，以及試圖殺掉剩下的三個人，都是為了這個理由，但昨晚回到飯店時，我以為一切都是為了修正計畫的軌道。我從後門走進飯店，沿著樓梯一階一階地上樓，走向自己的房間，腦子裡思考著濱野康彥的事。告密信中提到六個人中有兩個人留下相同的遺書自殺，很可能反而讓警方更接近真相，但比起警方，濱野的問題更加嚴重。警察只知道有兩名兇手，但濱野知道包括自己在內，總共有三名兇手。間垣貴美子、池島理沙、北川淳和稻木陽平雖然也一樣，但濱野的存在還是造成很大的心理壓力。我走進房間，反手關了門，決定明天去川口的宿舍，瞭解濱野到底想要調查玲子過去的什麼事，實際上又調查到多少真相。濱野的存在對我造成最大的威脅，但是，當我筆直走進浴室，看到鏡子時，發現鏡子中筋疲力盡、面如土色的四十五歲男子竟然露出了近似安心的微笑，我難以理解，下一剎那，突然嘔吐起來。我已經有兩、三天沒有正常進食，吐出的只是黃褐色的液體。我看著混濁的顏色流向洗手台的出水口，決定如果去清榮寮後發現情況不妙，就要殺了濱野。

「原來是我受騙上當了。」

三個小時前，濱野從我口中得知命案的真相後，說了這句話。我們背叛了彼此的生命，但濱野說話的語氣和第一次見面時差不多，太恭敬、太順從，又太認真。我不知道濱野是在自言自語還是在問我，我點點頭回答說：「沒錯。」我們相視無語，默然相對。雨聲瀝瀝。雨聲似乎會打亂已經完全和心跳聲融合的秒針聲音，令我有點心浮氣躁，看著濱野背後的床。玲子曾經在這張床上和濱野纏綿。玲子曾經愛過濱野，正因為愛過，所以才無法原諒他。我看到他的第一眼，也立刻喜歡上他。十年過去了，我們變成了敵人，站在濱野家的褐色床邊。當我再度將目光移回到濱野臉上時，不知道濱野是否想要向我道歉，他像十年前一樣，恭敬地向我鞠了一躬。雖然三十秒後，我就決心要殺他，但即使在那一剎那，我仍然很欣賞這個和我很相像的男人。在那三十秒內，我忍不住想，應該在濱野還不知道命案真相時就殺了他。殺死玲子的罪惡感，或多或少能夠減少他在臨死之際對死亡的恐懼。

我告訴自己，十秒後就下手。濱野露出既害怕，又難過的眼神，彷彿覺得打破沉默，這些宛如噩夢般的事就會變成現實。我注視著他的眼神，終於領悟到，我殺了濱野並不是因為他得知了真相，而是試圖藉由犯罪，藉由變成極惡之人，藉由墜入地獄，來完整我對玲子的——從我所愛的女孩說自己已經毀滅的那一刻開始，我就希望自己走向更徹底的毀滅，這就是我犯下殺人這種滔天大罪的理由——。

三十秒後，我說：「原來你家裡也有大衣櫃。」當濱野轉頭看向那裡時，我握著麻繩的手伸向了他的脖子後方——。

我打算殺死濱野，但伸出的那隻手帶著奇妙的溫柔，彷彿是要和他握手，彷彿在安慰受傷的同類。我完全無法理解，兩個小時內，當我伸出握著刀子的手，刺向特地叫來濱野家的間垣貴美子胸口時，也感受到相同的溫柔。我把兇器刺進那個在浮華的世界不斷編織邪惡衣裳，卻孤獨可憐的四十八歲女人胸口，臉上卻帶著溫柔的微笑。我覺得自己是瘋子，是殺人魔。如果當時貴美子有餘力看我的臉，不知道對於面帶微笑的我會有何種感受。但是，貴美子並沒有這種餘力，在濱野陳屍的房間內，她的臉上帶著高木史子同樣深刻的絕望。我沒有告訴她命案的真相，因為我開口之後，立刻知道我的聲音無法傳入她的耳朵。貴美子癱坐在濱野的屍體腳邊，被雨淋濕的頭髮遮住了她半邊臉，她也沒有撥頭髮，用空洞的單側眼睛看著半空。我不再說話，握緊放在口袋裡的刀子，告訴自己，就該這麼做。雖然命案發生至今不到二十天，這個女人和高木史子一樣，已經被自己犯下的罪壓垮了。不能說是澤森英二郎的自殺破壞了我們的計畫，他在遺書中的自白讓高木史子、間垣貴美子這兩名兇手陷入混亂，讓她們精神崩潰，把她們推向沒有一點光明的黑暗中。她們在短短兩天內，體會到玲子這些年來飽嘗的痛苦和悲傷。坐在眼前的四十八歲女人因為苦惱而扭曲，因為絕望而變形的臉就是最好的證明。那已經無法稱之為臉，只是生命的殘骸。比起那個女孩在五年前的車禍中毀損的臉更醜陋、更可怕。玲子看到她的臉，一定會心滿意足，覺得自己的復仇獲得了完美的成功。不光是間垣貴美子，高木史子、澤森英二郎，還有濱野康彥——把獵槍的槍口對著太陽穴時，澤森的臉上應該籠罩著地獄的黑暗；濱野打電話給間垣貴美子後，回頭看到我時，出現在他臉上的不是驚訝，而是因為被推入死亡地獄的恐懼而抽搐，臉上的肌肉頓時削落。生命隕滅，宛如土石崩塌，那已經不是活人的臉了。

那四名兇手已經為那天晚上犯下的罪行得到了報應。不需要等待漫長的歲月，在命案發生後短短十幾天，已經把他們逼入了絕境，可以說，復仇計畫獲得超乎想像的成功——。

我這麼告訴自己，向死去的玲子辯解，命令間垣貴美子站起來。她宛如沒有意志的人偶般站了起來，我溫柔地把手伸向她，那不是握著兇器的殘忍的手，而是用自己的翅膀庇護受傷的翅膀。

警方很快就會知道我是兇手，但為了給自己爭取更多的時間，我把濱野的屍體吊在浴室天花板的鐵管子上，把沾血的刀子丟在屍體腳下，偽裝成濱野刺殺貴美子後自殺。然後，我離開了濱野家。

雨越下越大，街道快被夜晚和雨摧毀了。我用大衣遮住濺到鮮血的身體，沒有撐傘，走在街上。微麻的手不由自主地一次又一次想要握緊，手上還殘留著想要殺害兩個人的瞬間所感受到的溫暖，冰冷的傾盆大雨也無法沖走這種感覺。在想要殺他們的最後那一剎那，我為什麼試圖向他們伸出溫柔的手？此刻，我終於瞭解了。

濱野，不，不光是濱野，貴美子也是我的同類。因為我也是殺害玲子的兇手之一。

當玲子這個年紀可以當我女兒的年輕女孩，把她幼稚而荒唐的復仇計畫告訴我時，我應該用身為成年人和醫生的常識，告訴她這個計畫多麼荒唐，告訴她對一個人來說，最重要的是努力活到天命的最後一天。我是唯一有機會阻止玲子求死意志的人，但是，我在生日的那天晚上，居然選擇毫不猶豫地回答：「好。」

我無法辯解。四十五歲的男人瘋狂地愛上一個年輕女孩，參與了荒唐的計畫，殺害了三個人，這絕對是天理不容的事，我卻做了這種事，所以，比起這起命案中的七個人，我必須接受更大的懲罰。在這起自殺和他殺交織在一起，被害人和加害人重疊的奇妙命案中，也許我是唯一可以稱得上是兇手的人。在那七個人殺機交相狂舞的十一月某個夜晚之前的三個月，在那個生日的晚上，是我率先調換了玲子的生命酒杯——。

我和昨天晚上一樣，走到遠離濱野公寓的地方攔了計程車，一回到飯店的房間，就開始寫這份自白。這份自白也已經慢慢接近尾聲。

大雨仍然打著窗戶，但我只聽到秒針的聲音。秒針的聲音越來越大聲，奏出一首新的變奏曲。在第一幕中，美織玲子的手指演奏出將七個人變成加害人的變奏曲，隨著澤森英二郎自殺這件意想不到的事拉開序幕的第二幕中，我笨拙的手指奏出的變奏曲把他們變成了被害人。至今為止，我已經彈完了四首曲子，還剩下三首曲子，我生疏的手指能夠在沒有樂譜的情況下順利彈完嗎？

我打算在寫完這封遺書後，趁著黑夜和大雨仍然籠罩東京街頭之際離開飯店，在警方的手伸向剩下三個人之前動手——第一幕隨著玲子的死而落幕，希望第二幕也會隨著我的死而順利落幕——。

這是我目前唯一的心願。

於是，我的死就會帶我走向比玲子、比七個兇手更徹底的毀滅。

國家圖書館出版品預行編目資料

以我為名的變奏曲 / 連城三紀彥著；王蘊潔譯. --
初版. -- 臺北市：皇冠, 2012.09 面；公分. --
(皇冠叢書；第 4249 種)(連城三紀彥作品集 ;02)

譯自：私という名の変奏曲
ISBN 978-957-33-2926-8 (平裝)

861.57 101014002

皇冠叢書第 4249 種

連城三紀彥作品集 02

以我爲名的變奏曲

私という名の変奏曲

作　　者—連城三紀彥
譯　　者—王蘊潔
發 行 人—平雲
出版發行—皇冠文化出版有限公司
台北市敦化北路 120 巷 50 號
電話◎ 02-27168888
郵撥帳號◎ 15261516 號
皇冠出版社（香港）有限公司
香港上環文咸東街 50 號寶恒商業中心
23 樓 2301-3 室
電話◎ 2529-1778　傳真◎ 2527-0904
責任主編—盧春旭
責任編輯—徐凡
美術設計—小子
著作完成日期— 1999 年
初版一刷日期— 2012 年 9 月

法律顧問—王惠光律師

讀者服務傳真專線◎ 02-27150507
電腦編號◎ 539002
ISBN ◎ 978-957-33-2926-8
Printed in Taiwan
本書定價◎新台幣 280 元 / 港幣 93 元